烹调爱情

龙一——————著

天津出版传媒集团
百花文艺出版社

图书在版编目（CIP）数据

烹调爱情 / 龙一著. -- 天津：百花文艺出版社，2017.4
ISBN 978-7-5306-7115-3

Ⅰ. ①烹… Ⅱ. ①龙… Ⅲ. ①长篇小说-中国-当代 Ⅳ. ①I247.5

中国版本图书馆 CIP 数据核字(2017)第 086003 号

选题策划：高　为　　**版式设计：**郭亚红
责任编辑：高　为　　**封面设计：**苏艾设计

出版人：李勃洋
出版发行：百花文艺出版社
地址：天津市和平区西康路 35 号　**邮编：**300051
电话传真：+86-22-23332651（发行部）
+86-22-23332656（总编室）
+86-22-23332478（邮购部）
主页：http://www.baihuawenyi.com
印刷：天津金彩美术印刷有限公司
开本：880 × 1230 毫米　1/32
字数：309 千字
印张：9
版次：2017 年 5 月第 1 版
印次：2017 年 5 月第 1 次印刷
定价：49.00 元

目录

自 序

我写这部小说的目的，原本是想考察人们在日常生活中到底能犯下多大的错误，再有就是他们在歧途上究竟能走出去多么遥远。于是，便选择了这种人物视点的交插叙事方式，意欲完全由小说人物自己来表演自己，不单将他们的错误与错觉展现给读者，还将他们的视听触味嗅等感觉，甚至连同他们的幻觉也原汁原味地演示出来。然而，这却是一种小说人物独占话语权、小说家无处插嘴的叙事方式，为此我吃了不少苦头。

在传统的现实主义小说理论中原本有一个“种瓜得瓜”的道理，即小说家之所以要完成人物塑造，目的就是要给小说一个可操纵、会“行动”的人物，一个有着所谓的独立思考能力和个人化思想的代言人，而在他身上发生发展的事件，便是小说家所精心设计的故事主体。不过，这只是在全知全能叙述者笔下才会发生的事，如果换用小说人物叙述者的单纯视点，那么，当小说家决定把这些劳什子装入选定的“皮囊”之中的时候，就不得不做好被人物摆脱的心理准备，有的时候“种豆”却可能会“得瓜”——这就如同上帝创造了人类之后的感觉，我相信他当初曾跟我现在一样感到过后悔。因为，在人物视点的叙事方式下，小说人物一旦塑造完成，他便会如同木偶匹诺曹，或者亚当、夏娃，或是大街上任何一个具有独立人格的正常人一样，小说家从此便再也管束不住他的行动，管不住他的嘴，更不要说控制他的思想。回过头来再看这部小说，我想大家一定能够理解我的尴尬处境，此时，创作者的话语已经被小说人物踢出了圈外，只能眼睁睁地看着他们胡作非为而无能为力。这也就是说,当现代主义小说技术在发现了我已经将它们引入现实主义小说创作之中的时候,便发动了这场猛烈的排异和反叛。

以小说人物为单纯叙事视点的技术是在20世纪才真正兴盛起来的,它的优长之处在于能够以接近于客观的方式反映小说事实,进而折射生活事实,完成一个对生活的隐喻过程。在技术操作上,叙事过程中所有的印象、情绪、判断、思辨和潜意识全部局限于小说人物的视点,所采取的行动与做出的选择也都是基于人物自身的欲望与判断力。通常情况下,作为人物创造者的小说家此时所能够做到的也只有对叙事结构的控制与调整,例如对时间的掌握,对叙事次序的编排,或者对小说人物所占篇幅和出场次数的增减。在这样的小说中,如果小说家胆敢跳出来指手画脚,甚至发表言论并对人物的行为与思想进行评判,那么,读者便会立即发现小说家已经违反了叙事约定,并把他指认为一个说谎者,因为,他此刻已不是在展示生活,而是在干预生活。与此不同的是,传统的现实主义小说创作的基本前提,却是小说家对读者有着不可推卸的引导责任,要让读者相信他所叙述的一切都是真实可信的,小说中发生的故事在生活中同样可能发生,所以,小说家的参与在此时便被赞赏为对叙事传统的继承,他的评价与指导是可理解的和受欢迎的。

我在这部小说当中所做的尝试,便是将小说人物的单纯视点引入传统现实主义小说的叙事结构之中,让全知全能的叙述者退出,使小说中不同的人物通过各自视点的叙述,来达到相互阐释与相互印证的叙事效果,并借以考察我正在宣扬的一个论点,即现实主义文学具有无限的包容性,对任何离经叛道的文学观念和创作技术,它都能够包容并吸收,让它们成为现实主义得以丰富并发展的养料。

然而,这次对两种小说技术进行融合的尝试,却把我推入了一个两难的境地。

新技术的引进确实使小说在展现生活的时候表现出了令人惊异的灵活性和敏锐的感知能力。两个或两个以上交插视点的叙事,居然使简单的矛盾在无须刻意经营的情况下产生出悬念迭起的阅读趣味，人物之间的错误与错觉在多重叠加的叙事过程中被不断地重新认识。对同一事物的多视点的叙述，使人物真相在同一个基准点上既得到了对照揭示也得到了自我揭示……所以，这次尝试在技术的使用上我认为是成功的，并且有经验可以积累。

然而，最令我担心的是小说的内容，这是两难的另一极。如果担任叙述者的人物是那种可资效仿的英雄或者圣人，那么，我必定会手舞足蹈地替他们甘当传声筒，但不幸的是，在这部小说中，人物的思想却常常是错误的，甚至是荒谬的。由他们来进行自主的叙事，确实让这段荒唐的生活得到了精细的展示，也给了他们充分的机会暴露他们的谬论，展览他们的错误与错觉，然而，对于这种明目张胆的荒唐和蛊惑人心的"伪真理"，作为人物创造者的小说家却无法进入叙事之中去澄清事实，驳斥谬误，这当真是一种难以言说的痛苦。这种痛苦的来源其实只有一个，就是担心被误读，担心读者不能领略到这种展示其实是一种"病毒自行发散"的批判方式。

为了解决这个问题，我在小说的叙事结构上进行了多种尝试与改造，试图在多种视点的对照之下产生人物思想的对比揭露与自我揭露的效果，使作为叙述者的小说人物在散布谬论的同时又被自己的谬论所揭穿和批判，或者是被其他人物的视点所揭露和批判。虽然我自认为已经达到了这种效果，但是我仍然担心，因为这种结构式的批判毕竟隐晦，需要读者的大量参与，而且还需要他们有着良好的记忆力。也许小说的创作原本就是这个样子，当你不再遵循前人的路径，而是试图找出一条更便利、更有效果的方法时，你便常常会遇到些意想不到的写作障碍和阅读障碍，因此，我才担心这部小说被误读。

第一章

机缘与蝴蝶

1

竹君今天去学院讲课，给香川留下了一个完整的下午享受独处，于是，他像往常一样把自己安置在躺椅里，目光迷离，神游物外。

近年来，各种各样的神秘主义悄悄潜入了人们的生活，竹君的那套“性玄学”理论也就突然之间被捧为大受欢迎的热门学问，她的讲学邀请排得满满的，给他留下独处的时间自然也就多了起来。

平日里，香川虽然自觉地担任起竹君行为上的性学研究伙伴，但对她的性玄学理论却没有兴趣。他相信的是另一种极其传统的玄学——机缘、万物有灵，或者诸如此类的东西，于是，旧租界中的这座小楼便成了他的“道场”，葫芦架下的“卧游”成为他日常要做的功课，他也就顺便把自己装扮成了一位俗世中的“神仙”，把优哉游哉当成了性格特征。

一只小巧的蝴蝶踯踯躅躅地，不肯飞入葫芦架的浓荫里，阳光穿透它的翅膀，让那种轻佻的黄色发散出鲜嫩的，几乎是可以嗅到的山柰的辛香。他轻轻一笑，对它道：你凭自身的色彩、自身的气息、自身的味道，便是在这世间存活的理由，即使一定要做稍许的努力，也不过是餐风饮露般的韵事，流血流汗之类的苦活还是送给那些有大抱负的家伙吧。

香川很乐于拿这只蝴蝶自况。他在艺术博物馆的工作是个清闲的差事，谋得这个职位所经历的学习过程，只是他为了一生散淡不得不付出的代价，如今，他终于有了充分的理由来享受生命的乐趣和思辨的乐趣。

蝴蝶优雅地翻过短墙，飞去了。香川轻吁一口长气，暗道：这偶然的相见，也许就是彼此一生的遇合，日后不论你再有什么际遇，也不论你今秋在哪里寻得自己的安身之地，今日这一面之缘，是在你飞进我的小院之前，甚至在你还是只蛹的时候，便应该注定的。这种翩然飞到邻家院的姿态，这种在一瞬间为我展现出来的美，也许就是你此生最大的价值，比任何具有实际功用的行为更接近真理。

这是你只为我一个人，一个懂得欣赏你的人，准备了一生的表演。

香川喜欢这种宿命论的胡思乱想，这能让他的头脑保持活跃的想象力，保持一种对生命的新鲜而又豁达的好奇心。同时他也相信，至少是半信半疑，认为他现在这种安闲的、衣食无忧的生活，既得益于他祖上的余荫，也有自己种下的福田。这也就不需要他再为之争斗些什么，只要安适地顺从生命的需要，顺从那在他出生的一刹那便设计得清清楚楚的生命轨迹，让自己慢慢地漂移，满怀喜悦地享用为他安排的一切乐事，也就不枉此生。

于是，他便将生命中出现的每一个人，特别是女人，视为无可逃避的“人物”，将所发生的一切交流视为依据性格与命运设计的“故事情节”，而他自己只是这段小小的个人故事的主角而已。对于这种观念，他自认为有无可辩驳的证据，他与美美和竹君这两个女人的遇合，便很能说明这种生命的设计和出乎意料的转折的魅力。

算起来是在两年前，那天，他正要到山中远足，去寻找几株野生的萱草带回来。把野生植物移栽到自家庭院里，也算是将山林之气聚于一花一木之中吧。

就在他锁门的时候，背囊意外地被院门上的锻铁花枝挂住了，忙乱之际，一个年轻女子从他身边走过。他只看到了背影，那女子的裙子是萱草开花时的那种娇艳的黄色，头上戴了顶同样颜色的宽檐帽。

这样一个女子，行走在这样一条旧殖民地偏僻的小街上，倒像是旧电影中的一个场景——香川自认为是旧文化的鉴赏家。

她有一对绝妙的脚踝，他迅速将形象文本化。像这样瘦瘦的、身材高挑的女子，能有这样一对纤巧可爱的脚踝，实属难得。

他当时不可能知道这个女子就是美美，更不可能知道，此后他们注定要在山中相遇。

几天之后，他在山里受了点轻伤，不很严重，但足以把他留在十几公里内没有村庄的湖光山色之间。他的口粮如果节省些用，可以保证他当天不必挨饿，但此后的事情就不好说了。他的右脚踝肿胀得像只发紫的茄子，若要下山，在看林人踩出来的小路上行走，他最多只能坚持一公里。

夜色中，远处的湖面上流动着月光，山影倒映过来，像一幅没有层次的剪纸。鸟儿数声夜啼，惹来一阵山风吹动树梢，那声响就仿佛是一群身穿纸裙的孩童在跳舞。

香川选了处靠近溪流的地方停下来，将瓶瓶罐罐中都装满了水，又尽可能地多找一些枯柴放在身边。这样的扭伤，到了第二天才会显现出真正的痛苦，届时他也许再也无法挪动一步，所以，必须做好相应的准备。

他用枯枝点燃一堆小小的篝火，为自己烧水，并将采来的萱草根部埋在潮湿的泥土中，让它们在他养伤期间，可以得到土地自然的养护。

背囊中不多的肉类和谷物食品都被吃光了，剩下的只有几块糖果。他原本只打算在山里待三天，并没有带许多食物，不想返程的时候出了这种事，而今天是第四天。他倒并没有慌乱，或是感到恐惧，毕竟所有的灾祸和福祉都应该是早便设计好的，就如同两年后注定要飞入他院中为他表演的这只蝴蝶。

“好香的咖啡，我闻着味道就找过来了。”一位年轻女子背着只大背囊出现在昏黄的光线中，目光炯炯地盯着篝火上烧煮的咖啡，并没有费神关注一下咖啡的主人。她卸下背囊，取出杯子，给自己倒了一杯咖啡，便坐在背囊上细细品尝。

“我这里还剩下一块方糖，给你吧。”香川望着这个瘦瘦的高个子女子，知道机缘为他造就了转机。

那女子道："我迷路了，看到你的篝火，就知道命不该绝。"她向篝火对面的香川礼节性地笑了笑，略显狭窄的面庞和漂亮的颧骨在金黄色的火光映射下极像是北魏时期的造像。

作为一名年轻的古董鉴定专家，香川总是能在现代人身上发现这种颇有渊源的美。他调侃道："我原本还在想，不知我会成为哪种野兽的美食？你的出现，正好给那些享用美餐的动物增添一道小吃。"

那女子嗔道："你是想让我替你阻挡野兽？"

香川只好收起调侃的口吻，正色道："我是说，人多力量大，你我二人可以组成一个自救的集体，类似于互助组。"

"这还像句正经话。"那女子吃光了香川剩下的所有食物，并告诉他，她叫程美美，是个律师。

香川笑道："只可惜，你不能因为迷路控告任何人，否则，我们很可以敲山神爷一笔赔偿金。"

当他看到美美拿出一包香烟时，便高声叫道："天不负我，一位身怀香烟的女士在这个地方出现，算得上是我后半生的安慰。"

"我可没说要嫁给你。"美美把香烟丢给他。

香川继续着他的玩笑："我说的是另一层内容，你的出现算得上是我后半生的启示。你想，一个被困在荒山野岭无烟可抽的人，居然一眨眼间什么都有了，这意味着什么？"

"什么？"美美显然被他的话迷惑住了。

"幸运，是那种百无禁忌，遇难呈祥式的幸运。"香川吸着美美的那种薄荷味的细枝香烟，腹中也不再感觉饿了。

美美却把话题转移到了另外一个方向："说正经的，你还没告诉我，你是干什么的？"

香川笑了起来，在困境中得遇同类的快乐，让他越发坚信生命的美妙存在于转折当中。"在下名叫李香川，在艺术博物馆混碗闲饭吃。"

美美撇了撇嘴："原来是靠国家养活的大闲人。"

此后一夜无话。第二天早上，香川试了试伤脚，发现情况相当严重，走路下山的可能性极小。

“我该把你怎么办？”美美望着香川青紫的脚踝问。

“如果有吃有喝，再享受一天山中的美景倒也是乐事。”他指望美美的背囊里存有食物。

美美道：“我不知道你还剩下什么，我的食物早吃光了，大约只剩下一壶酒，是为了紧急状况准备的。”她似是有意在香川面前展示没有任何食物的背囊，掏出了里边的所有内容，从最下边取出一只精致的扁酒壶。“这是 12 年陈的单一麦芽威士忌，苏格兰名产。”

酒味果然醇厚无比，那股浓重的泥炭味对饥饿的味蕾是绝大的刺激。他们每人喝了几口酒，权当是早餐，然后美美道：“也许我可以背你下山。”

香川酒力上涌，面潮心热，不禁大笑道：“还是我给你画张地图，你独自下山去吧。若是能找到帮手，再来救我也不迟。”

“如果找不到帮手，或是我又迷路了怎么办？”美美的目光中跳动着冷静的揶揄。

“最迟到明天，我就可以走路了。”香川婉转地表明态度。

“这可是你说的，如果明天还走不动，我就把你丢下。”美美又将收拾整齐的背囊打开来。

沉吟了一会儿，香川道：“听说，这山里有狼，一个人走路，确实不大安全。”

“怎么不早说？”美美吓了一跳。

“早说你会以为我在吓唬你，不肯让你离开。”

“你有一肚子鬼心眼儿，原本就没打算让我离开。”美美似是有些感动。

“这是野外的生存原则，与社交礼节完全不同。但是，如果你当真要一个人下山，我会让你带上这个。”他从背囊中取出两支探险专用火炬。“现在嘛，既然我们两个人还要在一起生活两天，就应该尽情享受‘社会生活’的乐趣。”他就着昨日的话题一语双关。

美美终于笑了：“荒郊野外的，我不会去钻你的睡袋。”

“钻也没用，我目前正在休假。”香川为他双关语的成功乐不可支，“不过，我们可以享受另一种家庭的乐趣，美味！”

“你居然还藏着吃的？”美美玩笑似的作势来抢，终于将保持了一整夜的矜持抛到了一边。

香川的手中冒出两只小铁盒，“虽然没有食物，但有牙买加的咖啡和武夷山的好茶，都是罕见的小品种，你要什么？”

“当然是咖啡了。”

望着美美哼唱着小曲，兴高采烈地帮忙点火煮咖啡的样子，香川有些喜欢上了这个高高瘦瘦的女子，发觉她身上有股子特别的吸引力，类似《褒斜道石刻》的书法。

对于女人，他的品味有些特别，他不喜欢那种显得像过日子能手的女人。那种把贤妻良母的特征粘贴在外表的女人，首先是最无趣味的情人，因为她们总是想尽办法跟你结婚；其次她们也未必真的是贤妻良母，因为他的那些广有财产的朋友，多一半都上过这种当。

他认为自己最喜欢的，是那种看似没心没肺，不知愁为何物的女人，只是，时至今日，他还未曾有幸与这样一位“可人”相逢。

等到日后他发现美美便是那位身穿萱草黄衣裙，脚踝纤巧的女子时，便不得不承认，这一切的安排都是命运，是他无可逃避的机缘，也是毫无道理推开的艳福，他必须欢欣鼓舞地接受她的一切，包括她很快便显露出来的坏脾气。

2

关于他们何时第一次见面的问题，美美坚决不肯承认她曾在香川的门前走过，更不可能是在早晨，因为她每天 7 点钟之前便要赶到事务所，开始一天的工作。

“我没有理由到你的门前去，更不会穿什么萱草黄的衣服。我从来也没穿过黄色。”美美大声地争辩，将咖啡馆中所有人的目光都吸引了过来。

这是他们回到城里之后多次约会中的一次。

香川对美美激烈的反应只是笑，仿佛他掌握着一个秘密，而对方一无所知。

“你不用笑得这样诡秘，我没去过。”美美将声调降了下来。

他笑道:“我对女人的记忆力极好，我说那个人是你，就一定是你。那天你穿了件萱草黄色的裙子,戴了顶萱草黄色的宽檐帽,脚上是那种细带的皮凉鞋,颜色黄得发红。”

“我讨厌黄色。”她的声调又高了起来。

“但是我喜欢。”他道,“在早晨明亮的阳光里,你的色彩带着一股甜香的味道,是那种肉豆蔻的味道。”

“但我喜欢杏仁发苦的味道。”她又变回职业女性的矜持与律师的冷峻。

“这是因为你对自己不够了解,你还没有注意到你灵魂深处最动人的内容是如何表现出来的。”香川转动着咖啡杯子,依旧保持着善解人意的笑脸。

美美歪着脑袋盯住他,像是审视对她撒谎的委托人一样,问道:“你把自己打扮得像个半仙，仿佛天下没有一件事不在你的意料之中,但是,你对我又有多少了解?”

香川郑重道:“我还不了解你的肉体,但我了解你的灵魂。”

他这是第二次对她讲这句话,上一次讲,是在他们两周前下山的时候。当时,他脚上的水肿已经基本上消退了,只是依旧很疼,支撑身体的时候让他头上冒汗。

“还说自己能行?吹牛大王。”两天相处下来,美美变得嘴上毫无遮拦,但手上却热情,抢过香川的背囊,横在她的背囊上边。这样一来,香川从后边望过去,便只能看到她的两条长腿。

他指点美美朝水库的方向走。虽然这与他的来路正好相反,但他相信,有水库就会有看守人,也必定会有公路和汽车。

山坡上是大片的次生林,树种繁多,杂乱无章,多是些没有经济价值的树木,然而,对于香川来讲,繁杂的树种却能给他带来更多的愉悦。初秋正是山中最美的季节,松脂撩人的香气似是凝结成一条条粗大的巨蟒,突然之间你会被它包围,被它捆缚成一团,那种甜腻腻的味道能让你春心荡漾。几步之后,你又可能毫无防备地脱离了松香的纠缠,就仿佛吵闹不休的旧情人终于另有新欢,却把你丢给了马鞭草和唐菖蒲的青苦。

山中多变的气味，似是攫住了香川绝大部分注意力，脚上的疼痛也就不那么恼人了。护林员踩出来的小路弯弯曲曲，他一步步小心走路，时常驻足下来，皱起鼻子追踪林中出现的新气味，便不觉间落在了后边，偶尔只能看到他的背囊在前边的林木间晃动。

“歇一会儿吧。”美美远远地叫道。

转过一大片山榆树与榛树的混杂林，他先是发现了溪流，又看到了坐在水边岩石上洗脚的美美，最后被那对纤巧可爱的脚踝震惊了。他呆呆地停在那里，仿佛雷击后的树桩，外表木然，内心却在灼烧。

美美嗔怪道：“别傻站着，下来把脚泡一泡，止疼的。”

冰冷的溪水似是咬了他一口，他还是强把脚没入水中，伤痛处立时一片清凉。

他道：“我见过你的脚踝。”

“你被蛇咬了吗？竟然说胡话。”美美伸手摸了摸他的额头，又在他的后脑上打了一巴掌。

“我当真见过你的脚踝，就在几天前。”香川还没有从震惊中清醒过来。他一生相信征兆，相信机缘，美美这两次毫不相关，却意义重大的出现，意味着完全彻底的偶然被这对可爱的脚踝注入了必然的因素。

美美似是被他脸上的郑重吓住了，半张着口，帽檐遮掩下的大眼睛一闪一闪的，像只警觉的大鸟，半晌方道：“这种泡妞的办法很像是邪教在引诱信徒。”

香川沉重地摇头：“这不是泡妞，而是机缘，是天道轮回。”

“你是说，我们两个命中有缘？”

“是的。”

“胡说八道。”美美大笑起来，以至于泪花四溅。“不过我还是很受恭维，这么多年了，还没有人对我讲过这么动听的话，谢谢。”

“真理必定是美的，你受感动理所应当。”香川锲而不舍。

美美跳入溪流，转到香川近前，问：“你硬说我与你有缘，可你又知道我些什么呢？”

“我还不了解你的肉体，但我了解你的灵魂。”

美美突然间笑得痛苦，她伸出双手扳住他的头，在他唇上恶狠狠地吻了一下，道："好啦，这下子你连我的肉体也了解啦。"

那天，他们在溪流边发现了大片的水芹菜，摘下来洗净切碎，拌上袋装的沙拉酱，两人饱餐了一顿。

"这个沙拉不好吃。"美美放下刀叉。他们此时又转移到了一家德国人开的西餐馆里，继续着方才咖啡馆中的谈话。

她接着道："你当真相信机缘，还是把它当作骗女孩子上当的手段？"

香川道："佛说'不可说'。类似的事情，不是我们这些凡夫俗子可以议论的，我们就如同混入江河的露珠，不论漂流到哪里，都是早便安排好的。与露珠不同的是，我们每个人都有自己的特征，比起没有自我的物类，算是幸运得多了。"

美美问："你又怎么知道露珠没有自己的特征？或许它也会思想，也有感觉，只是人类无法理解罢了。"

香川突然间瞠目结舌，半晌方道："你知道你方才说了些什么吗？"

"什么？"

"你刚刚发现了'万物有灵'的思想。了不起呀！古人发现这个思想不知道用了几千年。你真让我羡慕，具有如此敏锐的智慧。"香川深深地凝视着美美，仿佛他用目光攫住了一件盖世奇珍。

美美把嘴一撇："我可不想当什么迷信思想的发明人，你要是喜欢，拿去玩吧。"

"可我想要的是你的全部，从肉体到精神。"香川叫道。九个月之后，等到美美离他而去时，他方才意识到，这句话所代表的大约是他感情最炽烈的部分。

不想，美美听到这话却生气了："你已经得到了一切，还说这些肉麻的话干什么？"

"我只发现了你的精神，并没有得到你的肉体。"香川自觉比窦娥还冤。

美美直视着他的双眼，一字一顿道："那天，在水边，在睡袋里，你已经亲近了我的身体。”

“没有的事。”他高声叫屈。那样的事情，怎么可能平白忘掉，而且忘得如此干净，以至于在记忆中了无痕迹？

美美收拾起随身的东西，迈步往外走，临行对他道：“如果你相信自己那套迷信理论，就说明那件事也是机缘；如果你不相信自己说的话，那么你就是一直在骗人。我绝不会与骗子有什么瓜葛。”

“所以……”

“所以，从今天起，我不认得你，你也不认得我，我们毫无干系。”美美脚步噔噔地去了，没有回头。

香川当真对那件事毫无记忆。那一晚两个人在山中偶遇，说过些什么，做过些什么，他基本上都可以回想起来，如果出了那件事，他绝不可能忘记。

他没有追随怒冲冲离席而去的美美，而是兀自坐在那里，一一考证那一夜的情景：

……她喝了咖啡；

……她戴了顶扬基队的棒球帽；

……她的香水带有飘忽不定的柑橘和花香的味道，应该是香奈儿的“风度”；

……她的登山裤是可以随时拆解成短裤的那种；

……她的眼睛大大的，目光犀利；

……她的手上有力气，可以折断树枝烧火；

……她有一个充气枕头；

……她的睡衣上绣着可笑的小熊；

……她的睡袋……

糟糕，她的睡袋是什么颜色？香川回想不起来她的睡袋的样子，也想不起来她整理睡袋的样子。

临睡前他们讲过话吗？讲了些什么？

但香川还是不相信他们曾在同一个睡袋里睡过，尽管他确实有一个双人睡袋。

他相信，这只是他偶尔疏忽，没有留意美美的睡袋罢了，绝不会像美美所说，他忘记了，或是故意不肯承认他们的肉体接触。

3

那年冬天，在美美的威逼之下，香川再一次站在那条小溪边，然而，他却痛苦地发现了一个让他开始怀疑自己的理由——远处的湖泊，也就是那座水中有许多大鱼的水库不见了。

他记得，那天下山的时候，他们走到水库边已是黄昏时分，梨形的火烧云铺满了天空，预示着一场暴雨即将到来。

"那天的雨下得好大。"香川试探美美的反应。

"所以你发起烧来，一个劲儿地说胡话。"美美证实有雨，同时麻利地把宿营的物品整理好。她有一个黑色的单人睡袋。

"你还记得那座水库吗？"他接着问。

"哪座水库？"美美反问。

"就是我们划船穿过的那座水库，有条大鱼险些跳进船里？"

香川清楚地记得，那是一座沿着S形的山谷建起来的水库，水面只有几百米宽，却极长，长得让他们划行了几个小时才到水闸。

那天晚上没有月光，也少见星辰，两边黑黢黢的崖壁向他们倾斜过来，近旁时时传来一阵险恶的击水声。他有些害怕，因为周围空无一物，所以就更加担心，直到一条白亮亮的大鱼从水中跃起，"砰"的一声撞在船帮上，又翻身落入水中，他紧张的心情这才安定下来。不论何时，只要有生物与你存活在同一个空间里，你就应该是安全的。他不惧怕任何活着的东西，他只惧怕看不见摸不着的东西。

那天是美美在划船，她很有力气，运动衫下的乳房仿佛男人发达的胸大肌一般平坦，袖子挽到了肘部，露出小臂上攀岩者才会有的那种精致的肌肉。她不是通常意义上的性感女郎，而应该是那种让男人又爱又怕的女人，他们怕她，必定是因为没有信心征服她。香川心中七上八下。

美美突然道："三更半夜的鬼也没有一个，你唱支歌吧！"

"没有合适的歌。"香川正在仔细观察，品评她，被这个要求吓了一跳。

“会唱什么就唱什么，实在没办法，喊两嗓子也成。大男人窝窝囊囊地缩在一边，成什么样子！”美美划船的动作优美，双桨起落整齐而有节奏。

香川不大会唱歌，却会唱大鼓和单弦，平日里在家中闲来无事，便唱两段哄自己开心。不过，大鼓词中的女主角不是弱不禁风的林黛玉崔莺莺，便是命运不济的杨贵妃李慧娘，没有一个适合眼前这位肌肉结实的女律师。

无奈之下，他便击节按板地唱了一段应景的单弦《风雨归舟》，果然招来一场大雨。

香川认为，正是这一晚美美给他下命令唱歌，而他又老老实实地听从了命令，便奠定了他们二人的关系结构，也就是北宋那位“好宾客，喜畜声妓”的陈季常先生与河东狮子吼柳氏夫人的关系结构。

他爱她，但又怕她。这也就是为什么当他与竹君过上了另一种相敬如宾的生活时，他感觉自己像是放了一次轻闲的带薪长假，尽管与竹君的生活对他存在着另外一种压力——性玄学的压力。

美美那天抓着他的胳膊，在营地周围到处走，像个调查犯罪现场的侦探。

她道：“看见没有，这就是那天你铺睡袋的地方。”在几块方凳、茶几般的青石边上，是一小片平坦的草地，香川认为，若是自己选择，确实会在此安营扎寨。

美美又踢了踢几支焦黑的枯柴，“这就是我们点火的地方。”香川觉得烧火的地点离他的“床榻”太远了。

她的这种固执又认真的劲头，香川早已经领教得清清楚楚，与她争辩的结果很可能是拳脚相加的暴力结局，但是，他在内心深处坚信一点，这绝不是他们当初宿营的地方。像美美这样一个在山中会迷路的人，不可能准确地找回到那里，即使他自己，现在也不知道那个宿营地在什么地方，况且有明显的证据——水库不见了。

于是，这次在美美逼迫下的故地重游，便成为了一种对相似的找寻，而不是如美美所说的：“找到那里，我要把咱们同睡的地方指给你看，免得你不认账。”

“可水库在哪儿？”香川从另一个角度论证自己的观点。

“哪来的什么水库？”美美一脸不高兴。

“就是你划船送我过去，累得满头大汗，还被暴雨把我们浇成落汤鸡的那座水库。”香川伸手向应该有水库出现的方向指去。

美美把他按坐在石头上，伸手摸摸他的额头，又把手伸到登山服里摸摸他的腋下，然后双手夹住他的头，左晃右晃再猛地一扭，他的脖子内部传出一声轻脆的声响，她这才道：“你真的有问题。你这个人不单迷信，还是个妄想狂，已经严重到幻视幻听的地步。我告诉你，既没有什么水库，也没有什么萱草黄的裙子，所有这一切，都是你在白日做梦。”

香川问：“那天下山之后你没有划过船？”

美美答：“我这一生也没划过船。”

香川拉过美美的手臂，让她攥紧拳头，小臂上呈现出来的，正是他记忆中的虽不粗壮但极精致的肌肉。他道：“我记得这肌肉，清楚地记得你划船的样子，还有一条大鱼险些跳入我们的船舱。”

“那一定是转过天来我们在山下吃的那条鱼跑进你的脑袋里。”美美又变得好脾气了，笑道。“好啦，别再纠缠这件事了。在毫无意义的事情上，我不会浪费宝贵的精力。现在，你只要听我的话，我可以保证你见到的东西全部是真实的存在，是那种比贷款合同和器官捐赠遗嘱都还要真实的实在。”

香川转身走向溪边去打水，撂下一句不谨慎的牢骚：“你即使想要控制我，也没有必要把我变成个精神病人。”

美美针锋相对：“你为了留住我，更不必装扮成精神病人。现在，你打完水就去捡木柴烧火，我饿了。”又是命令。

即使是法官的死亡判决书也不能让香川改变记忆，他相信自己确实看到并穿越了水库，手上沾到过那带有山间野意的湖水，尽管在水上旅程的后半段他由于过度劳累和高烧睡了过去，醒来时已经住进了山脚下的小县城。

同时他还知道另外一件事不可改变，那就是他与美美的关系。今天他被拉进山里来，表面上是求证两人各自记述的真实性，实际上美美求证的是她在他身上的权威性，是要进一步证实她对他的控制能力是否依旧如臂使指般便捷。

其实这都是浪费时间和精力，早在几个月前美美搬进他的小楼，与他开始同居生活的那一刻之前，她的权威便早已确立，而且得到了他热烈的欢迎。当时的情形，就如同在他身上刚刚建立起一个全新的、革命性的新政权一般，令他欢欣鼓舞——至少他当时的表现达到了这个水准，尽管他后来对这种贸然的激情有些不解。

命运和机缘不可抗拒，外来的强暴与压力反而会成为促进生命发育成长的关键动力。香川分析过他们二人的关系结构，再将庄子的“无为”和“不逆”的思想在内心深处加以个人化之后，却发现其中相当一部分居然与犬儒主义有相通之处。犬儒主义不了解宿命和机缘，但他们相信“屈从”也是力量，而且是一股强大得足以战胜统治者的力量。

4

美美显然是个眼大心大的女人，她对香川独自享用的这座足有八十年历史的小楼，最初并未表现出女孩子们通常会流露的惊讶与艳羡。

“这院子里植物太多，又是葫芦架，又是螃蟹缸，还有竹子，不清理出来，根本没有地方停车。”美美从走进大门的那一刻，便开始了精明的房地产商人式的批评。

“房子也太旧了，如果不装修，怎么能住人？”美美将行李丢在前厅里，楼上楼下飞快地走了一遭，“还是得找人来收拾收拾，你准备装修吗？”

香川摇了摇头：“没有，我不想装修。”

美美仔细研究楼梯边的墙壁，拿出汽车钥匙刮掉表面厚厚的油漆，下边露出的居然是大理石。她惊呀道：“天哪，原来是用大理石装饰的墙面，八十年前的建筑，使用的必定是意大利的大理石。”

随后的发现越发让她兴奋起来，不单单前厅的墙壁是用大理石装饰，餐厅和卫生间也是大理石墙面。“当初这里住的是什么人哪？居然如此奢华！”

“建这所房子的好像是北洋政府的一个外交次长，后来住的是个类似于孙殿英之类的小军阀。”香川喜欢这所旧楼，一来这是他父亲留给他的唯一遗产，二来是因为它所承载的那种殖民时代优雅的气息。

美美双手抱住肩头，站在前厅里左右环顾道：“那么，这所房产现在应该很值钱了。”

他却道：“我不需要钱，更不会卖掉这所房子。”

近几年来，这座城市已经变成了一个巨大的房地产市场，几乎所有的人都在追逐更大更高级的住房，于是，这种旧租界中仅存的几百幢别墅式建筑，便成为暴发户和当权者追逐的目标，因为，住在这里代表着一种身份。不论是旧时代，还是新时代，能够在此处居住的，都是时代的宠儿。

香川的曾祖父和祖父是时代的宠儿，但他不是，他的父亲也只是借着祖上爱国资本家的好名声，才得以保留下这唯一的家产传给他。

他将美美安置在二楼西侧的大卧室里，这原是他父母的房间。他自己从一出生便住在二楼东侧的大卧室，从未换过房间。

“今夜我不知能不能入睡？”美美爬上那张松软的古董大床，下边粗大的弹簧颤颤的，让她眼神中的情欲有些模糊。

香川却道：“一个人睡这张床得当心，它的弹簧力量大，会摔人的。”

“你不跟我一起睡？”吃惊的表情让美美的眼睛里一瞬间反射出近乎天真的虹彩，“我若是害怕该怎么办？”

香川摇摇头：“我长这么大，从来也没和别人睡在同一张床上过夜。”

话虽如此，此后的日子里，美美总能想出各种稀奇古怪的理由把他留在她的床上，或是赖在他的床上不肯离去。

香川发现，美美当真被这座小楼迷住了。最初几天，她头上沾着蛛网，浑身上下落满了灰尘，从取暖锅炉所在的半地下室，直至阁楼里的杂物储藏间，手中拿着卷尺、计算器和律师专用的高级拍纸簿，一天之中上上下下无数趟，以至于连她工作的律师事务所也被丢在脑后。

“我下午在阁楼上发现了一套齐彭代尔式的软椅，只要把蒙面的锦缎换一换，再找个好漆工油上一油，就是无价之宝。”美美兴奋得两眼放光，随手夹了一大块酱烧牛肉放在嘴里。这几日的劳累，让她胃口大开。

香川又端上一盘糟熘鱼片，将炖汤的电磁炉调到小火，这才盛了两碗饭送过来：“我母亲从来不许我到阁楼上去，我也不知道那里有些什么。据我奶奶讲，先后几家房主都只是往里边装，很少往外拿，大约有六十年没清理过了。”

美美大叫道：“我已经清点过了，那是一座宝库。”

“你当真要装修这所房子？”香川有些无可奈何，他不愿意任何人干扰他的生活、他的意志和他的闲适。

美美已经吃完了一碗饭，自己盛第二碗，道：“你不用跟着担心，你也干不了什么，一切都有我哪。”她突然一笑，改为软语商量：“装修的费用由我出好吗？”

她猛然间收起律师那种唯我独尊的口气，把语调揉搓得如此柔和，如此媚人，让香川很不适应，以至于产生了一丝面临阴谋的恐惧，便道：“不装修也可以住人，何必费事。”

“如果不装修，我就搬回去住。”美美面部的线条又硬了起来。

香川道：“这真是让我为难。你知道我爱你，但我的精神却禁不起你这么反复折磨。”此时他开始怀疑让美美搬进来是不是个好主意，同居不如“走读”，过于密切的接触，制造出来的往往是隔阂。

“我也爱你，从第一天见面起我就被你迷住了。”美美把自己调整到顽皮的一面，“这都是你自己想不开，不是我在折磨你。”

“但我一个人独居惯了，怕是无法适应与人共同生活。”他不由自主开始退缩。美美的侵略性让他害怕，他与其他人同居，向来是由他掌控一切。

“不要紧的，我来承担一切，你只管享受就是了。”美美最后还是不由分说，便把所有事情都大包大揽下来。

香川道:“如果一定要装修,还是由我来出钱吧。”虽然他手中并没有这笔钱,但他也要防止把他们的关系搞成一个合伙生意,那样一来,美美必定会毫不客气地占有并享用她自己的那份权益,因为她是律师。

见他答应装修,美美心满意足地笑道:“你能有什么钱?还是我来出这笔钱,你只要让我能安心地住在这里就很大方了。”

这也就是说,装修之后,美美对这所小楼便有了当然的居住权。这让香川想起了一个寓言,他发觉自己就是那个允许骆驼把鼻子伸进帐篷的阿拉伯人。

他知道自己真的爱美美,但又怕美美毁了他懒散的生活,这是个两难的命题。眼下,除非拿出壮士断腕的勇气,立刻断绝与美美的这场危险的恋爱,否则,他今生今世便极有可能被系在美美的裙带上过活。然而,他也非常清楚,此时此刻,他没有能力,甚至没有权利改变他们的关系,这绝不仅仅因为他是个懒人的缘故。

5

与美美同居的头几个月,香川“享受”到了一种从未体验过的生活,或者说,是那种被忘却的父母呵护下的荣宠,尽管这位“父母”时而过分严厉,时而又过分溺爱。

他以往也有天下每一个懒男人都曾有过的梦想:找个能干的女人娶进门,然后一切都交给她处理,自己安心享受他特有的那份常人不肯也不擅长的乐趣。然而,他最终发现,世间能干的女人只有两种,一种是女强人,是与男人打拼,满世界追逐利益的那种人,这些人的精明厉害还不算什么,难过的是,她们总以为是男人需要她们,而不是她们需要男人,于是,便视男人如粪土,视家庭生活如牢笼,不得已找个男人结婚,也只是为了借种生孩子罢了;另一种能干的女人是那种有洁癖的人,她们的整个世界就是自己的家,确切地说就是她的住房,除此之外与她无关,每日里她们将家门以内的一草一木都管制得服服帖帖,任何一种在这个房间内存活的生物,要遵守的戒律比蹲大牢的罪犯还得多上几十倍。

无奈的是，他很快便发觉，美美兼备了上述两种女强人的部分主体特征，角色之间的转换可以在百分之一秒内完成，与众不同的那一部分，是她身上的这两位女强人却有一种共同之处，她们对香川采取的是同一政策——物质上的溺爱与情感上的独占。有鉴于此，他偶尔会怀念往日与其他女人的那种若即若离的同居生活，那可能是他唯一能够适应的生活状态，如今这种把自己完全彻底地交出去，一切事务由别人安排的生活只能算是他天真幻想的破灭，是不成熟的表现。

“世间哪有天上掉馅饼的好事？即便有，咱们也未必有造化真的遇上。”他对养在缸中的大闸蟹心满意足地发牢骚。“能有今天的日子应该算是我们大家祖上的功德，也是我们努力抗争的胜利成果，要不，你们哥儿几个怕是连安身之地也没有。”

在他看来，整个装修过程就是一场战争，是那种夹杂了许多复杂成分的缠斗。美美的宽敞、明亮、整齐与高雅的装饰趣味与他的方便、随意、好玩与听之任之的趣味难以调和，尽管他对家中发生的一切，连根手指头也未曾动过一下。

美美最先拿出来对付他的方法是强权加诱骗。

“阁楼上有张可坐可躺的大床，拿下来摆在客厅里一定好看。”美美媚眼如丝。

“我可搬不动那东西。”香川刚买来两只鸣声悦耳的竹蛉，正在削苹果给它们喂食。

“有工人，不会让你动手。”

“不行，没有客厅里的躺椅我睡不着午觉。”这两只竹蛉在夜里鸣叫起来，一定能让他找到在原野中沉睡的乐趣。

美美突然怒道：“往后睡午觉上楼去。”

那个所谓的大床被搬了下来，原来是一张镶嵌着大理石山水画的烟榻。美美给它配上锦缎面的床垫和软硬两种枕头，又不知从哪个角落翻出来一个雕漆的托盘，放在榻上给香川装他不离身的香烟、茶壶和山核桃、小葫芦之类的玩物。从此后，香川每日不单可以在上边舒服地睡午觉，还把这里规定为读闲书的场所。

当然了，并不是所有的改造工程都是以这种喜剧模式完成的，但香川最终还是坚守住了属于他自己的两块半阵地。

半块阵地是指对他那间卧室的改造,这是一场充满着《战国策》智慧和宫廷式阴谋的争夺。香川此前已经向美美发出了明确的通告,二楼的装修截至他的卧室门前为止,即使她要把阁楼改造成跳舞厅或是在屋瓦上种树他也不管,但他的卧室一丝一毫也动不得。

美美对他的要求表示深切的理解:“你在这间房里长大,当然有感情啦。如果我也有这么一间承载着个人历史的房间,我绝不会让任何人动它一手指头。”

近五十年来,香川的祖父和父亲为了把这座新殖民地式的建筑丑陋化、贫贱化,以抹杀他们身上的资产阶级烙印,可以说是进行了艰苦卓绝的努力。他们在别具风格的瘤子砖外墙上,用黄土兑上胶水和白垩刷出一层花不溜秋难看的颜色;房中所有的地板和门窗都被油漆成贫贱的土棕色,而早年来自欧洲的名贵家具则漆成了配给制家具的墨绿色。

美美花大价钱请来高级油漆工,将楼内所有允许她装修的木器上的油漆全部用火碱洗掉,然后再重新油饰。

被油漆遮盖住的墙面也已清洗干净,露出来的是两种不同深度的灰色大理石组成的优雅的图案。前厅、书房和客厅里丑陋的松木地板也被拆掉了,隐藏在下边的是大块的森林般葱绿的大理石地面,镶嵌大理石的铜星和铜线反射着古董金饰品沉稳的柔光。

小楼的外墙被刷成柔和的乳白色,再配上红色的屋瓦与深粉红色的木质百叶窗,原本就带有些葡萄牙乡村别墅的风格终于被美美挖掘了出来。

她揽住香川的腰,将头亲热地靠在他的肩上,感叹道:“在这样的房子里相夫教子,是每一个女人的梦想。”

香川也被这所房子突然显现的华丽吓住了,在他的印象中,从出生开始,这座小楼便黑乎乎地笼罩着一重阴郁的气氛。

“如果自幼就住在这样漂亮的房子里,我一定会长成一个狗少式样的浑蛋。”不知何故,他突然冒出这样一句话。

美美道:“即使你是个彻头彻尾的浑蛋,我也会爱上你。”

“这可是句谎话。”

美美笑道:“不是谎话。我爱你的虚无主义,也爱这所房子。”

“不爱别的?”香川忘记了他那两只竹蛉还没有喂食。

“当然啦,作为男人,你很了得。”美美在他的屁股上满意地拧了一把。

许是那天心情开朗,所以,游览到二楼的时候,香川发现了一个严重的问题。二楼有三间卧室和两个卫生间,拼花地板与房门全都是橡木制成的,重新油漆之后非常漂亮,只有他的卧室没有改造,这也就越发显露出他的卧室那扇门的丑陋。

“这扇门太难看了。”香川冲着门上肮脏的土棕色摇头。

坠在他胳膊上的美美道:“像在脸上爬了只臭虫。”

“要不让他们把这扇门也收拾了?”香川的话音未落,美美便飞也似的没了踪影。

门被重新油饰之后,引出来的问题就越发地明显了。一扇漂亮的门安装在黑糊糊的卧室里,不管怎么看也不协调,最后商量的结果是重新粉刷墙壁,更换窗帘和床上用品,但卧室内的一应家具、用品在香川的舍身救护下,总算保留了下来。

有鉴于这次中了美美的“暗度陈仓之计”,在厨房和花园的问题上,香川进行了殊死的抵抗。厨房和花园是标志着他个人文化特征和艺术品味的地方,他再也不能容许美美的文化侵略。

“好莱坞来啦,后现代主义哲学来啦,诺贝尔奖来啦,美美也来啦,民族文化的唯一生存之道,就是再来一场八年抗战。”他哀叹道,缸里的螃蟹舞着大螯回应他的感叹。

他用手指敲击螃蟹的外壳,“要想指望你们是不可能了, 天下凡是把骨头当成盔甲的东西,都是些外强中干、没有立场的家伙。”

他猛地意识到这话有些像是在批评自己,“可话又说回来, 那种鲁莽的,不顾一切的抵抗终究徒劳,倒不如虚与委蛇,积蓄力量,他日再较短长。”

院外有人叫门,香川出来一看,外边有两拨人。第一拨人是保洁公司来打扫卫生的。美美曾对他讲,你可以在家中任意胡为,想怎么玩就怎么玩，想怎么闹就怎么闹，但要允许她派人来再让家中恢复应有的秩序。

另一拨人抬着一个巨大的玻璃缸。这是他故意给美美出的难题，开玩笑说是要在书房里安装一个大型的山水喷泉，今天她果然派人来了。

美美给大企业打破产官司，收入虽然不少，但为了哄他高兴居然如此地胡乱花费，这让他心里很是不安。他奶奶常说："小孩子是宠什么有什么，越宠越坏。"他很是怕美美这样不分好歹地宠他，或许当真会把他宠坏。他深知自己意志薄弱，而且已经养成了一身的毛病，如果再被人这样不顾一切地溺爱一番，真不知道日后会变成个什么浑蛋模样。

美美却半真半假地对他道："我崇拜你的品味，你尽管放心大胆地玩，你喜欢的东西，总能出乎我的意料。"

这种关系可不是应有的男女之道，倒像煞统治者对心怀不满的文人们的驾驭之术，想胡闹尽管胡闹，但一定要学会乖巧和看眼色，知道有所忌讳。

为此香川有些发愁，时而也会冒出一股子反抗之心，但美美总能够用各种各样的玩物，或者是用性来成功地化解他的抗争，偶有危急时刻，她还有雷霆之怒和凌厉的拳脚可以扭转局面。

香川对他的蟹友们轻叹："这样下去可不是长久之计呀！"

螃蟹们却收敛起大螯，吐出一串串轻蔑的泡沫，不再理会他。

6

在山里，轻薄的雪花东一片西一片地飘下来，像是空中有人在丢弃陈旧的情书。

美美依旧不肯钻入睡袋，兀自坐在背囊上吸烟、喝咖啡。

香川将手肘支在充气枕头上，透过篝火望着美美身后的杂木林。残存的篝火催动着热气流上升，让美美与她身后的树林变成抖动不止的影像，色调昏黄，像在放映一部老影片。

美美突然道："也许我不该带你回来，这不是一个好主意。"

香川道:“温故而知新,所谓故地重游,其实找到的却常常是错误的发端。”

“错在哪儿?”

“错在水库不见了。”

美美又陷入沉默。不远处有夜鸟飞过,啼声清晰可闻。

近来美美发脾气的时候少了,故作顽皮的调情也少了,常常用沉默来代替往日的热情。这也许就是情人间的“七月之痒”吧,对此香川有些伤感,然而,从狂热的爱恋到频繁的摩擦,只有经受得住这种令人厌烦的考验之后,才能真正进入柔情蜜意的阶段。

香川认为,他们现在所处的,是惯常要有的那种“怀疑阶段”,是两个人从自以为了解对方,到突然发现对恋人一无所知的阶段。

这与命运无关,与机缘也没有关系,他的命运早已注定,就是要把他交到美美这样一个管理者的手中,可以享用一切,也可以任意胡为,只是没有自由,进而又可能会失去独立的意志。

这个故地重游的决定来源于一场没有目的的争吵,是香川时常要做的那种无谓的抗争。尽管美美从不让他找出明确的可以抗争的理由,但同居几个月之后,他还是敏锐地发现了一条真理——为自由而抗争原本就是一场长期的混战,并不需要什么理由。

“你不爱我。”美美的职业把她训练成为抢占有利话题的高手。

“你知道我爱你。”正常情况下,香川尽一切可能避免与情人在晚饭后争吵,那样可能会让他伤胃,对睡眠也不利,但今晚他决定在这个意想不到的时刻出击。

“那你从什么时候爱上我的?”美美在法律界以思路清晰著称。

“从你扶我下山的时候。”这是个站得住脚的理由,如果香川再说他第一次在门前见到穿萱草黄衣裙的美美便命中注定要与她厮守了,唯物主义者美美必定会暴跳如雷。

“有什么可以证明?”美美问及关键证据。

“我爱上了你大大咧咧的性格,爱上了你精瘦而有力的身体,还爱上了你的脚踝。”最后一句话是有意的挑衅,美美的脚踝在他们的语境中已经成为一个神秘主义的符号,美美对此深恶痛绝。

“还有什么？”美美给自己倒了杯酒，没有加冰块。纯威士忌在烛光下现出琥珀般的金红色，这是她暴怒的前兆。

“再要细说可就复杂了。”香川也示威似的给自己倒了杯杨梅酒。这种酒是他在每年的杨梅季节亲手泡制的，再加入冰糖助甜，香草助味，盛在水晶玻璃杯中，那鲜艳的红色醉眼迷离。

美美尖刻地望着他，道：“我有充分的时间听取全部证词，除了正文，你可以连附录带注释一起都讲出来。”

“我爱上了你挣钱的本领，爱上了你对外部世界的无畏无惧，爱上了你对我的挥霍无度，也爱上了萱草黄衣裙透露出来的神秘气息。”古人是以醇酒美人自污，而香川却希望通过自贬达到让美美警醒的目的。

“还有吗？”

“我也有不满和深深的遗憾。”

“比如？”

“比如，我还想回到以往那种没人管束的、邋遢而又懒惰的生活状态；我还想结交新的女孩子，让她们的无知来反衬我的高明；我也想开着辆本特利或波尔舍招摇过市，让警察给我开出成本儿的超速罚单。”他是个热爱旧词汇的家伙，他所说的本特利和波尔舍，其实就是香港人所谓的宾利和保时捷，尽管他厌恶开汽车。

美美没有插言。

“我也想在我们相遇的山中建一所小房子，门前种上大片的核桃树和柿子树，两种树加在一起名叫‘合适’；再买一头驴拴在院门口，让我可以骑着它去赶集。”必须得有超出美美经济能力的狂想，才能让她望而却步，甚至知难而退。香川对常人那种恶语相向，甚至打得头破血流的争执深感恐惧，他更喜欢这种带着一点点遗憾、一点点忧伤、平心静气的疏远，这可以让美美反省自己的行为，重新设计他们二人的生活，或者分手。

他爱这个女人，不会主动与她分手，但是，如果她肯换一种方式来爱他，他将感激不尽。

美美终于开口了：“这得需要上千万的投资，还需要极大的耐心和深切的爱。”

“这是我无法实现的梦想,也是你不可逾越的高山。”香川总结前言。

美美问:“你刚才还说,想再认识新的女孩子?”

“只有这一点实现起来不难。”

美美手中的瑞典水晶玻璃杯飞到了香川的头上。她拽住香川的双脚,将他从烟榻上拉到地下,让他的头在大理石地面上碰出一声脆响。

她道:“你不用跟我在这里装模作样,你以为能把我气走吗?”原来她早便识破了他的诡计,香川在她的拳脚相加之下,发现了问题的实质。

从他们相识,直至美美出走,在长达九个月时间里,除去往日那种半调情式的殴击不算,这是香川与美美整个同居过程中唯一的一次被真正施以暴力。据他个人判断,这次暴力事件已经超出了美美对他施行全面控制的技术范畴,而是她在精神、财力和情感三方面压力下的大爆发,是一时的失控,或者说是恼羞变成了怒。

他关于奢侈花费的暗示,必定是让一向自认为事业成功的美美羞愤难当,所以,在她出走南美时给香川撂下一句话:“我不发大财绝不回头。”

种下什么样的因,就会结出什么样的果。香川发觉,自己这一次吵架战术上的错误选择,这次对攻击内容的错误选择,居然改变了美美正常的生活轨迹。所谓冤孽,大约就是如此。

在这次不成功的谈话之后,他们便决定冒着冬季的严寒,再次回到山里,去考证他们爱的发端。如果换一套言语描述他们这次远足的动机,也可以说,他们是为了消除对这段恋情真实性的怀疑,而去找寻那最初点燃爱情烈焰的火花。

第二章

形而上的白莲花

1

故事开始的那天,也就是蝴蝶前来拜访香川的那天下午,在竹君身上发生了一桩尴尬事。

这原本是一个再寻常不过的下午,那些傲慢的博士后学生照例在她的课上晚到了五分钟,男生们的目光一如既往地在她的小腿或胸部逡巡,而女生们则像计算器一般精密地估算着她的裙装和凉鞋的价钱,甚至有个女生大胆地从她与黑板之间穿过,为的只是考察她今天使用的香水品牌。

这一切都很正常,都是她日常生活中注定要发生的内容,因为,这是些了不起的博士后学生,其中许多人早已是国内外知名的学术新星,而且多数人的年龄比她还要大些。

虽然她在性学研究方面是国内独树一帜的学者,但她毕竟太年轻,太漂亮,而且仅仅是个硕士。

“今天我们一起研究第五个课题——性行为的玄学意义。”她努力使声调平和而又不失活泼,在目光中夹杂了几分戏剧性成分,向坐姿随意的学生们暗示下面将会引出一些有趣的内容。如果不能吸引住他们的全部注意力,她将不得不面对两种性质的挑战——挑逗性的来自男生,而挑衅性的则来自女生。

“别又是‘天人合一’的老套子。”学生们不会轻易放过她。

这不是个好兆头。学院中许多著名的教授都曾遭到这些人的羞辱，因为，他们对任何一个学术不精的授课者都毫不容情，而他们每个人在自己的研究领域里却早已武装到牙齿。这一代学人的自私与自恋在他们身上达到了完美的结合。

她反击道："嘲弄'天人合一'，只能表明你对超自然力的恐惧和不解。我读过你们每一个人的著作，你们当中没有一个人真正了解这一命题。"幻灯被打开，幕布上出现了一幅精美的春宫画，一男一女相向缠立在花园中，背景是山石芭蕉，朱廊白鹇。

她道："我们前边谈到过中国的导引术与阴阳采补之术的关系。"

有男生插言："我们在课下已经努力完成了'作业'，只是还有些技术问题需要老师言传身教。"

她不去理会这种隐喻的性挑逗，接着道："今天我们研究的是源自古代印度的一个性观念——白莲花。"

这是她研究多年的一个中心课题。她并不认为自己是受到了这种性玄学的迷幻，以至于误入歧途，而是在研究过程中发现，这可能是一条人类的自新之路，是一条能够带来智慧与康宁的福泽之路。当然了，纸上谈兵毫无意义，在这件事上，精神修炼与肉身修炼缺一不可，实践的意义与冥想的意义同等重要。

长期的修炼让她感悟到，实现"白莲花"已经成为她的一项使命，是"自然"选中了她，让她在人类的感知能力被尘封多年之后，替大家找寻一个觉悟的办法。这样一种奇妙的行为方式和理念，在她的意识中，已经变成了一把将为她打开超自然力宝库的钥匙。

听到"白莲花"三个字，学生们安静下来。这是些好学成癖的家伙，一旦遇到了新知识、新观念，他们立时就会变成一群危险的饿狼。

教鞭圈住了画面上的两个人，"这一组春宫画册页据说出自陈老莲之手，画的是《天罡三十六势》，这幅画便是最高级的第三十六势。"

"练这姿势不很困难嘛！"下边还是有人心神不定。

"难在境界。"竹君道，"这个姿势源自于古印度的瑜伽术，他们认为，每一个人的脊柱尾端都驻守着一条昆达利尼蛇，它是人类一切精力的源泉，是无上神力对人类的褒奖和怜悯。养护它，激发它，让它发热发光，将玄学意义上的神力转化为切实可用的精力，是肉体与精神相互转化,相互实现的终极目标。”

“哈里路亚!”学生们的幽默感常常令人匪夷所思。

这种看似虚幻的玄学,是当今学术界私下里的宠儿。课后在院长办公室里,在那件尴尬事发生之前,他们也曾谈到了玄学问题。

院长坐在他那张宽大的书桌后边,用白净的食指与中指翻弄着她的课题申请书,目光闪闪烁烁。“你太过虚幻,太过形而上学啦。你把性幻想与性行为混淆为一体,等于自觉走上了唯心主义的险途。”他的声音像只热手在摸人。

竹君安静地坐在院长对面,没有插言。她此时正面临着个人前途上至关重要的一步,如果这一次能够拿到国家级科研项目,她便会成为第一个受到国家认可的性学专家。然而,她必须得争取到院长的全力支持,这个项目的审批委员会副主任便是眼前这位风度翩翩,以擅长引诱女性闻名于学术界的大人物。

“国家拿出大笔的经费来,要的是科学研究成果,而不是玄学。”院长绕过书桌,站在她对面三尺距离,目光极君子地望着她的发际线。

她不得不为自己辩护:“我谈的主要是哲学。”

“所以,你关于‘白莲花’的理论在委员会中虽然赢得了一部分哲学家的支持,却遭到了全体科学家的激烈反对。”院长转到了她身后,手轻轻地搭在她的椅背上,柔和的男中音在她头顶上弥散开来,幻化出繁花般的绚烂,“举个简单的例子,天罡第二十一势的姿态显然能使女主角得到充分的爱抚,也能让她赢得异乎寻常的快感。但是,你却没有注意到,这种雄性在身后的方式是哺乳动物几十万年间形成的性行为方式,只是一种客观的延续。同时,人类之所以能够区别于其他哺乳动物,正在于他们有能力面对面发生性行为,这一至关重要的差异,存在着人类学和神经学上的关键意义。”

他的脚步又转到她面前,近得可以让她嗅到他口气中香口胶的薄荷味。“你应该知道,即使同一个姿势,在不同的主角身上,也会发生力量的轻重、杠杆原理应用的差异、不同神经簇的反应次序等等无穷的变化,要想总结出基本规律,玄学是无能为力的,必须得是精确的,可以计量的实验科学。”

这就等于完全否定了竹君的研究，但她对此早已做好了抗辩的准备,便问:“这是委员会最后的结论吗?”

“不,‘选题内容不科学’,这只是初步评估。你仍然有机会,用你擅长的理论来说,关键在于姿态。”院长满含悲悯地将手放在她的肩上,笔直的裤线触碰到了她裸露的膝盖,引动起她一阵痒痒的快意。

所谓初步评估的否定,就意味着她几乎已经失去了竞争的机会。为什么这些人在私下里对神秘主义充满了敬畏，而到了公开场合却装腔作势起来?

课堂上，竹君把话题也引到了这样一个非普遍经验的领域:“第三十六势这种站立的姿势,可以给昆达利尼蛇提供极大的自由空间,能够保持脊柱内腔,也就是苏舒姆那孔道的通畅,而两个人体的摇荡也能够激发血液的流速，让昆达利尼蛇在性交流与性境界的提升中沿脊柱向上爬升，直到冲开头顶上禁锢人类智慧与超自然能力的牢门。”

她换了张幻灯片,图上瑜伽人像的脊柱尾端,有一条蛇盘绕了三周半,蛇头向上,跃跃欲试。

学生道:“这必定与我们中国的导引术有些关系，但好像不大科学。”他们都是出类拔萃的学生。

“说得好!这不是科学,而是更高意义上的玄学。”此时的交流,才是竹君最希望得到的教学效果。“陈老莲的春宫画好便好在他对导引术有着深刻的理解。古人在未曾遭遇到化学污染之前,身体内确实存在着我们今人已经丧失的与自然的联系能力,而对于现代人来讲,要想重新获得这种能力,就需要刻苦的修炼。”

她从 15 岁开始练习瑜伽术,22 岁大学刚刚毕业，便开始了追寻“白莲花”的漫漫之路,多年的修炼之后,让她有理由相信,今年的秋分到寒露这 15 天里，可能会出现让她赢得最大奖赏的重要转机,只要星辰、气候、香川和她自己同时处在最恰当的那一时刻。

她接着道:“现在请看这位女主角,她将右腿缠在男主角的腰间,将左手绕过男主角的肩颈,这便产生出两个关键的技术问题。”

“她的腿在摩擦昆达利尼蛇。”学生们聪明绝顶。

“着哇，”竹君高兴了，“我们都知道男主角的耐久力是有限的，所以，她腿上的热度和摩擦，可以保证早些惊醒并激怒对方的昆达利尼蛇，它的暴怒会让它发热，让它活跃。而女主角将左手按在男主角的大椎穴上，为的是帮助他的昆达利尼蛇顺利地通过颈部这第二道难关，达到第二层境界。注意，昆达利尼蛇的本性是懒惰的，男主角的本性也是懒惰的，如果没有充分而准确的刺激与诱惑，它睬也不睬你。”

其实香川便是这样的一个懒人，她最初也许正是被他这种懒洋洋的姿态给迷住了，如今她又不得不替这份懒惰多做许多的激励工作。

有位胖女生问：“如果不把姿势搞得这么复杂，简单点儿不行吗？”

竹君笑道：“不行，因为，男主角不单懒惰而且自以为是，他们的热情和耐久力就像孩童一般，如果不对他们善加引导和帮助，你知道会是什么结果。”

学生又问：“那么谁来刺激女主角？”

竹君道：“你们可以看到，男主角的左手握住女主角的腿，右手按在了她的腰间。”

学生接着问：“那么，两个人中间，以谁为主？”

竹君道：“女主角是引导者，整个行为都是由她来主导，因为她们更敏感，她们的昆达利尼蛇也更活跃。如果一定要说有什么东西是她的动力，那么姿态本身就是激励因素，是序幕、是转折，也是高潮，只有在她的引导之下，男主角才能突破樊笼，赢得超自然力的奖赏。”这是她个人对“白莲花”理论的发展，瑜伽原始理论中向来是以男人为主导的。

“是两个人一起赢得奖赏吗？”同学们问。

“能两个人同时达到最高境界当然好，然而，多数情况下只能有一个人被自然选中，成为最终的幸运儿。”

学生们大笑：“这就好比买足球彩票，即使不发财也有乐趣。”

“不，”竹君把语音调整到庄重而沉稳，以期待学生们能够记住下面关键的一段话。“人类通常的性行为可以被理解为乐趣，但修炼‘白莲花’却不是，因为那是真正忘我的追求。‘白莲花’带给你的高潮是精神与物质间可以转换的，难以名状的愉悦和解放，与肉欲和神经刺激毫无关联。如果你一旦被肉体的快感所干扰，昆达利尼蛇必将沉睡。”

见学生们被完全吸引住了，她这才引出这次课的主题：“第三道难关是我们达到最高一层境界前的最终阻碍，这便是人类头盖骨中央的这个被封闭了几千年的孔道，也就是瑜伽中称为颅顶穴，导引术中叫作百会穴的地方。不论是中国还是印度的早期玄学家们，他们都认为，‘神’封闭了人类这个至关重要的孔道，是因为他们不愿意让人类拥有与神相当或相似的能力，因为他们早就发现，人类的愚昧与刚愎自用必将导致精神与物质间的冲突和混乱，他们对超自然力的滥用会使人与天，或者精神与自然发生混淆，失去物我两分的秩序，所以，只有自然的‘选民’才能得到最终的荣宠。”她相信自己正是这样一位自然的选民。

“那么先生何以教我？”学生们求知若渴。

“如果昆达利尼蛇能够突破我们颅顶上的最后一个孔道，那时候，在头顶上将升腾起一朵玉石般无瑕、处子般娇嫩、星辰般圣洁的白莲花，于是……”

“怎么样啊？”学生们齐声伴唱。

“一旦达到这最终境界，你便赢得了超自然力，唯有神才可以独享的快乐与智慧便被人类也分享了。”

2

竹君引导香川第一次尝试“天罡第三十六势”，是在他们同居之后不久，也就是去年的初夏。那天电视台预报的气温原本挺高，不想晚上刮起了沙尘暴，光着身子站在香川的老房子里，难免会有些冷。她的手指在香川脊背上清楚地读出，代替了平日里潮津津温润的，是一粒粒风化岩石般的异样质感。

她的右腿藤蔓似的缠绕在香川腰间，小腿内侧凸起的圆弧，熨帖地与香川脊柱最下端的凹处契合在一起；小腹贴住小腹，肌肉上因寒冷而凸起的颗粒仿佛砂纸般摩擦出清晰可闻的声响；口中交换的气流里，活跃着成群结队黄山毛峰的茶香粒子。

她的昆达利尼蛇被惊醒了，在脊柱内扭了几扭身子，口中喷出一股热气，沿着她的脊柱向上爬升。对付它需要极大的耐心，需要哄它，刺激它，引诱它，只有在反复的引逗之下，它才会发怒，才会活跃起来，而在这个缓慢的过程中，面临最大考验的是男主角。

此前，香川已经向她证明了她的选择与她的期望正在趋向一致，他也许正是她开启自然之门的最难得的钥匙，然而，男人终究是男人，他们在耐久力上的缺陷，让他们在赢得超自然力时不得不比女人付出更多的努力。而让她难为情的是，香川根本就不相信她的学说，不相信有什么超自然力存在，对他来讲，性仅仅是性，只是两个人相互愉悦的手段之一罢了。

不论是依照黄道十二宫，还是二十八星宿的运行轨迹，竹君早便计算清楚，每 3 个月间，都会在一次满月过后 3 到 5 日内出现天地交泰的最佳时机，但必须要月朗风清，而修炼者也得气定神闲。今天的美中不足之处，就在于这场突如其来的沙尘暴。

从贝加尔湖以西被狂风席卷而来的沙砾，噼噼啪啪地打在窗玻璃上，这些细微的声音进入竹君的耳鼓中，被放大成一场激烈的战争。她的每一根神经此刻早已被调整到最高级别的敏锐，每一点肉体上的刺激都将被昆达利尼蛇鼓动得放大数十倍，于是，她的心底便不恰当地产生了一种近似于在枪林弹雨中参禅的感觉。

下午她回到家中的时候，天气还好得很。香川懒懒地躺在葫芦架下的躺椅上，见她进门，他并没有起身，只是放出一段眼神，挥了挥手指，便让她心动不已。虽然她至今还没有打定主意是不是要当真嫁给这个男人，但他那股子天下扰攘与己何干的大少爷劲头，还有那种今日不知明日事的乐观态度，让她在见面之初便迅速被魅惑了。

当然了，如果单从修炼的角度讲，香川身体的每一个部位，从臀部的宽度、脊柱的弯曲弧度，到身高臂长的尺寸和颅骨的构造，都是能够帮助她赢得“白莲花”的上上之选，一千个人中也未必能有一个这样合意的身体。

“晚餐吃什么？”她将指纹印在他的额上，讲的是家常话。

“鱼面。”香川答道。

竹君记起，厨下那只巨大的鱼缸中，一条鳗鱼已经被香川用鸡蛋清喂养了一周的时间，按照香川的说法，今天正是它滋味最佳的时候。香川是个极富于创造力的美食家，他有句名言正在被社会中的各路精英传诵：“比人的头脑更伟大的器官是舌头。”

香川的舌头并不比别人更灵活、更长或是更宽厚，但每当它纠缠竹君时，她却能清晰地感觉到它那不疾不徐的节奏和韵律，这是一段津液润泽中的舞蹈，是一出有序幕，有高潮，并且略显轻佻的喜剧，每到妙处，她的体内常会爆发出一阵喝彩般的猛烈抽搐。当然，这等妙事总是要等到香川心绪极佳的时候才会出现，等闲时，他往往是应付差事般草草而已。尽管如此，竹君也认为它是值得等待的，哪怕是《等待戈多》。

今晚香川似是有些心不在焉，东一下西一下的，像个没主见的年轻人。竹君用手掌心在他的脊柱上摩擦，指望这外在的热量能唤醒他内在的昆达利尼蛇。无论如何，这种两个人共同的修炼就如同二人三足的跑步，只有在相互扶持之下，才能达到高一级的境界，才能让活力从腰腹间上升到头顶。香川在瑜伽上没有训练，单这一点本身便是极大的障碍。他总是嘲笑瑜伽这种把身体扭得古怪的活动，说这完全有违于天道。他喜欢的活动是两种毫不相干的内容——美食与思辨。

竹君自己的昆达利尼蛇已经升到了颈椎下端。她在此事上极有天分，第一次实践她便能够让昆达利尼蛇突破腰部这头一道关口，然而，要突破第二道关口，她就不得不借助于男主角强有力的配合与支援。

暴怒的昆达利尼蛇也已发现了它被阻碍的事实，便在她的颈部胀大、扭动，发出一阵阵嘶嘶的叫声，然而，男主角的懈怠让它更像一支没有后援的孤军，空有勇力，却难以前进分毫。

竹君在不得已之下，移动右手向香川腰肋间抓了一把，指望痛楚的刺激能让他振奋精神，拿出男主角应有的责任感和荣誉感来。果然，香川像是被从迷茫中惊醒过来，收回遥远的目光，向她轻轻一笑，展现出来的那份体贴与可爱，仿佛在两人之间点燃了一盏灯。这让竹君大感宽慰，同时也激动得从发梢战栗到趾尖。

昆达利尼蛇通过颈椎这第二道难关，是百分之九十九以上的修炼者穷其一生之力也未曾达到的。竹君拔起肩颈，提阴、提臀、提腰、提气，将全部的敏感、全部的精力与从香川那里借来的全部助益拧成一股绳，燃起一束熊熊之火，在脊柱的腔体内，在昆达利尼蛇的尾巴上燃烧。这种带有杀伐之气的逼迫与追赶，让它逃无可逃，去无可去。

猛然间，她的颈部"咯"的一声脆响，于是，世间的一切顿时变得不同。

过后回想此事，那原本是她最接近于"白莲花"的一次尝试，时至本故事开篇的时候，她仍然这么认为。人生机遇往往就在那么一瞬间产生，又会因一件小小的变故而被败坏掉。

香川被重新燃起的热情带着些许的醉意，但并非是他当真醉了，每次修炼之前，竹君是不许他饮酒的，这也是她对他极少有的一点点限制。然而，他此时的身体却失去了必要的平衡，失去了分寸感和惯常会有的节奏，一味的冲撞造成的是竹君体内诸要素的摇荡与混乱。

晕车的感觉大约就是这个样子，昆达利尼蛇冲破颈椎后在快活地翻滚，同时她身体的猛烈摇荡使雌性激素错误地攻入了小脑，而急于平衡体内诸要素的焦灼又在她的胃里引起一阵意外的骚动，就此，错误便造成了。

祸首是鱼面。口腹之欲往往误人，她贪图鳗鱼面的细腻柔滑，晚餐多吃了一点儿，这无疑是在她一向操控自如的体内引入了一支叛军。

那由鳗鱼肉和面粉制成的美食，那因她操心今晚的修炼而未曾细细咀嚼的面条，一小段一小段地在她的胃中纠缠、翻滚，像是每一段的头上都长出两只鳗鱼的小眼睛，黑黑的，阴险地盯视着她的胃壁。

冲口而出的晚餐被抽水马桶冲入了下水道，她伏在马桶边痛苦地抽泣。这份伤心并不仅仅是因为这次尝试的功败垂成，也不全是因为她突然间无礼地中止了与香川的性约定，把他一个人丢在一边，让他独自忍受那份失落感和前列腺肿胀的痛楚，她是在痛恨自己的修为不够纯净，以至于无法抗拒像鱼面这种口腹之欲的诱惑。

不过，这一切并没有让她怀疑自己的使命，她今天再一次真切地感受到，她正是那个被“自然”遴选出来解放人类超自然力的“选民”，唯有她才有能力，有资格达到最高的境界。今晚在如此不利的情况下进入了第二层境界，便是自然给她的明证。

然而，自那个沙尘暴之夜过后，她再也未曾达到过这个境界。

3

那天，竹君进门时，香川正沉醉在手中那只小巧的葫芦上。像山核桃、小葫芦之类的掌中玩物他收藏了不少，手中这只是他的最爱。

这是只名贵的瓷皮葫芦，高不过两寸，却带着一根三寸有余的茎，在手中把玩多年，它的外皮上呈现出一股子悦目的深红色。它的形状并不是腰葫芦那种常见的规整模样，而是腰身细长，微微侧着身子，像个丰臀女子的躯干，很有些明末宫廷风行的那种长腰身美人的风韵。

“晚餐吃什么？”竹君的手指给他的额头带来竹叶般的清凉。

“鱼面。”他跟在竹君身后往前厅里走，注意力从葫芦转到竹君身上。她是那种长腿短身的女子，幸而生就出袅娜的步态，否则，长胳膊长腿的难免举止生硬。

“你今天身体怎么样？参汤喝了吗？”竹君托同学从朝鲜给他买来老山参补养身体。

“不单参汤，连药渣子我也吃光了。”这是句玩笑话。

“真的？”竹君总是弄不懂他的半真半假。

“我得‘养精蓄锐’，这可来不得半点马虎。”香川有意调动出一种轻佻的声调。

“养精蓄锐”这个词是他们两人约定俗成的私房话，是一个亲密的色情笑话。今天晚上的修炼，是他们在两周前便约定的，日历上也标了个浓重的记号。香川在两人相交之初便敏锐地认识到，竹君绝不是一个贪恋床笫的女人，至于她把性生活弄得太过郑重其事，他只能认为，这是她所从事的研究让她将实际生活与性玄学混淆不清了。

香川深知自己向来是个兴之所至，便率性而为的人，竹君这种限定时刻，限定方式的性生活，原本让他极不适应，然而，竹君每当修炼那一刻便表现出来的执着和刻苦，又让他叹为观止，于是，一切也就随她安排便了，他自己也乐得清闲。

缸中的那条鳗鱼到今天为止，整整养了七天。拿鸡蛋清来喂养，可以清除它体内残存的激素和土腥气，然而，一旦喂养时间超过七天，鸡蛋清又会在它体内转化成有害的脂肪。上帝创造世界也不过用了六天，所以，到第七天头上再不吃这条鱼，便是暴殄天物了。

他在院中点燃烧烤炉中的木炭，便开始宰杀那条鱼。砧板是他从千里之外带回来的一整块柳木，竹刀是用他在院中手植的罗汉竹削制而成的，烹调鳗鱼不宜动用铁器。

竹君对烹饪并不擅长，宰杀生灵更是她避之唯恐不及的事。香川知道，这会儿趁他还不需要厨房，她正在那里煎煮晚上沐浴要用的汤料。两把自贡井盐、一条檀香、一粒没药、七八片竹叶和一捧干菊花，把它们放在专用的大砂锅里煮十二分钟，晚上沐浴时她会将这些汤汁兑入澡盆里。修炼之前舒筋活血，振奋精神的物什，一向是由她来准备。

鳗鱼血净膛清之后，烤炉上的木炭也刚好燃成一捧热灰。他将鳗鱼放在热灰中翻滚烧灼，用炭灰灼净鱼身上的黏液，再用清水洗净后装盆上锅来蒸。等鱼蒸熟，他一只手拎起鱼脖子，另一只手将鱼肉捋在案板上，手中便只剩下鱼骨。

他将鱼肉连同盆中的余沥一起与全麦面粉和成柔韧的面团，这才招呼竹君摆餐桌准备吃饭。

隔着厨房门上的蓝布短帘，竹君道："白天我接到美美的电话，说她刚刚在香港开办了一个小事务所。"美美是竹君的闺中密友。

香川让声音飘过门帘，平静如茶，"看起来，她还是没能发财。"美美抛弃他与一个美国人同往南美洲，临行前香川曾告诫她：作为专攻中国《破产法》和《公司法》的律师，她在南美洲没有饭吃。

“她说也许要回内地呢。”

“但她绝不会回到本地。”香川知道竹君最担心的便是他与美美再次相见，那可是个不管不顾，想要什么非得弄到手的女人。

美美的事并没有给他们造成隔阂，晚餐两人吃得很愉快。清淡的汤面最宜作为修炼前的食物。

沙尘暴袭来之前，香川自认为一切都很正常，除去今晚竹君又换了一个新的修炼姿势以外，没有什么特别的变故。

终于起风了，远来的金色沙砾，在窗外鼓动起一片细密的打击乐的声响；清冷爽洁的空气，精心雕琢他暴露在外的每一寸肌肤；干菊花略带苦味的香气，从竹君的头发中蒸腾起来，姿态婉转而优雅；鳗鱼鲜咸的滋味，隐藏在津液的泡沫中，从唇角舌尖转移到唇角舌尖。一切内在的欢愉，都无法省略外在气氛的渲染，他喜欢竹君在此事上的精心，包括不期而至的沙尘暴。

同时，他又很是替一条腿站立的竹君担心。她这种杂耍般的姿态让他因担心而难以完全沉浸于交流之中，总是害怕一个失神，两人便会双双跌倒在地，于是，他左手扶住竹君的腿，右手按在她的腰间，让她紧紧地倚靠在自己的身上。

其实，他更喜欢在床上做爱，那样可以运动、休息两不误，然而，对于女性提出的要求，他却未曾学会辩驳。这种从骨子里生发出来的腼腆，与其说是畏惧，倒不如说是一种天然的对女性的敬重，所以，不论是竹君还是美美，或者在她们之前的每一个女人，她们都表现出惊人的敏锐，迅速发现这一点，然后又毫不客气地利用它。他的好脾气已经被女友们传遍了五大洲。当然，很少有女人借此伤害他，能伤害他的只有他自己，因为，他极有分寸地爱着她们每一个人的同时，也在保持着精确的距离。

美美必定是要回来的，他有这个预感。他知道美美与竹君大不相同，竹君除却对性玄学的研究有些痴迷之外，其他事情都很淡泊，而美美则是个精力旺盛，名利心旺盛的女人。他相信，不管她从南美转到加拿大，还是从加拿大转到香港，只要有消息传来说她要在内地正式开业，那时，距离她回到这座老殖民地城市的时间也就不会太远了。

万一她回归故里，他又当如何呢？这种旧情人与新情人遭遇的情形他不是没有经历过，只是，这一次相会的，一方是在他身上用心深到极处的竹君，另一方是手段强硬，敢做敢为的美美，他将何以自处？

他突然笑了，这种自寻烦恼的思维方式，也是他的人生乐趣之一。当你在头脑中让自己出演种种人生悲剧、喜剧，甚至闹剧的同时，你的身体和精神依旧是安全的旁观者，醒来后得到的那种危机过后的情感满足与精神刺激，远远超过观看好莱坞影片或是读惊险小说。

竹君又在提醒他集中精神，注意力不集中是他与人交往的一个缺点。当他面对一件珍奇的古董时，他可以凝神静气地研究上几个小时，甚至几天，但是，一旦与人相对，他的思绪就如同深秋里的蝴蝶，没有个着落处。

这又是何苦呢？望着竹君眼神中的那份痛苦挣扎，让他于心不忍。他并不认为竹君的理论研究与身体实践当中有什么不可分割的联系，但竹君修炼时的那份刻苦与一丝不苟，让他明了她的追求对她至关重要。

性原本是件有益无害的乐事，如果每一次都把自己弄得这等痛苦，便没有必要领受这份罪过。

竹君的痛苦让他心疼，便想早些结束此事，好让她平静下来。即使她的追求确实有意义，今日之事也必定是不会成功的，因为，在他看来，通往成功之路的应该是狂喜，而不是苦痛。

然而，竹君的腿上很有力量，让他抽身不得，所以他只好一味地摇荡。这种摇来晃去，并无快感可言，只会让他越发地不耐烦。多数情况下，修炼之前他倒也兴致勃勃，可一旦开始，他的心底便常会莫名其妙地生出一种索然无味的感觉，便想草草了事，抽身出来。

当竹君猛然间抽身而去，在洗手间大声呕吐的时候，他感觉到的居然是如释重负的轻松，便抄起被冷落许久的小葫芦，对她道："怎么样啦？吐出来就痛快了！"

他替她轻轻地拍打脊背，装作没有注意到她脸上的泪痕。竹君的坚强与常人不同，此时对她的同情往往会被误解为污辱。

马桶里拥堵着大堆的鱼面。竹君原本是个极有节制的人，特别是在饮食上，今天她居然多吃了两碗鱼面，并发生了这样的状况，不能不说是一桩怪事。不过，从另一个角度来看，这也应该算是对他调和鼎鼐之术的一种恭维。

“如果连鱼面都消化不了，往后只有给你吃粥了。”他道。

这是在一年前发生的事。

4

竹君是从一所极普通的高校拿到的哲学硕士学位，而性学是她自选的研究课题。实际上，由于她发现了自己对瑜伽有着特殊的感情和天分，便让她在性学研究上培植起了一种超乎寻常的雄心，为此，她避开了作为人类学的一个弱小分支的“种族性行为研究”，而给自己开辟了一个更加冷僻的“性玄学”的目标。

起初，院长对她的研究项目表现出了浓厚的兴趣，并将她作为新兴学术力量，破格引进到他这所声名卓著的学院当中。

院长是位著名的思想开放的学术权威，有关这一点没有人提出异议，他是国内最先提出并实施专项性学研究的专家，同时，在他的主持之下，学院内建立了国内第一个性学研究机构。

然而，伴随着他如日中天的学术名声的，还有另外一个不大体面的名声——他被认为是一个专门引诱年轻美貌女子的登徒子。早几年的时候，人们对这类事还没有习惯到听之任之的程度，还在用私通、姘居等传统的贬义词来描绘它们，所以，一位学术权威有这等名声，自然会被人们津津乐道，以至于丑名远播。竹君在见面之前也曾耳闻此人，但并不以为意，因为，她绝不会想到这样的学术权威会与她有什么干系。

两个人第一次见面是在京城参加一个学术会议，作为自费的非正式代表，她只能住在一家偏远的小旅店中，与从西南边陲一所小学院里来的女教师合租了一个潮湿的房间。

院长进门时，她们正就着一张油漆剥落的桌子吃晚饭：廉价的方便面、早餐剩下的油饼、面包和咸菜。她们两人立刻便认出了院长，他下午刚刚在大会上宣读了一篇令人印象深刻的论文。

一阵慌乱过后，还是院长的平和与老练控制住了局面。他先是很随意地讲了一段寻找她们时遭遇的小笑话，让她们的精神松弛下来，然后，他又将注意力集中在那位徐娘半老的小地方的教师身上，将她身上散落于方寸之间的余韵加以总结归纳，并放大到足以包裹起对方的全部思想与肉体，这才加冕一般郑重地交还给她，让她激动得周身战抖不已。旁观之下，竹君发觉，此时院长哪怕让女教师去抢银行，或者立刻扒光自己的衣服，她也会欢天喜地地去干。

院长对竹君的话反而简单了许多，只是说明她的指导教授是他的学长，前不久将竹君的几篇无处发表的论文寄给他，他都已拜读过了，印象不错。今天前来，只是想见见她本人。

当晚，那位心情激荡的中年女教师纠缠了竹君半宿，一遍又一遍地复述院长对她讲的那一番绝妙的恭维话，皮肤下泛起艳丽的桃色，从脸上一直延伸到胸脯里边。

更出人意料的是，第二天的会议结束之后，大会筹委会的副秘书长亲自驾车载着竹君回到那家小旅店，取了行李之后便将她直接送进了高级代表下榻的五星级宾馆，丢下脸上依旧春色半残的中年女教师一个人在小旅店门前发呆。

自此，竹君开始享受会议最高规格的待遇，但再也没有与院长单独见面的机会，即使她想对住在同一层楼里的院长道声谢，也因他的房间不断有年轻时髦的女子进进出出，让她望而却步。同时她也对那个房间内发生的事情充满了好奇，以至于有时要猜想自己一旦进入了那个房间会发生些什么。

让竹君在学术界名声远扬的，是她在加入院长的性学研究所之后，发表了一个并不新颖、却被人避讳多年的理论观点——人类区别于动物的主要标志之一，便是将性行为从单纯的生殖功能中解放出来，使它具有了重要的娱乐功能和社交功能。

她的这种行为带有农民起义般的鲁莽，不想却取得了意外的成功，让她终于在学院里那些毕业于世界各名牌高校的博士中间，给自己争得了一席之地。而院长本人依旧是沙皇似的操纵着他的学院与研究课题，并且隔三岔五地从他那间豪华的办公室里传出花样翻新的绯闻，对她的存在再没有表现出特别的兴趣。

竹君却觉得，院长的这些行为，都是学院生活的必然，是浪漫主义的，也是世俗化的，它反而给学院中所有的人都能带来一种太平盛世似的安全感。同时，她也因此沾染上了一点施施然的乐趣，以抚慰囚禁在她脊柱中苦无出路的昆达利尼蛇。

“我非常欣赏你的创造力和想象力。”院长与她第二次谈话竟然在她入校半年之后。

竹君迅速把讲义夹按在小腹上，身子微微侧向一边，似是担心院长的目光能够轻而易举地穿透她身上厚实的毛呢套装。院长的好色之名让她不知所措，她也更怕自己无法抗拒院长的魅力，以至于做出蠢事来。

院长道：“我已经深入研究了每一部分。我以为，人体实验和研究者的身体力行才应该是唯一的重点，而你却把注意力分散在毫无实效的两点上。”

竹君当时觉得，如果院长的话可以翻译的话，这番学术言辞倒极像是一段性游戏的变体文本。

“超自然力的发现和性的哲学意义同等重要，而性行为只是发现终级目标的途径之一。”她软弱无力地将话题往正路上领。

“所以说，关键在于姿态，在于你怎样摆布自己的选题。你如果要想让学术界信服，就必须得搔到他们的痒处，让他们跟着你一起激动，一起欢唱。”院长踱到她近前，坐在沙发上的竹君，头顶的高度刚好与他的腰带平齐。“我之所以开办性学研究所，是因为我也曾有过你这样的理想，有过在这个领域里的雄心壮志，要把这个被故意遮掩起来的黑洞搅上一搅。但是不行，我没遇上你这样的好机缘，没有这么开放的环境，没有宽容的舆论氛围，无奈之中，也就只有动动嘴上功夫，过过干瘾罢了。”

竹君紧闭双唇，努力抗击这番话语在她身体上引起的骚动。她认为，这种莫名的反应给她提供了明确的证据——院长的学术演讲很可能是一种伪装的挑逗。

院长将手轻轻放在她的头顶上，接着道:“你是个聪明绝顶的孩子,你一定发现了,我们第一次在北京见面时,我就喜欢你。这与你的论文无关,我发现你有股子不达目的绝不罢休的劲头,是勇敢的实践者,是个敢于打破所有陈规陋习的战士,与学院里那些自命不凡的家伙不一样。”

那些学历极高的学术精英对性的关注，仅仅停留在其动物性和社会性这两方面。竹君艰难地转动大脑,同时努力抗拒着头顶上的压力,以免自己向前扑倒。

院长将手收回,道:“然而,你勇气有余,聪明机变却不足。顺应时事,顺应人性,这才是一个研究者应有的自觉,这种自觉与反抗权威、怀疑定论同等重要。”

他终于退后几步,拉了把椅子坐在竹君对面,道:“来吧,现在拿出你的全部才能,来向我证明你的理论是有说服力的。”

这是命令,是君王对后妃常常发出的那种不可违抗的命令。竹君不得不从沙发上站起身来。

当竹君艰难地走出院长办公室的时候,只感到腰膝酸软,眼前金星乱转,双腿灌了铅般的沉重。院长没有用一根小手指触碰过她,仅言语间的一番学术探讨,便让她经历了令她大吃一惊的高潮。

她恨自己,毕竟还是修为不精,以至于被人魅惑了,戏弄了。修炼之人不应该产生这种俗世的性高潮,那不单单会让她精气大损,怕是昆达利尼蛇也会因她的心旌摇荡而小视了她。

这是她今生今世的第二次性高潮，第一次是与香川之间发生的事故,她为此也曾痛苦地批判过自己。

5

下课铃响起,那堂有关“性行为的玄学意义”的课程终于结束了。院长等在教室的门口,对竹君道:“你到我的办公室来一下。”便径自去了。

她向来是尽一切可能避免与院长单独相处的，这一次却避无可避。这又是命令。

院长方才已经讲过了委员会对竹君申报课题的反对意见，此刻他就站在竹君近前，丝麻西裤的裤线像一只淘气的小手在轻搔她的膝盖，痒在她搔无可搔之处。

上一次有人搔她的膝盖是在香川的小楼里，主犯正是香川本人，而且是在他们有过一次不恰当的经历之后，美美出走国外之前。

她当时与香川挤坐在一张小小的双人软椅上，房间里到处是醉醺醺的客人。美美也有些醉了，她把香川硬塞在竹君的手上，道："这个房间里，我只相信你，若是把他交给别的女人，一转眼就可能被人引诱上床。"

竹君拉平短裙下摆，遮住暴露出来的膝盖。

香川在她身边坐下，口中没有酒气，从肩颈，到手臂，以至于手腕、手指都是懒懒的，一支洁白的鹅翎夹在指间，似是不曾着力。他望着竹君道："周围这么热闹，如果我们两个一言不发，只是坐在这里，反倒可能被人误以为有更深层的交流。"

他的目光也是懒懒的，但透过这目光，在眼睛的最深处，竹君发现了深不可测的孤独和寂寞。此后不久，她便被这撩人心魄的落寞吸引，住进了他那所美丽的小楼。

竹君道："我们能谈些什么？"

"不妨谈谈你的专业。"

"这是个危险的话题，对非专业人士来讲更危险，通常他们会因为一知半解而误入歧途。"

"结果怎么样？"

"会变成性欲狂，或者性无能。"竹君故意耸人听闻。

香川笑了，很明显他识破了她的诡计。"那么，我们谈点别的，书法怎么样？"他指间的鹅翎突然精神起来，左摇右摆几次之后，带有羽毛的一端落在了竹君的膝盖上。"百寿字会写吧？你写一个，我写一个。"

竹君发现，自己的短裙再一次可耻地缩到了大腿上，暴露出来的膝盖，刚好容得下一个大楷的寿字。

她自己在膝盖上写字的时候，仅仅是写字而已，毫无知觉可言。

香川用三根细白的手指捏住翎管，正肩，悬肘，笔走中锋，蚕头雁尾，写的是一个隶书的寿字。竹君能清楚地感觉到，纤细的翎毛正在与她的神经末梢交换着暧昧的眼神，似是从香川细白的指尖流淌出一股难以名状的热流，淌过中空的翎管，再从翎毛的末端渗透进她的皮肤，突然，成群的神经末梢开始为此而欢歌，而跳跃，像一伙吸足了麻醉品的无知少年，在热汗淋漓的狂舞中，守候着漫无目的的狂喜。

这种痒的感觉，最先从大脑皮层反射到发根，一阵阵酸麻发胀，仿佛被人猛地套上了一顶过紧的帽子——这是恐惧；接下来，那感觉从竹君的左膝，从那只被写着无形祝词的膝盖开始，一下子跳跃到了左腋窝，停留十分之几秒后，又跳到了右腋窝，然后反射回起始的地方，于是，在这三点连成的三角区内，一瞬间鼓荡起一片混沌的、难以描摹的骚动——这是愉悦。

等香川写到第五个篆书的寿字时，那片鼓荡着快感的区域便被凝结成千万个点，它们在分化，组合，攻击，撕扯，在她的心脏周围，在她的小腹、肾腧、大腿内外侧开辟了多处胡闹的战场——这是痛的快感。

在院长办公室里，竹君猛地站起身来，膝盖摆脱开院长的裤线，两眼盯视着对方，用近距离的、挑衅的目光。方才那种被动的，被人挑逗的感觉让她愤怒，让她有一种生命掌握在他人手中的恐惧。

她道："如果您有什么要求，不妨直言相告。"她的确欠着院长的情分，从院长破格将她调入本院，直至论文的发表，以及种种让她能够争取到学术地位的活动，院长对她的支持不遗余力，而且也没有索取过任何回报。

院长退后一步，道："你比别人聪明，知道我想要什么，也知道我想要的是怎样的一种结构和方式。"

即使顺从了他的引诱，也并不代表他当真占有了她，就像她与香川的关系，时至今日，她也没有把握宣称她真的完全占有了香川的身体，更不要说他的灵魂。

"就在这里？"她问。

"就现在。"院长答。

竹君将双臂一挥，白亚麻布的裙子飞落在沙发上，露出内里朴素的亵衣。“今天过后，不许你再挑逗我。”她到底还是流下了眼泪。

院长的眼睛一下子睁得大大的，内中的惊愕，让竹君无从判断，不知他是惊愕于她的身体，还是惊愕于她的行为。

院长道：“我想你一定相信了那些传言，以至于误会了我的真实语意。”说罢他转过身去，摆手让她穿上衣服。

办公室的大门猛地被撞开，那群博士后高才生蜂拥而至，群情激愤，手中挥舞着他们的论文，将院长包围在他的书桌边上，高声抗议他给他们的成绩不公平，不公正。

没有人关注竹君半裸的身体，也没有人留意她的离去，甚至当她匆匆走过院长那个长舌妇秘书的办公桌时，她连眼皮也没抬。

但她觉得，这件被暴露在光天化日之下的不成功的丑事，毁坏了她多年在自己身上营造的那一套坚固的“盔甲”，它在平日里足以抵御任何一个因她的专业特长而以为可以轻易引诱她的男人。如今不成了，这件事很快便将传遍学院和整个学术界，那时，即使她身穿裘皮，也会有赤身露体的感觉。

为什么会做出这等蠢事？这与国家科研项目有关吗？不，她不会用自己的身体交换任何东西，她坚信这一点。

或者说，她是当真被院长那工于内媚之术的名声和高雅的外表魅惑了，潜意识中早就存有与院长同欢的性幻想？

不，绝不是。她对这种想法嗤之以鼻，因为，她坚信自己关心的绝非是肉体的乐趣，而是性本身所蕴含的巨大潜能，是代表着神的智慧与超自然力的“白莲花”。

如果这些可能的原因都被否定了，那么就只有一个原因——她原以为早已经痊愈的癔症再次发作，她又要疯了。

第三章

意义在于错觉

1

除去机缘和半真半假的宿命论，香川还有另一种近乎玄妙的观点——生命进步的缘由在于不断地犯错误。

他认为自然运行的基本规律在于因果律的微妙失衡，对细微错误的不断修正便是生活得以前行的动力，这就如同蛇需要扭曲身体方能爬行一般，如果没有了错误和错觉，生命中所有正确的东西也便失去了比较之中才会产生的意义。从他个人来讲，与竹君的相识、相知，便是生活的一种必然的倒错，这就如同他的一番错误言语，居然令美美激愤到撇下已有成就的事业，奔上危险的淘金之旅一样。

最初，他将竹君误以为是那种极端自以为是、极端大胆的现代女子，试想，一个女孩子不但选择性学作为自己的事业，而且居然成了著名的性学专家，这门专业所显露的那种近乎放纵的暗示，确实让他在未见面之前便种下了错误的成见。也许这正是他为什么会在与竹君见面之初表现得那样轻浮的原因，但是，当此后不久他们单独见面时，他在最初那一刻仍然没有改变轻浮的外表，这就让他百思不得其解。大约这就是所谓人生的错误与错觉，是机缘的规定，而非他行为不端。

竹君第一次来他家做客，是他与美美上山寻找“爱的发端”之后，时间临近春节的那段日子。

门铃响时，他正指挥从菜市场雇来的鸡贩子替他杀鸡。通常情况下,他绝不会亲自动手宰杀任何一种温血动物,即使是在他面前宰杀也不成。这倒不是孔夫子所谓的“不忍”,而是宰杀动物的那股子腥热之气,会败坏他的味蕾和好胃口。

那天竹君穿了一件厚厚的羽绒服, 脚上是暖和而又笨拙的登山靴,这让香川看不出她的身材,只看到毛线帽下的一对长长的眼睛审慎而又好奇。

“您是李博士吗？我是美美的同学,叫许竹君。”这是一种客气的学院式的招呼。

香川挥手止住正要引刀成一快的“杀鸡匠”,对竹君笑道:“美美叫我老川,你也可以叫我老川。”便将竹君引到房里,没提美美高兴时也叫他“香香”。

“美美在我面前却总是叫你老香。”竹君嘴上不失分寸地打趣,眉头却因外边传进来的杀鸡声而皱了起来。

竹君这种接近于幽默的口吻,给了香川一个轻松自在的心情,他笑道:“老香这个称呼近似于‘老乡’,叫人听见怕有误会。”他伸手接下竹君的外衣,发现了藏在下边的小蛮腰和修长得出奇的双腿。

“你的身体一定柔韧性极好吧？”他随口问道。

竹君的目光向他一闪。

他坚持这种半调情的话题:“我是说,你或许练过体操？”

“我没练过体操。我只是一个教书匠,是你情人的同学。”竹君丰润的嘴唇字斟句酌,在努力给他们两人的关系定位。

“情人的同学？好,那么,我情人的同学的情人必定是个有福分的家伙,令人妒忌呀。”他此刻很有些调情的兴致,只是不知道该与这位年轻的性学专家把玩笑话讲到多深的尺寸为宜,便不住地试探深浅。

竹君没有接这个话题。

他继续道:“自从美美跟我谈到你,我便大感兴趣。我指的是你的专业。”

平日里他难得有兴致与女人调情。他一向以为,在人类历史上,调情所造成的才智与时间上的浪费, 完全可以让人类历史提早进步一百年。但今天他突然发觉,与竹君交谈,任何话题都免不了会接近某种调情的暗示或者隐喻,这是她的专业使然。

竹君道:“我只听说你是个古董专家, 对我的专业未必能了解许多。”

香川随手拿过一个精美绝伦的青花瓷枕,送到竹君手上,道:“对你的专业,我并不像你想象的那么无知。看看这个,这是明代初期的青花,类似的东西存世的没有几件了。”

“这是你的收藏?”竹君不解。

“不,我不收藏古董,我只收藏情人。”香川有意笑得古怪,伸手打开瓷枕上的机关,枕头便立时被分解成几部分,底层的瓷板上有两个做交合状的小瓷人, 而瓷枕的内壁上画的则是几幅精致而又体面的春宫画。

竹君道:“你不用吓唬我,我见过这种东西,这是古代的陪嫁,也是中国最早的性教材。只是……”

“只是你见到的没有这么精美。”香川又将瓷枕组合成一体,“这东西即使在国内也值八十万美元,而且不是拍卖价。”

这个大价钱对竹君似乎没有影响,她却问:“方才你说,你只收藏情人?”

“只能算是业余爱好。”女人没有一个不会上这种当的,香川暗笑不已。

竹君四下里环顾:“我很好奇,你把她们收藏在哪里?”

“在这里,”香川伸出手臂,“在骨头里。”

竹君猛然间两眼放光,惊呼道:“你会采阴补阳之术?”

“没有那么吓人。我的意思是说,以往种种美好,已经深入了我的骨髓,用美美的话说,我是病入膏肓了。”采阴补阳是中国性学史上最著名的邪术之一,他知道,学那门手艺的没有好人。

竹君白了他一眼:“我还以为遇上了不世高人,原来只是好色。”

“‘寡人有疾’,但不是好色,而是重情。”香川大笑不已。

回想起这段“对白”,香川总是把它当作一个私人化的喜剧场景来看待,因为他扮演的角色确实品位不高,甚至有些庸俗。同时他也觉得,那天两个人显露出来的都不是自己通常的外表,似乎是两人都带着一种相识的愿望，却表演了一出装模作样的小戏。

这便是生命中或是生活中无法避免的错误与错觉，一个不留意，两人便进入了由调情到动情，最后同居这样一种现代男女难免要经历的交往过程，而这一切绝非一见钟情式的，也不是"剃头挑子一头热"式的，而是由于话题选择不慎，便成就了这段缘分。

"你觉得他怎么样？"美美问竹君。在饭桌上，她是个健谈的女人。

竹君夹了一片竹荪放在食碟里，道："看不透。"

"一眼就望到底的男人只能当老公，不适合做情人。"香川替她们的对话做注释。

"但是我喜欢，"美美道，"喜欢得我恨不得出差也要把他打在行李箱里。"近一段时间，美美对香川改变了策略，从暴力统治改换为热烈的纠缠。

"我想，托运时一定不大方便。"竹君歉意地向香川笑了笑，似是示意这些调侃的话只是给美美凑趣。

"所以嘛，我要把他寄存起来，在我出差期间。"美美双目殷殷地望着竹君，显然希望她有所表示。她马上就要到南方办一件案子，至少也得花费一周的时间。

香川也凑趣般的对竹君道："我这个人好养活，不挑食的。"

竹君笑道："小猫小狗的我都不会收养，何况是个男人！"

"可我拿他放心不下。"美美恨恨地抓住香川的胳膊半撒娇半当真。

"所以你对我也不能太放心。"竹君放下筷子，话音听上去依旧是调侃，"你没听说孤男寡女，干柴烈火吗？这不是闹着玩的事情，会出人命的。"

"不妨事，凭咱们的交情，我可以把他借给你使使。"美美醉了。

香川插言道："你没听说过刘备借荆州吗？当初也说只是暂借一时。"见美美跳起来要打，他忙逃将开来，道："我去做醒酒汤。"

香川觉得，当时三个人都以为这只是现代男女间的玩笑话，谁也没有当真。到了竹君搬进他的小楼的时候，他曾问道："我们第一次见面，在饭桌上有一番对话，你还记得吗？"

“什么？”

“就是有关刘备借荆州的事。”

竹君正色道：“我这不是借，而是人弃我取，对你算得上是善事善行啊。”

香川戏剧性地叫道：“可怜我这一生，到今日竟成了个被人丢弃的废物。”

竹君道：“那是因为美美不懂行，用你们古董行的话说，我这叫‘捡漏儿’。”

“原来我还是块宝！”

“你也别太得意了，是不是宝，得看你是不是个好学生。”

香川当然不是个好学生，这一点他自己非常情楚，至少在瑜伽这件事上，他是个让竹君无可奈何的懒学生，除此之外，两个人的小日子过得倒也有些趣味。

只是有一点，香川再没有找回过两个人第一次做爱的那种感觉——就在那次“刘备借荆州”的话题之后，美美出差回来的前一天的强烈感觉。

那原本是在不恰当的时刻犯下的一个不恰当的错误，却将他们三个人引入了一个全新的格局，使它成为香川的理论体系中又一个强有力的论据。

2

男女间以调情作为相识的开端，也就等于给他们的初期交往定下了一个基调，一个主干式的回旋往复的旋律，在此前提下，不论哪一方要想重新退回到或端庄、或严肃的本来面目，都是一件极为困难的事情，因为，男女间轻佻的交流所产生的愉悦，原本就是一件令人着迷上瘾的乐事。

香川与竹君最初的交流方式，就这样被规定了下来，以至于日后在他们正式签订同居协议时，香川感叹道：“如果我早就知道你是这样冷静的一个人，或许我们只会是熟人而已。”

“你后悔了吗？”竹君满目惊恐。

香川笑道："我真正喜欢的女人，是那种有趣味，有特别爱好的人。"他想找回那种轻松的、半调情式的气氛。

"你是说？"

"当然了，你的爱好也很特别，与性有关的。"

"可那是我的使命，不是什么爱好。"

"所以你才特别。不过，你用不着担心，我喜欢你的特别。"

香川第二次见到竹君是在机场，美美手拿登机牌，隔着铁栏杆仍在对竹君殷殷嘱托。

"你放心去吧，有空我会过去替你查岗。"竹君有些心不在焉。

"那怎么能叫我放心？你每天至少要去一趟，不论是下午，还是晚上。我已经安排了做饭和打扫卫生的人，你什么都不用干，只是过去吃吃饭，看看他在干些什么就成了。"美美心焦不已，目光一道道地将香川捆了个结实。

"那我不是成了间谍吗？"竹君这才笑着瞅了香川一眼。

"我这是在求你帮忙。"

"我怎么听着像是喊救命呢？"

"这就是在救我的命。你如果不肯去，我会担心死的。"美美如此低声下气地求人，这在香川的经验中是件新鲜事。

广播中催促登机的通知已经播了好几遍，香川不得不出面劝解："算啦，快走吧。你也不用担心我干坏事，一会儿到家，我就把自己锁在屋里，从此再也不出大门半步，一直等到你回来。"

竹君也道："看见没有，他已经表决心了，你就只管去吧。"

"可我信不过他呀！"美美没有办法，只好把她的担忧带到了飞机上。

竹君开着美美的汽车把香川送回家，分手时香川道："把车开走吧，如果你忠实于你们姐妹多年的友谊来监视我，有车也方便些。"

竹君笑道："我不会这么多事，你想干坏事就尽管干吧。"

他问："美美如果打电话来怎么办？"他对美美的坏脾气还是心有余悸。

她答："你只说我已经来过了。"

就这样，他们分手了，竹君第二天果然没来。

香川又回到了独自一人占据那所大房子的生活当中，他头一件事就是解雇了美美给他安排的所有家政人员，第二件事就是到市场上买来许多稀奇古怪的食物。美美不是个有品位的食客，与她同桌共食的这几个月，已经让他感觉到自己的烹调技艺大为退步了。

晚饭时分，香川刚刚给自己端上一道美味的奶油烤鲽鱼，美美的电话就来了。

"喂，你好，现在是吃饭时间，不论有什么事，请一个小时之后再打来。"他的熟人都知道他的习惯，绝不会在此时来电话自找没趣。

他放下电话，将自制的调味汁均匀地铺在金黄色的鱼肉上，刚撒了些新鲜的罗勒和紫苏叶的碎末在上边，电话又狂叫起来。

"是我！"听筒里飞出一把刀，但美美立刻又转换到另一种声调，"老公，香香，我的亲亲热热的大宝贝儿……"

"听说你那边下雨了？"他只好现抓话题，随手又把鱼盘送回到烤箱里保温。

"你可别怪我打扰你吃饭哪！我想你，又怕你照顾不了自己。"昨天得知香川解雇了所有家政人员，她很是发了一通脾气，因为，没有这些人在家里进进出出，她无从掌握香川的情况。但她今天这口吻不同，想必是来讲和的。

"你不断地打电话，搅得我没了胃口。"香川虽有极好的脾气，也难免对这种严密控制产生不满。

"那怎么成？你要吃一点儿软和的，热热的东西，熬点粥怎么样？"美美自己连方便面也煮不好。

"你那边怎么样？"他还是心软，口气不觉间缓和了一些。

"对方很难缠，怕是还得几天时间。你要照顾好自己呀！"

"你放心吧，我这儿挺好。"他把杯子里的葡萄酒一口喝干。这酒如果在空气中暴露得时间太长，过分氧化之后，口味就会差许多。

美美突然提出一个意想不到的要求："你让竹君听电话好吗？"

"她没在这儿。"

"她今天来过吗？"

“用不着她来，我自己快活着哪。”

“我怕的就是你一个人快活。”

放下电话他发现，原本鲜嫩多汁的鱼肉已经塌陷，汤汤水水渗到盘子里，青翠的紫苏叶也因为接触盐的时间过长而变黑。

他的胃口真的倒了。美美就是这样一个人，她才不管你有什么习惯、爱好，或是有什么急务，别人的事情都是小事，只有她的事才是不可耽搁的大事。虽然她今天的语气够温柔，甚至够甜，但香川仍然不快活。

也许这就是爱一个人的代价，这需要你克制自己，在无数个细微的方面配合对方，要让步让步再让步。如果真是天作之合，那么，双方为了不刺激对方所做出的让步，只会让他们越离越远，但是，如果不让步，双方又会因为仇视而离得更远。

不过，香川觉得自己让步得也许太多了，以至于退得太过遥远，非但看不清美美的面目，即使他自己的真实心意，也开始模糊起来。

电话铃又在叫，是竹君。

她道：“请问，你对美美说了些什么？”

“出了什么事？”看来美美把电话打到了她那边。

听上去竹君很无奈：“她又哭又叫，又哀求又威胁，我实在是拿她没办法。”

香川听明白了：“她是让你过来？”

“她让我过去照应你吃饭，但好像……”竹君含住了后半截话。

“她是担心我家里有女人。”香川只好苦笑，“不过，你若是有空闲，过来一起吃饭也好。”

半年之后的一天，竹君突然在饭桌上问香川：“当初美美是不是有意撮合我们？”

香川道：“这话没头没脑，怪吓人的。”

“那天你是不是心里很清楚后来的结局？”

“明天会发生什么事我都不清楚，怎可能先知先觉？”香川觉得好笑。

竹君咬着嘴唇沉吟半天，又道：“我总觉得你事先知道些什么，否则事情怎么会变成那个样子？”

香川道：“你这已经是第三问了，难道真要学屈原《天问》吗？”

竹君道：“我还是有点信不过你。”

“你怕什么？”

“如果真是你们两个合谋把我弄到这里来的，我将羞愧得无地自容。”竹君那一晚心事沉重，把原定的修炼计划也推迟了。

3

竹君最后还是决定穿那身臃肿的羽绒服。按理说，开车出门，她很可以穿得轻便些，然而，改变装束的结果可能会给香川造成不必要的误解。

车到门前她发现，香川早已将大门打开，让她直接把车开到院子里，他在一边撑着伞替她遮挡着天空飘落的混合着冰粒的雨滴。

“外边可不是好天气，一会儿路面上必定会结一层危险的薄冰。”香川的头一句话就像是在留客。

“请给我一杯热水。”竹君今天在外边奔波了一天，虽然有美美的汽车，但还是觉得受了些寒凉，胃中有东西隐隐在闹，“我刚刚进门，美美的电话就追了过去。你跟她说了些什么，把她吓成那个样子？”竹君将水杯捧在手中取暖，故意放出些脸色给香川看。

香川笑道：“看起来，交友不慎，必受其累呀！”

“你是在说我，还是在说你自己？”

“彼此彼此。”

“你打算怎么办，总不能让我每天过来陪你吃饭吧？”她觉得自己提问太多了，这会在谈话间自然而然地处在下风。

香川没有回答她的问话，却道：“让你这么费心，我得谢谢你。”

他所谓的谢谢，是亲自动手给她做顿饭吃。竹君虽然自己不大下厨房，但对美味却颇能领会，她早就看出来，香川的餐具极精致，几样凉菜也淡雅宜人，想来大菜必定是值得期待的。同时她也在想，女人们现在对厨房避之唯恐不及，怎么一个大男人在厨房里居然表现得如此兴高采烈，不知道是真的有此雅好，还是别有用心？

香川道:“时间太紧,炒菜只有一个。”端上来的是金黄色的大虾干爆炒掐去两端的绿豆芽。

她依稀记得这道菜像是有些来历。

“这是慈禧老佛爷最喜欢的一道菜,名叫金钩挂银条。”香川又端了一大盘红澄澄的河蟹上来。“不好意思,半夜下饭馆,有什么算什么吧。”

这里的一切原本应该让她感到拘谨才是,巨大而又华丽的别墅、精美的瓷器、雅致而又昂贵的菜肴,还有这个谈锋甚健的男人,她应该草草应付过美美的嘱托便早早离去,然而,她又不愿意眼前的男人把她看成是个没有见识的女孩子。

于是她道:“用蜡笔小新的话说,‘我开动啦’。”

这话惹得香川一阵大笑:“我还以为你一晚上都要板着脸。这下好啦,谢谢。”

外边突然有人叫门,香川出去了一会儿,回来时手上捧着一盆深红色的日本菊摆在桌上,道:“是饭店送外卖的,我叫他们回去了。吃螃蟹不能没有菊花,这是我自己的发明,能够把它推迟到冬季再开花……”

电话铃又响了起来,是美美,叫竹君听电话。“你能来真太好啦,我不知道该怎么感谢你。我现在马上就得出门,等九点钟我再给你打电话,你现在把电话给老香。”

香川拿着听筒,口中一连串的不错、送来的菜挺好、多保重、那是小姨儿、不敢乱说乱动等短语,眼风却示意竹君自己动手先吃。

美美的电话讲了足足十分钟,豆芽菜早凉了。“这是怎么话说的。”香川把那盘菜撤下去。“早知道该把美美给咱们订的菜留下两样,现在只好单吃螃蟹了。”

“螃蟹很好,菊花也很美。”竹君觉得有必要让主人知道,她清楚地领略到了他的雅趣。

等每个人面前都有四五只空蟹壳时,香川问道:“你不会笑话我吧?”

“什么?”

“我与美美的这种关系状态。”

“是让我说实话吗?”竹君早便在提防这个话题。一个男人被女人摆布成这个样子,怕是自尊心早已千疮百孔。

“说假话也成,我们总不能像两个大肚汉,只顾吃不是?”香川又给她斟了一杯酒。

今天的白葡萄酒她喝着很适口,便也没有拒绝,道:“酒助谈兴,我可要信口雌黄啦。”

所谓见微知著,他们二人几天来传达给她的信息,足以让她形成一个相当切实的印象,是那种她无意赞美的印象,然而,毕竟这是她的朋友和朋友的情人,要想把自己真实的看法传达给对方,同时又不造成伤害,这显然需要些技巧。

等喝到第二瓶酒,她才对着手中的螃蟹道:“我不知道这样说是否合适,我认为,你是个极端自我的人。”

香川听到这话便向她举杯敬酒,一双眼睛殷殷的。

这个是乖巧的男人,至少在沟通方法上有创造力,她接着道:“你躲在这座小楼里多少年了?”

“自从我修完学业,也就等于退休了,博物馆没有多少活给我干。”

“如果我看到的东西都是真实的,我会认为,你完全可以把自己照顾得很好,而且自得其乐,所以,你并不一定需要美美的照顾,我想,她一定是误会了你。”任何一个在烹调上有创造力的男人,首先他必定是一个享乐主义者,其次应该是一个能够自谋衣食的人。竹君倒是觉得,这样的男人一定不会让人讨厌。

香川却道:“美美是在以她的方式表达爱意。”

“所以说,女人都是愚蠢的,只有在被动地接受爱时,她们还能保持得住一点点清醒,一旦她们有能力,有资格主动表达爱意时,她们所选择的总是最不恰当的方式。”今天的意大利白葡萄酒醇厚得很,鲜美绵长的果香在竹君的齿颊间一唱三叹,将她的话语引逗到了一个出乎意料的方向。

“如果是你,会选择什么样的方式?”香川显然很喜欢这个话题。

“总得有个对象才好分析，比如？”

“比如对我，你会给美美什么建议？”

竹君摇了摇手中的蟹螯，“美美不会听从我的建议，她自己的主意大着哪。我只能谈我对你的处理方式，一种假设的处理方式。”

“假设是件美妙的事。”香川的神情有些古怪。

“简单说，只有一个词——恰当。女人和你之间比较合理的关系，应该是保持恰当的距离、恰当的空间、恰当的经济合作、恰当的亲热程度，总之，所有一切都必须恰当。不过有一点需要说明的是，我虽然能认识到这一点，却也很难做到。”

“为什么？”香川瞪大好奇的眼睛。

“因为你是我朋友的情人。”竹君难得地大笑起来。她甚至不知道自己为什么要如此发笑，只是实在难以抑制自己。

香川也在笑：“这并不是个站得住脚的理由啊，男女之间，谁也不知道会发生什么事。”

竹君放下酒杯，仿佛审视一件微雕工艺品一样，将身子向前倾，近距离盯视着香川，低声道：“你这是在勾引我吗？”

他在嗓音中也加入了些密谋的成分，以同样细微的声音道：“子曰：知好色而慕少艾。我只是对情人的朋友表达一种倾慕之情而已。”

竹君不想再将这个轻佻的角色扮演下去了，正色道：“你表错情了，我绝不会去抢夺别人的情人，更不会与人共事一夫。”

她清楚地看到了香川表情中的变化，那是表演过后，肌肉步骤分明地回复原状的过程。它能清楚地告知谈话对象，下面的话才是真正有意义的，也就是说，先前种种只是玩笑。

他道：“你说得很对，我也不会让自己陷入这种复杂的关系当中。我的信条是，人生贵在闲适。既然活着，就不能焦躁，也不能得意忘形，人世间原本没有什么事值得当真的，也没有一件事可以不当真，尤其是男女之事。所以说，简单而又闲适的两性关系才是最高境界。”

竹君愿意相信他的这番话，同时也认定这并不是这个男人的本真或者全部，他只是在向她展示他愿意展示的一个侧面而已。眼前的男人内心复杂，思想与情感中必定蕴含着多重的内容。

她喜欢内容丰富的男人，尽管与这种人交往意味着要比与常人来往多付出数倍的脑力和心力,甚至体力。

过后香川对她说,当他讲出“人生贵在闲适”这一观念时,她的沉默令他感动。这是几天后他们去飞机场迎接美美时发生的事,但那个时候她的脑子里却满是追悔,同时也在思虑种种面对美美时的对策,以至于香川的这次关键性的表述并没有引起她的重视。

因为,前一天夜里他们做了一件错事,至少她自己认为那是错误的。

她不知道是自己引诱了香川,还是香川引诱了她,总之,她被自己当时的感觉吓住了。

4

“是螃蟹的问题吗？”香川意识到问题的严重性,几阵呕吐下来,竹君的眼窝已经塌陷了。

第二瓶酒喝到一半时,香川发现竹君的脸色正在发生变化,早些时候那种矜持而又略显娇羞的粉红色面容，一转眼间变得如白纸一般。

“怎么回事？”他问。

竹君目光呆滞,手臂顶住胃部,额上冒出一层细密的汗珠,没有回答他的问话。

他明白,这是胃痉挛之类的病痛发作了。

“请到卫生间来好吗？”他把她引到卫生间,又去拿来一大杯漱口用的温水。

卫生间里弥漫着浓重的气味,是胃酸与螃蟹、酒类混合之后的难闻气味。竹君蹲在马桶边上抬不起头来,却奋力地向他挥手,让他离开。

他有意用调侃的口吻道:“你现在吐得像个喷壶，马桶的水箱补水慢,来不及冲的。”他打开水龙头接了满满一桶水提在手中。“还是让我给你当个活马桶吧,可有一节,工钱大大的。”

疾风迅雨式的上吐下泄持续了半个小时,竹君已然头发干枯,两眼深陷,嘴唇上起了一层白色的爆皮。

香川收拾起玩笑的心情,道:"这样怕是要脱水,咱们得上医院。"

竹君摇头:"以前也发生过这种事,喝些热水,睡一觉就好了。"

香川道:"如果是胃痉挛,推拿或刮痧效果最好。我还有点手艺,要不要试试?"

挂在卫生间墙壁上的电话突然像个活物般大叫起来,是美美,叫竹君接电话。香川拿着听筒,故意向门外高声叫道:"竹君女士,电话。"他又停顿了十几秒钟之后,这才把听筒交到伏在马桶边的竹君手上。

他听竹君说道:"你回到宾馆了?我马上就回家,一大堆事哪,明天难说,到时再联系。"

挂断电话,她挣扎着站起身:"我得马上走。"

香川伸手扶住她:"你这样出去太危险。"

竹君焦躁道:"半个小时之内,美美的电话一定会打到我家里。"

事实上,竹君根本就走不了。香川对这种病状非常清楚,她目前的状况,不论病症是胃痉挛还是胃溃疡,都至少需要十个小时的调养,然后才能有些气力照应自己。

他道:"我不能让你走,不管你是不是我情人的朋友,我都不会让你这么走。"

竹君苦笑道:"等美美回来,你可有得苦头吃了。"

"不用替我担心,山人自有妙计。"他笑着把竹君扶到了他的书房里,"说正格的,你的胃是怎么回事?"

"胃溃疡。"

"哈哈,老天有眼,正撞在我手上,且看老夫手段。"香川大叫一声,觉得这是老天故意给他安排的一次表演才艺的机会。美美是个什么事情都能自己解决的女强人,从来也用不着他替她做点什么。

竹君被香川用厚厚的毛毯包裹起来,斜倚在烟榻上,神情委顿,但香川却能清楚地感觉到,她的目光中有了一丝暖意,是两人间的距离在缩短的那种近乎亲情的暖意。

他找了块绸帕系在头上,拿着先锋派魔术师的派头对竹君躬身行礼，高叫道："Ladies and gentlemen，老少爷儿们，各位老大，三老四少，叔叔大爷们，在下走南闯北，行医多年，手到病除，救人无数，《焦点访谈》做过节目，三大党报登过新闻，南边消灭过禽流感，北边根治了非典型肺炎，人称活扁鹊、赛华陀，可说是张仲景在世，欧内斯特·L.温德·MD 大夫重生。要问我的名和姓，各位站定脚跟，稳住心神听好了，中国人叫我'神仙一把抓'，日本人称我是救苦救难药师菩萨，前知五百年，后知五百载，大名鼎鼎，如雷贯耳的李香川，就是在下。"

竹君眼角眉梢的笑意，让香川看到了成功的希望。胃病的起因多种多样，但最根本的一条便是心情郁闷，所以，要治胃得先开心。

他接着道："活宝要完啦，这算是药引子，剩下的都是正经事。"

竹君的目光显然在问是什么正经事。

他道："以我的经验，胃溃疡的发作不像胃痉挛那般疼得死去活来，而是如同胃里边被塞进了一头生闷气的大肥猪，你并不会感觉到有多么疼痛，却是有东西胀胀地堵在那里，让你呼吸不畅、心神不安、五脊六兽、四肢冰凉。"

竹君笑问："那该如何？"

"暖胃是第一步。"他先端来一杯热热的糖水让她喝下去，然后取来一台家庭取暖用的暖风机对着她猛吹，"你这几日一定是受了寒凉，现在做的是第一步，要逼出你肌肉中的寒气，等到你的四肢冒出汗来，便是见效了。"

竹君轻声道："谢谢你啦。"

香川摇头道："这也不过是制造情调，烘托出气氛，治疗手段在第二步。"

"你看上去像是有些本领！"竹君长长的睫毛颤动着，表达出来的意思模糊不清，显然她的身体非常难受。

"治这个病我确实有本领，只要你不是个封建女孩就行。"香川故意把脸上的肌肉挪动得坏模坏样。

"你总不至于给我跳脱衣舞吧。"竹君这次把心意表达清楚了，是那种恬适的放心。

香川上楼取来了一套他自己的棉睡衣和几只火罐，他让竹君脱下身上的羊绒衫,换上睡衣,自己又到厨房取来一瓶老白汾酒。

“有胃溃疡的人不容易得感冒,因为,他们一旦受了风寒,总是先走胃经,”他往火罐里倒了些酒,掀起棉睡衣,露出竹君的脊背。“所以,用火罐拔除内寒是最佳选择。”

竹君的皮肤是那种象牙白色,莹润而不油腻,这与美美的皮肤有很大不同。美美的皮肤是在美容院经心烤制的小麦色,看上去金黄可爱,但有一点点干燥,摸上去有宋版书的感觉。

他点上火,将两只大火罐拔在竹君的胃腧上,道:“前边的中脘穴上也要拔一只。”

竹君解开睡衣的前襟,露出朴素的棉布胸罩和隐约显现出腹肌的平坦的腹部。

香川这是平生第一次见到可以看得见腹肌的女人的腹部,不禁赞叹不已:“作为女人却能把身体锻炼得如此精美,难得难得。”

竹君的脸蓦的羞得通红,道:“大夫可不该说这种疯话。”

香川笑道:“我是个多愁善感的大夫。”

中脘穴在脐上四寸,胸肋交汇处的下边,香川取了只酒盅大小的火罐,点火拔在上边,然后替她系好睡衣,垫高枕头让她侧身躺好,这才盖上毛毯,将暖风机放到烟榻边,将毛毯折出个洞口,从脚下往毛毯里猛吹热风。

“好啦,”他拉了把软椅坐在榻前,“现在我们开始第三步治疗——唱大鼓。”

竹君问:“唱戏也能治胃病?这可是新鲜事。”

香川知道要做一番解释:“我不会唱戏,只会唱大鼓。这罐子得拔两次,前后大约一个小时。所谓永夜难消,我们唱两句开心解闷,也正符合治疗胃寒凉需要散郁理气的医理。”

她道:“我哪会唱什么大鼓!”

“所以嘛,我唱一句,你只动动嘴唇跟着默唱一句。倘若唱得有了兴趣,一会儿病好了就在这榻上叩个头,求我收你为徒吧。”香川今晚心绪极佳。

只要能给个人让他照顾,让他显显肚子里的杂学和积存多年的稀奇古怪的本领,他会觉得那是上苍赏赐下来的最好玩具。

竹君嗔道:“拜你为师,美得你!你自己唱得不定有多难听哪!”

香川认为,像竹君这样学识渊深的女人,京韵大鼓中《红楼梦》的段子必定不合适,便选了段唱词极富才情的《剑阁闻铃》:“马嵬坡下草青青,今日犹存妃子陵;题壁有诗皆抱恨,入祠无客不伤情……”讲的是杨玉环与唐明皇的爱情悲剧。

5

用火罐拔中脘穴的时候,竹君注意到了香川的目光因她的腹肌而震撼。此前几位帮助她修炼“白莲花”的合作者,都没有心思品味她的身体,而是急煎煎地便要爬上身。他们大约以为,占据了女人的身体便是占有了一切,其他再没有什么值得花费心思的了。

由此看来,香川或许是个真正的“好色之徒”。如果不懂得欣赏情人身体的美妙之处,那样的男人还不如动物有眼光。

这到底是个怎样的男人啊!竹君嘴唇翕动着,努力跟随香川那有滋有味的大鼓唱腔,心底却茫然无序,仿佛是只风中的葫芦,东倒西歪地没个准稿子。

他的身体没得可说,对于她来讲具有科学上的价值。让她感到难以判断的,是这两天来他传达给她的众多信息,无论是饮食、男女、衣着、物品,还是言语,如此纷繁错杂的趣味集中在同一个人身上,让她一时间理不出香川的基本思想轨迹。

竹君自以为擅长给他人下结论,她常常能在短时间内发现并总结出一个人的思想特质,但今天她遇到了挑战,三次接触下来,时间长度和交谈的内容也足够了,但她仍然没有发现香川意识中最根本的内容。

香川在唱结尾:“这君王一夜无眠,悲哀到晓,猛听得内宦启奏,请驾登程。”

竹君轻轻为他鼓掌:“我从未认真听过大鼓,今天第一次发现,这唱词写得真是凄美。”

“据说这是清末民初的大才子韩小窗所作,昔日的文人们毕竟闲适些。”香川那样子似是感叹生不逢时。

竹君故意给他出了道难题：“外国歌曲会唱吗？”

“只会一首。”香川眼睛里一闪，。

“你可别拿前苏联歌曲来充数。”竹君紧盯不放。若想真正了解一个人，必须要拷问你本以为他不可能知晓的内容。

香川道：“我只会一段 *Love me tender*。”

她问：“是为你的真爱准备的吗？”

“那倒未必，不过，我确实没对任何女孩子唱过这首歌。”

他有一副不错的嗓音，胸腔共鸣也好，小葫芦举在手中被当作麦克风，同时用另一只手拉住她的手，身体摇摇摆摆的，虽然只唱了一小段，但很好地传达了歌曲深层的含义。

埃尔维斯·普雷斯利最突出的特点便是他那如雷鸣般的胸腔共鸣，这是竹君最喜爱的英文歌手，她也如同《我心狂野》中的女主角一样，也曾幻想着有一天，能有个男人唱着这首歌向她求爱。

这首短短的情歌，竹君今天听来格外的缠绵，又格外的长。终于唱完了，香川拉起她的手，在指尖上轻轻地吻了一下，让她一时间羞涩难当。

香川道：“这是我准备了一生的表演。”

竹君却在他的眼睛中发现，这目光毫无色情的成分，内中充盈的居然是无限的关爱，就如同一个多才多艺的父亲，在想尽办法宠爱病中的女儿。

她对香川的认识一下子又糊涂了。

她的手机响起来的时候，香川刚刚替她擦净背上的汗水，开始拔第二轮火罐。来电显示上赫然是美美的名字。

“她一定是往我家里打过电话了，发现我还没有回去，这才打手机。”她有些许惊恐。

香川把手机接了过去，又等它响过六七声，这才按下接听键，只听他高声道：“美美，是我呀！她把手机忘在这儿了，你这朋友也真够马大哈的。她怎么样？人不错，就是死面卷子似的，太死板，也不会说句讨人喜欢的话。”他边讲边向竹君眨了眨眼睛。“我就算有那贼心，人家也未必看得上。像我这么又懒又好花钱的废物点心,只好拜托您老人家的善心啦。啊?是呀!没有你我可怎么活呀?对对对,咱们俩是瘸驴配破磨,天造地设的一对好姻缘,所以嘛,给个驸马也不干。看见什么啦?阿斯顿·马丁?别费那闲心啦,哪有闲钱补笊篱。"

最后他道:"我把她的手机关上吧,要是别人打来让我接了,这么三更半夜的坏人家名节。"

关上手机,他对竹君道:"对不起啦。"

竹君一点儿也不怪他,反而觉得他的机智当中充满了乐观的幽默成分。

香川家的电话响了,他拿起听筒道:"又忘了什么事?知道,放心,一定吃,大吃大有。"

再放下听筒,他的面上便有些惭愧了。显然他们都意识到,这第二个电话,必是美美担心他们一起满世界疯玩疯闹去了,或者更坏。

竹君抢先拦住他的话头:"你用不着道歉,这原本就是我给你惹的麻烦。我现在要走了。"

虽然她的胃里感觉好受一点儿,但也仅仅是一点儿而已,她仍难以行动。

香川把第二轮火罐拔上,道:"等一会儿你就会感觉到四肢向外嗞嗞地冒凉气,胃里的那块冰也就开始融化了。"

美美的电话,冲散了方才两人之间的那种温暖而又中正平和的气氛。又过了好一会儿,香川方道:"现在我去煮米粥,等到起下火罐,你吃过粥就可以睡了。"

她慌乱地问:"万一美美明天问我今晚到哪去了?我怎么说?"

他笑道:"撒谎啊!比如在夫妻之间,最重要的内容不是甜言蜜语,而是谎言。一个不善于利用谎言的人,既做不成好妻子,也绝不会是个好丈夫。"

竹君不知道他这是在拿她开心,还是他的真实感想。她从香川身上得到的信息越多,越是无从把握他的思想。

等到她搬进这所小楼之后,有一天晚上,两个人也是倚在烟榻上,故意点上油灯闲谈。她问:"我们现在虽不是夫妻,但也像夫妻似的在一起生活。你告诉我,我们之间的谎言是什么?”

香川将手中的一对山核桃搓得咯咯作响,笑道:“你有可怕的记忆力,与你在一起,任何一句随便讲出来的话,都可能成为日后的罪证。”

竹君不想他像以往一样,东拉西扯地把中心话题淹没掉,便又盯紧一句:“我指的是你的那个著名的理论——一个不善于利用谎言的人,既做不成好妻子,也绝不会是个好丈夫。”

“我说过这话吗?天哪!我真的有这么浑蛋?”香川故作惊恐。

“是真的,就在这个地方。”在掩盖自己真实思想方面,香川有泥鳅般的技巧,所以,竹君决心把他死死盯住,再不能让他脱逃了。

他摸着额头想了好一会儿,方道:“实在是没有印象,但这种故作惊人之语的话,倒像是我的风格,当时我一定是在拼命地勾引你。”

竹君摇头道:“当时你正在退缩,正要离我而去。”

他坐起身来,双手按在胸前,正色道:“我自从遇到你,便从未有过退缩的念头。我是勇往直前,不达目的决不罢休。所谓‘下定决心,不怕牺牲’这段语录,讲的就是我的伟大情感。”

他又在把严肃的谈话气氛偷换成戏谑的调情,竹君决心不再让他得逞:“那天我病了,就躺在这里。美美三番五次打电话来,求证我们是不是在一起,于是,你的态度突然就变了。”

香川也跟着她严肃起来,一字一顿地说道:“那我一定是真的爱上你了,爱情让我昏头昏脑,患得患失,即使白头到老,也免不了惊恐与忧患。”

“但是,我们现在签订的可是同居协议,并不是结婚证。”竹君抓住了他的漏洞。

“爱得越深,顾虑就越多。我怎能把不爱我的你拴在身边一辈子?那就太自私了。”他像是有些激动,眼睛里闪动着《梁祝》的旋律,“我心里非常清楚,就像我们当初约定的一样,我要努力成为你尽职尽责的性科学研究伙伴,跟试管、毛刷之类的试验工具有异曲同工之妙。但是,工具也有工具的幸福,所以我感谢你选择了我。”

那一晚,竹君感动得险些对他说出求婚的话来,之所以话到唇边又缩了回去,是因为她又害怕起来,怕他这又是一次故意让她感动的小花招。香川的这种手段花样百出,让她防不胜防,以至于到了这部小说开篇的时候,也就是他们同居一年后,她仍然不知道该把他怎么办。

6

香川把书房门轻轻地带上,回到餐厅里给自己泡了一壶茶。

竹君粥也吃过了,药也吃过了,现在刚刚睡着。

“我现在好多了,还是回家去吧。”竹君吃过药之后对他道。

“我也想让你回去。”他道,“我把你留在这里住上一夜,确实担着天大的风险。”

“美美知道了可是大麻烦。”她深表理解,不禁叹了口气。

“不单是美美,你也是我的大麻烦。”香川决定还是用这种调情的口气比较合适,这样一来,两个人就都不会把今天的事当真了。

竹君没有回话。

两人最后商定,竹君就睡在书房里,他解释道:“我不能让你睡在美美的房间里,她的鼻子灵敏得很,一定能嗅出你的香水味道。我也不能让你睡我的房间,原因不提也罢,现在只好委屈你啦。”

“谢谢你想得周到。”竹君轻声道谢。

长时间的呕吐与腹泻必定会让她委顿不堪,香川知道她会听从自己安排的。

夜深了,西北风在叫,檐角上的一只铁铎发出叮叮咚咚的声音。他还没有一丝睡意,只是坐在那里,啜着茶,让思绪如窗外的风一般,随意飘荡。

竹君与那些自视甚高,装模作样的年轻学者有很大不同,她率真,不世故,当然,她也有足够的聪明识破他人的恶意。与她相处,俗是最要不得的缺点,除此之外,还需要有些活泼的技巧,以弥补她的严肃。

美美是个善良的女人,只是脾气太坏,恋爱的技巧也不高。男女相处,表面上看是两情相悦,实质上是一出苦心经营的戏剧,双方都得拿出高妙的手段,既要保护自己,又有义务愉悦对方,必要时,小小的伤害也如同放血疗法一般,有着至关重要的治疗作用。

与美美奇异的相逢早便被他确定为机缘理论的有力证据，如果不是机缘在起作用,他必定不会见到那萱草黄色的背影,更不可能在方圆几百公里的大山中与她巧遇。

说到机缘,竹君的胃溃疡发作,包括美美这次出差,难道也是机缘?

机缘这东西是个复杂而又随意的东西，大缘与小缘一环环地套在一起,一个机缘的起因,也许并不是另一个机缘的必然结果;同时,一个机缘的产生,也有可能只是另一个机缘的前奏,它的目的不管是引出新机缘也好,还是改造旧机缘的性质也好,这种戏剧性的结构往往作为机缘的表现形态,让当事者痴迷其间。

为此,他又担心美美在他的生活中只是个初级的缘,目的就是为了引出竹君来。对这个想法,他感到恐惧,若果真如此,美美或许会闹出人命来的。

第四章

人生贵在闲适

1

“人生贵在闲适”,香川对博物馆的同事们这么说,反射回来的多半是白眼,因为他年纪轻轻的,便成为名声极大的古董鉴定专家,而他们却无人问津。“人生贵在闲适”,他对那些“君子之交”的朋友这么说,回答他的是和气生财的笑脸,他们每个人都有需要花费全部心力的目标去追求,无端浪费时间便是犯罪。“人生贵在闲适”,他对美美这么说,美美嗔道,“饿你三天就不闲了”。“人生贵在闲适”,他又对竹君这么说,竹君只是笑了笑,于是,他将竹君引为知己。

“‘闲适’ 绝不是一个并列同义词,” 他对假想中的辩论对手道,“闲与适是两重内容,代表着两种不同的深度和境界,这里边有复杂的词源学意义和哲学意义。”

攀缘在短墙上的荼蘼开花了,白色的花朵散发出一阵阵说不清道不明的香气,不知触动了哪一股思绪,便让他生出几分思辨的兴致。

辩论对手也不是好相与的,拿着藏传佛教僧人辩经的架势,双臂大开大合,脚下跳来跳去,从各个角度向他发动攻击:“所谓闲适就是懒惰,就是不事生产,就是油瓶子倒了也不扶。要拆开来念,这闲就是‘潘驴邓小闲’的闲,适就是‘自己合适就行’的适,一句话,这是腐化加上自私的人生观。”

“你错啦,大错啦。”香川两眼微垂,像个满怀悲悯的高僧,“这闲是一种行动,‘坐而思,起而行’,指的就是这个闲字。没有闲,人如何会用得到思想?只凭本能行事就可以了。这闲也并不是指所有的思想,而是指称一种特定的思想,如君所言,它也可以表述为一种人生观。”

辩论对手哈哈大笑,表示不屑。

香川道:“那么我问你,是什么人使社会进步?不知道吧,现在你听好了,我告诉你,是懒人使社会进步。”

“这倒是个怪论。”辩论对手嘲笑道。

他道:“当年原始人忙碌一天,也未必能得到足够的食物,为什么?因为没有发明工具。单凭两只手能拿得了多少东西,便有那懒人发明了篮子,于是,出去一趟就能采回来够许多天食用的果品,而不是磨破双手才折下一根带果的树枝,或是用双手捧着果实来来回回跑上许多趟。”

辩论对手眨巴着眼睛,一时间没有找到反击的话头。

他又道:“不论是种植,还是渔猎,工具的发明都是为了多有收获而又少付出体力。谁会有机缘产生这种想法呢?当然是懒人,是那些一心想着少干活多玩乐的人想出来的这等好主意,所以,懒人发明了轮子,发明了车,发明了船,发明了飞机……所有这一切的目的,都是为了节省体力,节省时间,也就是为了能够得到‘闲’。有了空闲,才会有时间思考,产生思想,而思想的结果反映到社会生活中,便表现为社会主动进步这样一种健康形态。”

“那又怎么样?”

“于是,便出现了社会分工,一部分人要工作,要忙,因为他们的任务是将思想付诸实际;另一小部分人要闲,因为他们的任务便是思考,是完善现有的一切,开创未知的一切,保证社会进步的持续性。”

“胡说八道,这是在替剥削阶级辩护。那么‘适’呢?这种自私自利的东西也能使社会进步吗?”辩论对手不屈不挠。

香川在充分地享受着辩才无碍的快感,道:“如果一定要让它有所归属的话,这个‘适’更像是个伦理学的概念,它在人群中表现出来的是和谐,是尊重与友爱。而反映到个人身上,便是适宜、合适、舒适,既没有肉体上的痛苦,也没有精神上的痛苦,是一种真正的,浑若无物的自由与快感。你想想吧,如果每一个人都觉得合适,那岂不是要世界大同了!哈哈……”

辩论对手被他批驳得体无完肤,踉跄而去。

一番假想中的辩论,让香川感觉身心舒畅。这是一种有益身心健康的游戏,特别是自己能够在艰难困苦中取得胜利,所得到的愉悦和快乐,是其他游戏无法替代的。美中不足的是,今天的对手实在太糟糕,既没有水平,也没有斗志,充其量也只能算是一个满腹怀疑的听众罢了。

太阳转到西边,再躺在葫芦架下就有些热了,香川离开躺椅,走到门廊下向院外观望。他在等一位客人。

关于闲适,他还有更深一层的观点,只是由于方才的辩论对手太过愚钝,他不屑于拿出来。他认为,闲适的真正内涵其实是物质的。

“你刚才还说是精神的,原来你是个骗子。”辩论对手并没有离开,而是躲在门外,等待着抓他的错处。

他没有理会那个露出小人嘴脸的辩论对手。

如果把闲适从哲学的云朵上摘下来,放到个体人物的生活当中,比如他自己的生活当中,它的物质属性虽不具有决定性意义,但也会作为重要的基础而不容忽略。如果用另一套现代词语来解释这件事,那就是——要想得到闲适,金钱的基础必不可少。

他不禁哑然失笑。世间万事万物, 绝不会毫无缘由地随便冒出来,即使是最荒唐的念头,也必定要有来源。这番有关“闲适”的辩论此刻出现在他的头脑中,原本就是因为他没有钱花了。

如果说闲适是上层建筑,那么金钱便是它的物质基础。这绝不是现代主义哲学荒唐的“二元论”,而是一种真正世俗化的人生观。人毕竟要生活在人群当中,不能免俗不为大错。

有人在院门口轻咳一声,随后走进来一位身穿杭罗上衣,脚蹬礼服呢便鞋,手中搓着一对保定铁球的英国青年,进门来便向香川抱拳拱手,操着一口纯正本地口音道:“先生,俩月没见,您老吃了吗?”

来人与那位著名的实用主义哲学家的名字一样,也叫威廉·詹姆斯，只是多了个后缀——“三世”。

香川问：“这么急着找我，有什么事吗？”其实，这位威廉·詹姆斯三世是被他引诱来的。

香川在博物馆里当研究员，比起普通大众来收入算是多的，只是他的爱好太多，对与享受有关的美好事物太过敏感，于是，花销就不免大了些。您想，谁能抗拒得了陈年花雕与意大利小品种葡萄酒的诱惑？或者是宣威火腿、鸡枞菌、鹅肝酱与初榨橄榄油的美味？更不要说丝质内衣和希腊手工皮鞋能给你带来的舒适。即使是烹饪用的调料，擦手用的纸巾，虽是小物件，却也关系到生活乐趣的完整性，所以，金钱是闲适的物质基础，这在他自己身上早便是个不容辩驳的事实。

为了能够维持正常的生活水准，他每两个月不得不出一趟门，也就是到古玩市场上走一趟，用他的古董鉴定知识来补贴家用。他与那些四处交际、到处寻找鉴定生意的同行不一样，他一点儿也不喜欢干这种事，所以，也绝不允许那些古董商到家中来搅扰他的生活，因为他们是商人，而他是“闲人”，这是两个对立而又难以统一的品种。催促他到古玩市场上走一趟的唯一可能性，就是他没钱过日子了。

昨天，当他发现账上的余额只剩下五位数时，便决定给威廉打个电话。

2

威廉·詹姆斯三世出生在伦敦，父亲是位著名的汉学家。他大学刚毕业就来中国留学，发誓一定要在学术上压倒他那位傲慢无礼的父亲。

“您老这些日子没去，圈子里的乐子大了去啦！”威廉的本地土语讲得极溜，如果只听声音，没有人能相信这是个外国人。这一口方言是他留学中国最得意的学术成果，于是，便时常在越洋电话中向他父亲肆意炫耀他的这项了不起的成就，因为，他父亲只会讲半生不熟的普通话。

“是吗？能有什么大不了的事情。”香川拿着不咸不淡的语调，像是并不关心那些人的蝇营狗苟。

这威廉是个屁股上长尖、坐不住的家伙，在本地古董圈子里最为活跃，也是消息最灵通的人物，有任何事情发生，只要给他听到一点点风声，他哪怕找上几百人打听，也要把事情弄清楚。

香川每次想约他上门，只要在电话中对圈子里的事情露出一点点兴趣，他便会马不停蹄地赶过来。他四处宣称，说他崇拜香川身上中国旧文人的优雅，崇拜他生活中各种出人意料的中国古典享乐者的精妙细节。还有一点他也从不讳言——他爱上了他的师母，也就是竹君。

当然了，香川从来也未承认过威廉是他的学生，因为他比威廉年长不了几岁，加上威廉身上那种天生的满世界找便宜的商人脾性，也着实不合他的胃口。但这位洋学生坚持不懈地把这个消息在社会上散布了四五年，等到所有认识他的人都认为他收了个有钱的英国学生时，他便懒得再向别人解释，一切也就将就着过来了。

威廉眉飞色舞地报道近期新闻："先生，麒麟阁新得了半截石碑，上边是那位弹劾严嵩十大罪的杨继盛手书的碑文……"

他只是微垂着眼皮在听。不用他插话，威廉自己就可以滔滔不绝地讲上两三个小时。

香川原本最擅长的是青铜器和瓷器的鉴定，让他在古董业界创下名声的是他毕业之初便遇到的一个机会。大约八年前，有个河南农民背着个破口袋来到他们博物馆，兜底往馆长昂贵的古董办公桌上一倒，便滚出来十七八块残破的青铜器碎片。

他道："听说你们收这行子，俺就来啦，给钱就中，算俺献给国家。"

馆中的专家们把青铜器残片粗略一拼，居然相当完整，略有些常识的人都能看得出来，这是件难得一见的大型礼器，器形、纹饰精美绝伦，更为珍贵的是内壁上还有不少文字，美中不足的是少了一只耳朵。询问那农民，他却道："耳朵让俺吃啦。"

"咋吃的？"众人关心则乱，一同改了河南腔。

"今儿早上吃的，在火车站，好肥的一只猪耳朵。"

在馆长的耐心盘问之下，方才弄清楚，这位农民在家中打井，挖出了这些碎片，当时就有文物贩子要收购，说是给二十万块钱，他没卖。“国家地里的东西，当然得给国家。俺们村里三天两头有人宣传，大标语写在墙上，要保护文物不是？”那农民呆滞的目光晃来晃去，显得实心眼儿却又胆大。

“井里只有这些，一块碎片也没剩下？”馆长追问道。

“没啦。你们要还是不要？俺把回家的车票也给吃啦，你们要是不要这行子，可就坑苦了俺啦。”农民要哭。

结果，馆长派人把农民安排在一家小旅馆里，又订了个小饭铺管他一日三餐，博物馆这边也立即安排专家，组织鉴定工作。

北京、上海、河南和陕西的专家们陆续都到了，有拄拐杖的，有坐轮椅的，都是国宝级的大人物。香川作为新毕业的博士，被派在众人身边端茶倒水，这是馆长对他的关爱，类似长见识的机会不可多得。

鉴定那天，青铜器残片被依照拼接位置排列在长长的书案上，各位专家围着书案转来转去，只是“读”，没有一个人动手。这是这一行里新近兴起的习惯，如果把器物拿到手里，甚至再从衣袋里掏出只放大镜来细瞧，那只能是普通行家所为，大专家可丢不起这个脸。

一个小时过后，最年长的专家说了声“翻”，每一块残片都被翻转过来，露出腹中的八十四个铭文，众人一阵惊叹，又瞧了一个小时。这时，那位老先生才道：“写。”每位专家都在统一格式的文件中写下了各自的鉴定书。

把结果拿到手上，馆长笑得像尊弥勒佛，口中连声道：“谢谢各位前辈，我这小馆里总算是添了一件像样的礼器。”

“虽是少了只耳朵，修补起来也可称得上是国宝啊。”众人拱手向他道贺，一时间其乐也融融。

这些残片，香川早几日便独自研究过，心中有个疑点一直没能解开。见众专家都给出了肯定意见，他便不知深浅地说道：“各位前辈，在下有个疑问。”

众人一齐望着他。他道：“我觉得这只耳朵有问题。”

众人宽宏大量地给他时间把话讲完。他伸手拿起仅存的那只耳朵，在手上掂了掂，道：“我昨天测量过它们的比重，这只耳朵比其他部分的比重要大一些。”他把测量的数据分发给众人,并把耳朵也送过去。

众人读着他的检验报告,仍然没有人伸手去碰那只青铜耳朵。终于,为首的老者发话了:“小伙子,你叫个什么名字?”

“学生李香川。”

老者对众人道:“各位, 今天是这个小伙子保全了我们这些人的老脸,否则,这件青铜器一旦修补完整拿出去展览,到时候再被人家瞧出破绽,我们可算是白活了。”

众人望着香川点首表示赞赏。

他却猛地想到了另一件事,便将等在外边的农民叫了进来,示意众人不要开口。他把桌上那只耳朵拿起来递给农民,道:“专家们看出了你的假招子,根据《文物法》,这些东西被没收了,带着你的假耳朵回家去吧。”

蓦的,那农民原本呆滞的目光中一下子跳出两朵精明的火花,四下里瞅了瞅,又把目光落在香川脸上,道:“俺是害怕。”

“讲实话。”香川道。那只青铜器的耳朵因为没有花纹,作伪时只需倒模铸好后将它埋在土中,长出与其他残片相似的锈迹就可以了,在目测之下很容易蒙混过关, 这是最简便也是最不易识破的作伪方法。

“要是俺……”农民的目光已然变成商人的目光。

“别再装模作样了,把耳朵拿出来吧。”香川早便发现,那只耳朵上还带着青铜器身上的一小块残片,不用原物倒模型,铸不出与器身如此严丝合缝的假货。

“您可不能少给了钱! ”商人口气强硬起来。

“私藏国家级文物是大罪,公安局可不像我们这么好说话。”

商人的脸上苦得像是要拧出水来,终于从腰里摸出那只真耳朵,同时,将二目如毒蛇一般在香川的脸上扫描了一遍。

于是,房间里响起一片掌声。从此香川名满天下,也顺便结交下了众多能替他到处吹嘘的国家级专家, 毕竟是他在私下里挽救了他们的声誉。

如果一定要说是机缘决定了命运的话，那么，这就是机缘。香川很高兴有这机缘为他奠定了生存的基础，依照他的想法，名满天下的结果应该是退休，从此他可以一心一意地享受生活，用不着再操心生计、职业之类的麻烦事了。

3

“没什么正经货呀！”听威廉把近期市场上出现的古董历数一遍，香川摇了摇头。

威廉也跟着苦笑：“现而今人们玩的都是杂项，正经大件也没人敢拿出来不是？”

香川这几年转而研究杂项古董，一方面是因为有趣，另一方面也是情势所迫。他擅长的青铜器市面上很难见到，因为，多数青铜器都是国家顶级文物，没有人敢明目张胆地违法贩卖，即使有人拿个爵呀豆啊的小件来找他，他也绝不肯看上一眼，知情不报也是罪过。

杂项古董就不同了，大到硬木家具，小到铜墨盒、鼻烟壶，多达数百种。对这些东西，只要是在国内流通，政府也不大管，所以，市场前途倒是看好。

威廉道：“其实，您老人家只要往我那店里一坐，大家伙儿还不都颠颠儿地捧着好货来求教？您不出山，就没人给掌眼，买的怕上当，卖的怕吃亏，大家都没有正经生意做。”他虽然讲话好夸大其词，但对香川的这番恭维倒也不太离谱。

他又道：“要不，您到我店里去玩玩？吃杯茶，顺便瞧瞧老朋友，权当解闷。”

威廉的本钱在古玩街算不上最多，但他开的店铺最大，二百多平方米的门面，取名叫墨香堂。他说这是要向老师表示敬意，从老师的名字里借来一个字。等日后他见到了竹君，便又要改名叫“竹香堂”，说是连师父带师母一块儿敬着才是道理，却被香川嘲骂了一顿，只好作罢。

见香川对他的邀请没表示反对，他又笑道：“昨天有人拿来一块旧玉给我看，式样、包浆都不错，硬说是苏东坡送给黄山谷的临终纪念，也不知真假。”为了把香川引到他店里，威廉常常能想出些稀奇古怪的招数，编造些天上一脚地下一脚的谎话。这也难怪，没有香川替他掌眼，他从来也不肯买大价钱的东西。

去年冬天，香川在他的店里也曾看到过一块旧玉，同行的是竹君。

那是竹君胃病发作后的第三天，她的身体神奇地恢复了。她道："我哪一次发病都得闹几天，这一次多谢你啦。"

"那你打算怎么谢我？"香川笑道。经过了这次变故，两个人的关系中已经没有了最初的生疏感，言语间也变得平和，不再需要调情的成分来维持话题。

竹君也笑了："别指望得太多，也许……"

"有一件事你可以帮我做。"

"什么事？"

"陪我逛街。"香川觉得，在古玩街上，她或许能够纠正对他印象中的偏差，毕竟他们的交往没能开个好头。

"大男人逛什么街！"不过，竹君还是答应了下来。

那天，威廉·詹姆斯三世一见到竹君，便做出心脏病突发的样子，双手抓住胸口，眼睛瞪得老大，张口喘着粗气，叫道："天哪，我看到什么啦？哪里来的古代美人？是杨玉环还是赵飞燕？上帝给我力量，让我抵挡住这诱惑！我要死啦，我活不成啦……"

香川给他们相互介绍。

威廉把竹君让到太师椅上，自己左腿前弓，右臂下垂，口中道："给师母请安啦。"

"我可没有赏钱给你。"威廉的表演逗得竹君乐不可支。

威廉当即表示他已经爱上了师母，愿一生一世做师母的奴仆，纵有千难和万险，粉身碎骨也心甘。

香川不会把这玩笑话当真，插科打诨，装傻充愣是威廉最出色的生意经。他也未曾想到，威廉日后居然当真追求起竹君来。

这也难怪，那天竹君的装束，恰好对应了威廉崇拜中国旧文化的口味。

最初他也并未留意，竹君开车接他一同来到威廉的店中，伙计们上来接过他们二人的大衣，这才露出竹君里边的那件绣花大袄。这是那种二十世纪二十年代盛行的宽袖上衣，衣袖和下摆滚着花边，香色的缎面上绣着繁复的花样，下边鸦青色的百褶裙倒是素雅，也恰如其分地押住了上衣花式的喧闹。

这让香川很是意外，也很得意，长久以来，他一直在努力劝说他的情人们穿中式服装，只是成效甚微。现在女孩子的品位更倾向于欧洲的名牌服饰，即使有一个半个的在面红耳热之际答应了他的要求，弄来的也只是几件商店里的大路货，衣料赛装裹，绣工如鞋垫，很是让他扫兴。

“你这身衣服着实难得。”香川小心探问，他担心竹君穿这身衣服只是出自偶然，而非为了取悦他的审美需求。

竹君道：“吓你一跳吧？现在找个好绣工、好裁缝的不容易。”

“早知如此，我该穿着皮袍出来，那样我们就般配了。”香川家中倒还有几件他祖父留下来的紫羔、灰鼠，只是没有机会穿出来。

竹君笑道：“下次我们一起穿着去看戏，瞧不把人吓住才怪。”

“怎会吓人？那是我平生最大的愿望。”与太太穿上旧式服装，出入于时下各种时髦场所，这是香川在偶尔想到婚姻之事时，不由自主的幻想。

威廉·詹姆斯三世出现得很不是时候，在一阵热闹的恭维之后，他当即宣布爱上了师母，也就打断了他们的相互试探。

4

竹君不想香川把她误认为是一个只等着别人照顾，对生活一窍不通的女人，她今天改换装束，也是想让香川了解到，她能够照应好自己的生活，并且有着真正的品位。她隐约地有一点把握，觉得香川或许会对这种品位有同样的感受。

香川的反应让她满意，而威廉的那种用汉文化来衡量便是厚颜无耻的西方式恭维，也让她很是开心。学校中的生活毕竟枯燥，能跟着香川出来逛逛，接触她感到新鲜的生活内容，顺便长些见识，这本身就是件值得高兴的事。

威廉把他的雇员们都打发出去,分头通知各古玩店的老板,说是他先生来了,若有事求教就赶紧来拜见。

这个威廉也是个有趣的家伙，他不单把自己打扮成旧式中国商人模样,也让雇员们身着蓝布大褂,脚穿白袜青鞋,脑袋留着分头,很像是民国时期大学生的样子。

“师母,”威廉拿出几件古董给香川看,他自己捧了一盏香气扑鼻的茉莉花茶给竹君送过来,“我跟先生说过多少次，要买个寿桃去拜见师母,他就是左遮右拦地不让去。”

竹君只好说:“我不是你的师母。”

“怎么会呢？如果不是你这种神仙般的人物,我先生他老人家也看不上眼儿啊。”威廉的脑袋摇得像拨浪鼓。

威廉与她的交谈,带有明显的死缠烂打的性质,这在她也是新经验。

说话间,客人们陆续到了,每个人都带着谦恭的神情,学着威廉的口吻叫“先生”。他们带来请香川鉴定的古董有大有小,自有伙计们抱着锦盒跟在后边。

很明显,香川在这伙人中有着绝对的权威,他每讲一句话,都有七八个脑袋跟磕头虫似的点头。每看完一件,通常他便当即开一份正式的鉴定书,也有看不大准的,就告诉那人过几日送到家里细看。偶尔也会赶上件假货,他便老实不客气地把那人嘲笑一顿,对方也就好脾气地听着,脸上做出茅塞顿开的表情。

威廉这会儿也顾不上竹君了,拉把椅子紧挨着香川坐下,关注着他的每一句话和过手的每一件古董。任何一个客人的货看完了,威廉便把那人带到后边去,一两分钟后他又跑出来,挤在香川身边坐下细听。

客人们告辞离去，香川将一只漂亮的朱漆木匣送到竹君面前。“送给你一个小玩意儿。”

竹君打开来看,发现里边是件小巧的玉器,颜色莹润可爱,边缘处染着一小片娇艳的红色，上边雕着两个人首蛇身的形象纠缠在一起，组成一只环形的玉佩。

“你肯定认得，这是伏羲和女娲。”香川添上注释。

威廉插言道：“这是你们中国神话中的人物，类似于宙斯跟赫拉两口子，或是亚当与夏娃。前些日子有个小子给我送来的，说是刚从墓里挖出来，带着血浸哪。”

“这东西很贵吧？”竹君不喜欢与人有金钱上的往来，那样很容易就会失去朋友。

“当然贵啦！”威廉击节叹赏，“这是明代一个姓钱的大官和那位最著名的交际花柳如是的定情之物，又是这么好的一块羊脂玉，送给师母正是众望所归。”

竹君被威廉粗陋的中国史知识和不恰当的成语给逗笑了，她问香川：“他说的是真的吗？”

香川也很开心，“你别听他信口胡言，玉是块好玉，但拉出柳如是来给它抬高身价，这种主意也只有威廉才能想得出来，不过，唬那些半吊子的文物爱好者还可以，骗不了像样的收藏家。”

竹君问：“钱谦益不也是个收藏家吗？”恰巧中国史她也擅长，对钱谦益降清这段史事她还记得一些。

香川道：“钱谦益主要收藏珍版书和绘画，即使他真的收藏玉器，这东西也跟他扯不上干系，没款没识的，只是个玩物，给你留着解闷吧。”

“如果不贵，这倒是个挺好的教具，我上课时可以用。但是，我并不认为这两个形象是伏羲和女娲，那很可能是个误解，是谬种流传。”竹君有意借机开启一个新话题。

“怎么讲？”两个男人一起发问。

竹君自认为有很娴熟的讲课技巧，可以轻易吸引住这两个人的注意力。她道：“根据现有记载，给这两个人下的定义是‘上古帝’，就是远古的帝王，而女娲是伏羲的同母‘女弟’，也就是说是他的母系的妹妹。然而，史料中还透露出这样一种观点，认为这两个人是人类的始祖，而这两个形象也就被认为是最本源的性符号，所以，有关同母的说法就牵强了。既然是人类的始祖，我想应该是无父无母，更谈不上什么上古帝了。”

两个男人都在认真听讲。

“我们抛开史学界对母系氏族社会的胡乱猜测和狭隘的理解，单从这个符号的意义上来看，它具有全部对人类性本源的指称特征。”竹君并不想炫耀自己的学识，她只是适时地抓住了一个机会，这是与香川见面之后从来也未曾得到过的机会，她必须要纠正他头脑中对于她的专业的错误观念，那是每一个人，不论男女，只要听说她是位性学专家，便都会产生的那种带有猥亵成分的看法。

5

香川发觉竹君是个心思太重的女人，这样的人往往事业有成，但难以实现他的“人生贵在闲适”的理想，他不得不承认，在他当初对她展示这个观点的时候，他收集到了错误的回应信息。

很明显，竹君这一堂讲座，是在替她的专业工作辩白，是想让他认识到她所从事的是一项重要的研究。然而，他自己非常清楚，他对她从事的工作内容毫无兴趣，他之所以在初见之下选择了与性学有关的话题，只是在未找到双方都感兴趣的话题之前的一种暂时性的过渡，是为了避免冷场而表演的小节目。

所以，当他们到餐馆吃晚饭的时候，他选择了另外一个话题。

“你当教授的收入很高吗？”香川在服务员拿着菜单离开后，很随意地问。

竹君道：“我只是个副教授，不会有太高的收入。”

“那么，你的研究会给你带来金钱上的收益吗？”

“如果能够拿到国家级课题，会有些改善，但不会有太多的变化。”

“为什么？”

竹君迟疑了一下：“钱确实能够带来便利，但并不能决定一切，特别是在理想和幸福这两方面。”

香川吃惊地问：“你不幸福吗？”

竹君第一次流露出些许伤感：“幸福是一种化合反应，我现在孤身一人，幸福从何谈起呢？”

他接着问：“没想过结婚？”

她道：“再过两年，到三十岁的时候，我应该会结婚。”

“结婚的对象是做什么的？”

她笑得像黄连：“现在还不知道。”

他们的谈话被餐馆老板的出现打断了，等到再次继续这个话题时，已经到了繁花遍地的初夏，这中间早就发生过许多的变故。

竹君当时很生气，道：“美美的出走是你的责任，不是我的责任。”

香川道：“这一点我很清楚，因为她到现在也不知道我们的那件事。”出走国外的美美委托竹君到香川家里替她取个人物品，两个人才有了这次谈话。

她道：“那件事是个错误，除此之外，我们两个人没有可向美美隐瞒的事情。”

他道：“所以，美美离开我是经过深思熟虑，而不是一时冲动。”

“过后她会后悔吗？”

“不知道，也许不会，因为我毕竟不适合她。”

“或许是她不适合你，可能没有人能适合你。”竹君不再生气，而是笑得有点紧张。

“你这话接近于真理，那么，你找到适合你的结婚对象了吗？”香川不喜欢这种哭丧着脸的沉重谈话，便又拿出了轻松的口气。

“还没有。”竹君把头转过一边。

“结婚是生死相许，比较而言，还是同居更少些压力。”香川对着她的短发道。

“同居是感情上的相互利用，压力同样也不小，就像你与美美。”竹君仍然没有看他一眼。

香川觉得竹君这种说法太过悲观，以至于对感情有些苛刻：“既没有感情压力，又没有结婚的危险，这样的两性关系，会有乐趣吗？”

“所以人才悲哀。”竹君这才将目光放到他脸上。

美美的衣服、书籍等物都被装到了车上，竹君打开车门，突然又转过身来对香川道：“如果是我们两个人用那种没有危险的方式同居，或许反倒与常人不同。”

6

与威廉·詹姆斯三世告辞的时候，竹君已将那件玉饰挂在了脖子上，玉石贴着皮肤，凉丝丝的让她感到惬意。

香川对威廉道：“该多少钱你自己收了吧。”

“不敢多要，我多少钱收的，多少钱让给您。”

威廉转身又对竹君道：“若不是我先生夹在中间，这东西原本该是我送给您老人家的，只可惜，被他着了先机，所以，我只能做好艰苦卓绝的准备，打一场长期的战争。”

她很吃惊，问：“准备什么？”

威廉正色道：“从今天开始我要正式追求您，请师母给我一个公平外加公正的机会。”

竹君当时很受恭维，确实从内心深处感觉很开心。在人人相互妒忌、倾轧的学术界，哪怕是一句中肯的话她也难得听到，更不要说像威廉这种口无遮拦的胡乱夸赞和不加掩饰的倾慕。

香川对她道：“你别听他胡说八道，他那是拿我寻开心哪。”

竹君却道：“但更开心的还是我。”

威廉一直把他们送到汽车旁，将一个纸袋交给香川道：“今儿个跟往常差不多，十来方吧。”

香川从里边取出一万元交给威廉，余下的看也没看便丢在汽车的后座上。

威廉双手打拱送他们上车，口中道：“我替伙计们先谢过先生和师母打赏，明天就给他们加菜。”

在路上，竹君问：“威廉要是也这样纠缠美美，你不生气吗？”

香川却道：“他不喜欢美美。”

他给她指点路径，径直来到了旧英租界一所小楼改造的餐馆。显然他与这里关系非常，立刻便有人上来招呼。

香川对那些人道：“你们各忙各的，我带着朋友转一转。”

竹君很快便发现了问题的关键，这家餐馆的老板必定也是个收藏家,餐馆中到处陈列着各种各样的古物,大型的有经幢、石兽和石像,小件的有瓷器、陶器和木器,完全像是一座展品胡乱摆放的博物馆,便打趣道:“这里的老板也是你的学生?”

香川一摇头:“他是我的对头。”

“怎么讲?”她感到奇怪,像他这么好脾气的人,可不大容易有敌人。

他把她领到餐桌旁道:“在看古董的眼力上,他不服气我;在烹调艺术的才华上,我又不服气他。”

她明白了:“也就是说,你们两个是各有所长。”

香川笑了:“这话要是让他听见,能跟你辩论一宿,因为,他认为两项都是他长。”

凉菜刚刚上齐,那位身材不高、长着一对精光四射桃花眼的餐馆老板突然出现,打断了竹君非常渴望继续下去的关于幸福与婚姻的话题。

他先向竹君鞠躬行礼,然后从在一边侍候的服务员手上拿过白毛巾搭在手臂上,亲自动手给她斟酒,借机在她耳边大声道:“你要当心,对面那个家伙自负得很,不容易弄到手,若是不成功,不妨来找我讨个主意。”

他又转到香川身边道:“你这家伙,哪里修来的这等艳福?”

然后,他一点手,后边上来个头戴二尺多高白厨帽的厨师,将一只巨大的鱼池摆在桌上,向他们二人鞠躬,一言未发,脸上带着成堆的笑意又下去了。

老板对竹君道:“今天有两道创新菜,请多指点,我就不打扰你们啦。”他来得快,去得也快,转眼便消失了。

竹君有些疑惑和不安,问道:“这是不是你故意安排的表演?包括威廉·詹姆斯三世那里。”

香川显然是有意在脸上雕塑出羞涩,道:“也不能说是完全无意的,我这个对头怕我平日吃不上好东西,没有精神头跟他斗,所以,每发明一两道新菜,便叫我来免费品尝。”

“那你为什么要带着我来呢?”竹君决心要弄清楚他的真实心意。

“我之所以让你了解这些，也是觉得你可能会有兴趣知道。”

“知道什么？”竹君不敢猜测他的所指，因为香川在不觉间便把揭示的对象又转到了她身上。

“这样你就可以知道我是怎样生活的，知道我的收入来源，知道我的朋友都是些怎样的人，同时对我本人也会有一个更真切的认识。”香川将新上来的芝士烤龙虾球给她布到食碟中一块。“这样一来，日后我们再有来往，也就不容易出现刚见面时的那种误会。”

竹君不由自主地摇了摇头。她更希望方才那段谈话能够继续，而不是像现在这样在迷雾中摸索。那个话题可以让她了解他关于婚姻、幸福、爱情等方面的观点和想法，而不是现在这些外在的，让人眼花缭乱的东西，透过这一切，她非但没有对香川有更深入的了解，连已经形成的印象也开始混乱起来。

整个晚餐期间，美美一共打来过十二次电话，让她感觉自己像是在参与一项阴谋。

7

香川发现，晚餐期间，竹君只有一次把美美打来的电话给了他，其余的时候都是她在那里独自应付，他相信，美美在电话中必是满腹狐疑。

今天他故意把晚餐安排在外边，并不是有意借着竹君做掩护，来一次小小的反抗，而是美美出差这件事本身，便给了他这位软弱的革命者一个谋反的机会，即使竹君不出现，这次对强权的反叛也早就在他的设计之中了。

只有当统治者鞭长莫及的时候，革命的萌芽才不会被扼杀。香川口中洋洋洒洒地给竹君介绍生煎鲑鱼片的腌制过程，大脑却正在检验这次临时策划的反抗的可行性。

他道：“必须得引起重视的是，不论是盐、胡椒，还是黄油，对鲑鱼片来讲都是现象，只有柠檬才是真正的强权，它的出现霸占了一切，统领了一切，最可怕的是它以一种无形的，甚至无味的形式达到了它的目的，没有什么东西可以察觉到这一点。”

竹君问:“那么,鱼肉的感想如何?”

他道:“尽管它能使鱼肉鲜嫩多汁，但鱼肉未必感激它给自己造成的本质上的变化。”

“变成了什么?”竹君像是对这个话题感觉好笑。

“不知道,鱼肉自己肯定是不知道。”他脑子里仍然在检视他的计划。

要革命就要有牺牲,香川并不惧怕牺牲。一个月前他也曾做过一次反抗,但那算不上是有计划的革命,只能说是一场暴动。

“你不能这么对我。”美美近来难得跟他郑重其事地谈话。

“我能。”香川用纸巾蘸上水,轻轻擦拭萱草长长的叶子。

“每天两个人只在一起待一小时,这像什么话呀!”美美正在从女强人退化成普通妇女。

“这可以让我们相互之间保持新鲜感,也可以让我们的关系更长久。”他的这个提议是在饭桌上提出来的,加了一把泰国香米的稻米粥里飘出来的那股刺激人的香味,让他冒出这么一个主意。

“你是在担心我们的关系不会长久?”美美出人意料地动手帮助他收拾了碗筷,回到书房才再次开口。让她有耐心等到饭后才谈这个话题,说明他胡乱射出的这一箭正中靶心。

“你这么聪明,一定能理解,我们这种无休止的争吵和奢侈无度的浪费,绝不像是长久夫妻的生活方式。”香川放下手中的纸巾,他对即将枯萎的花朵毫无办法。

“你不愿意我为你花钱吗?”美美的思路在他的意料之中。

“不是钱的问题,而是花钱的目的有问题。”他认为这是个早就该开始的议题,今天才谈起已经有些晚了。

“就算我不该为你花钱,那也用不着不见面哪!”律师只理解有实质内容的因果关系,不理解有因无果或有果无因也是关系。

“少见面就会把奢侈的需求减到最少。”

“我不再给你买东西就是了,咱们还是多见面吧,好吗?”她此刻已经完全退化为一个娇羞的小姑娘,所以不能发现话题的实质。

香川知道,只有愤怒的时候她才敏锐,只可惜,她的怒火今天没在家,否则,在饭桌上他刚一开口的时候,她就应该识破他的真实目的,所以,他当时以为,他的这场暴动还没有燃起战火,便被美美的无意识给扑灭了。

然而,转年夏天的时候,他的这次不成功的阴谋却突然显现出真切的效果——美美出走了,撂下一句话——不发大财绝不回头。

这就是他常说的所谓错误与错觉所产生的动力,只是前进的方向不对罢了。香川每思及此便有些感伤,他根本不需要她的钱,而且他爱她,只是不知道该跟她如何相处而已。同时他相信,美美也同样不知道该如何跟他相处。

服务员撤下残席,竹君突然举起胸前的玉佩道:"依你们古董行的看法,这两位上古的神人是不是兄妹?人们为什么将他们想象成交尾的爬行动物呢?"然而,他却一点儿也记不起他们方才正在谈论的是什么话题。

他并不想与竹君谈论古董在哲学或神学上的意义,古董对于他只是"闲适"的物质基础,是他将自己从繁杂的社会生活中解放出来的最有效,也最有趣味的方法。他现在更关心方才美美在与竹君通话时对他的革命阴谋有什么察觉,而他关心的更深一层的意义是他与美美的关系的存在价值。

回到家中的时候,香川这才回答竹君在饭桌上的那个问题:"那是本能,是人的动物性在起作用。"

第五章
性感也是迷信

1

竹君睁开眼睛，第一个清醒的意识，是发现香川的卧室有些杂乱，这与楼下其他的房间大不一样，但与他本人懒散的行止倒颇为相宜。只是这张四柱式大床有些吓人，高耸的柱子上没有任何装饰物，也没有挂帐子，就这么光秃秃地立在她周围，让她感到有些害怕。她头脑中得到的另一个信号，便是口中干渴得厉害，这才记起她把茶盏忘在了楼下。

她不想记起自己为什么要走进这间卧室，也不想知道为什么要上这张大床，只知道她遇到了一件让她震惊不已的事——就在这张吓人的大床上，她经历了平生第一次真正的性高潮。

从二十二岁大学毕业开始，到现在已经六年过去，她时刻警惕，时时小心防范的事情终于在今晚发生了。她早就在自己的意识中深深地植入了一种观念，也是她从瑜伽世界中提取出来的崇高的意旨，这几乎已经成为她人生的信条，那就是“白莲花”不能容忍肉欲的快感，因为，它所追求的是精神与物质共同的升华，也就是肉体与意志在转换过程中生成的解放与自由，是赢得超自然力的狂喜，绝非是神经上的刺激与大脑皮层中浅薄的愉悦。而今晚，她用来自我约束的戒律被打破了，一个原本最适合于协助她追寻“白莲花”的男主角，却将她带入了另一个极端，一个她的身体和意志都在长期抵抗的极端。

她方才一定是睡了过去，现在夜已经很深，香川并没有在她身边，而是正在楼下打电话，远远地可以听见他的声音，但听不清内容。

来电话的应该是美美，而他们正在讨论的话题必定是美美今晚又一次无法找到她。她今天最后一次接到美美的电话，是送香川回来的路上，当时似乎说是把他放下便要回家去，但她却进入了前厅，进而进入了他的卧室。

美美当时在电话中说，她在那边发现了一件日本人设计的婚纱，很适合她的那种高高瘦瘦的身材，胸前的花饰能够恰如其分地遮掩她胸部的平坦，简洁的腰身设计也适合她运动员式的步态，虽然价格昂贵，但她很想买下来，所以请竹君替她出主意，当参谋。这可是从来也未曾发生过的事情，因为美美对任何事都有自己的主意，用不着也不屑于听从别人的意见。

"婚礼的日子定下来了吗？"她把车在院中停稳后才接听的手机，便打开车门，走入她喜爱的冬日清冷的空气中。

美美道："还没有，不过快了。"

"怎么早没告诉我？"

美美笑了："我也是刚刚才想到的，这是个临时的主意，不过却是一生的选择。"

"心血来潮可不是件好事。"

美美加倍笑道："但可能会中大奖。"

"需要我做点什么？"客气话总还是要说的。

美美的语调突然变得婉转而又亲昵："也许，你应该帮我考验一下他，看看他对爱情是否坚贞。"

"现在哪还有那种东西？"她口中回应，心里觉得美美出的是个混账主意。

美美斩钉截铁道："我相信一定有。"

"我可不会冒险干傻事，万一他没有坚贞，我该怎么收场？"

"你要是害怕就算啦，只要帮我看住他就成。另外转告香香，我明天下午三点钟到家。"美美挂断了电话。

"她说什么？"香川问。他此时正在给他们两个人沏茶，望着他耍弄茶壶、茶盏的样子，她在他身上又发现了一种懒散的洒脱劲头。

她接过茶盏,开玩笑道:“她让我勾引你,试试你们的爱情有多么牢固。”

“你答应了?”香川显然也在开玩笑。

她摇摇头,转身走到前厅欣赏大理石墙面高雅的拼花图案和楼梯上漩涡花式的栏杆。

“你没答应她最好,否则,我真不知道自己会做出什么反应。”香川来到她身后,她颈后的汗毛似是能感觉到他言语间的气流。

“你对自己这么没信心?”她登上楼梯的第一级,将茶盏放在粗大的柱头上,迷乱的茶氛转眼间宁静下来,结成一线。

“这不是信心的问题,而是信仰的问题。我虽然信仰爱情,但同居毕竟不同于婚姻。”香川也来到阶下,他引动的气流扰乱了茶氛的宁静。

“爱情怎么会是信仰?”她认为香川在故弄玄虚。虽然她此生还没发现自己真正爱上过什么人,但她也不会相信这种论调。她认为爱情是一种虚妄的感觉,没有实质可言。

香川道:“信仰爱情的人都是良善之人,他们将全部热情都寄附在这种虚妄的感觉上,才能够常常让他们体会到幸福感,而不必非要等到有实质内容的‘幸福’降临时,幸福感再迟迟地产生。”

他对事理肯定是有一整套自己的分析方法,论调虽有些野狐禅的味道,但却不乏魅惑人的力量。

她不觉间走到了楼梯转角的平台上,话题也在爱情问题上停滞不前。此前她从来也没有登上过他们的楼梯,更没有到楼上看一看,她有些惧怕上面未知的一切,尽管香川已经打开了二楼的灯。

“我没有经历过真正的爱情,虽然有过几个人,但却不知道怎样去爱一个人,也不知道怎样被爱。”她认为,这些话是从她唇齿间流淌出来的,而非一字一句的讲述。

香川已经上到二楼,坐在最上边的一级台阶上,两手交握望着她,看上去像是个本分的学生。他道:“爱人是一门艺术,而被爱是另一门艺术,现实生活中,我们总是把这两种完全不同的东西混淆起来,所以才不容易得到安全感。”

她这是第一次听到这种怪论，不由得好奇，便问："有什么不同吗？我总觉得爱情是一种交流，是动态的，角色间互为转换的，对双方没有什么区别。"

"不是的，这其中有天渊之别。"香川摇摇头，像是叹了口气，但在逆光下，她无法看清他嘴上的动作，只能猜测而已。"被人爱的感觉最初并不是幸福，而是一种满足感，与虚荣心有关；慢慢的，被爱者'如入芝兰之室，久而不闻其香'，便会生出一种习惯性的懒惰，这是被爱的第二个阶段；另外，在现实生活中，即使是父母的爱也不会周全，何况异性之爱？于是，下一个阶段便是发现的阶段，这是一个关键性的转折，有的被爱者在对方的爱中发现了同情、关心、性吸引力，甚至舍生忘死，而另一些被爱者则发现了缺乏耐心、不周到、操之过急的性企图以及某些物质上的欲求等等。"

她很想问一句：你在美美身上发现了什么？但她强忍住了，让美美这个时候出现在话题中，非常不适宜。

香川伸手给她，引她坐在他的身边。就这样坐在楼梯上，确是个谈天论地的好地方，只是少了一杯茶，她的茶盏被留在了下边的柱头上。

他接着道："被爱者一旦闯过了发现阶段，更确切地讲应该是怀疑阶段，会进入一个平静的、温暖的时期，许多人都以为，他们在这一时期找到了真正的幸福，岂不知，这种幸福常常是假象，所以，下一个阶段发生的事自然就是分手了。"

她听得心情沉重，问："有不分手的吗？"

"不分手自然就要结婚，很少有例外。"香川的笑容看上去健康、坦荡、灿烂。

她接着问："那么，你现在是个被爱者，还是个爱人者？"绕来绕去，她还是不由自主地把美美牵扯了进来。

"以往多年，我总是充当爱人者，这一次却变成了被爱者。"香川回答得并不拖泥带水，"但这并不意味着我不爱美美，感情的强烈程度并不能决定自己是爱人还是被爱，关键在于行为方式，美美身上那种律师的攻击性和女强人的统治欲，硬生生把我改造成了被爱者。"

她不由得感叹道:“美美是个有能力的女人，也是一生中不断享受幸运的女人,她行事可能不会考虑对方的感受,但她拿出来的毕竟是真心。”她与美美从幼稚园开始,一直到高中毕业,两人做了十几年的同班同学,自觉对她知之甚深。

香川也感叹道:“我真心爱着美美,实际上,对每一个走入我生活的女人,我的爱虽然不那么积极,但都是真实可信的。只是,承受美美的爱不是一件容易的事,有时甚至可以理解为是一种痛苦。”

“痛并快乐着。”她顺嘴讲了句俗语。

眼前这个令人初看上去眼花缭乱,以至于难以了解的男人,此刻终于在心灵上打开了一扇窗子,向她展示了他的忧伤、他的烦恼、他的软弱,一时间,竹君觉得自己的心软得像豆腐一样,是那么容易受到感动,又是那样宽广得可以包容一切。

“或许,这就是机缘。”她轻声道。

“机缘是命运的一部分,感谢你终于赞同了我的观点。”此刻他向她望过来的眼神中,却纠缠着难以解析和阅读的复杂内容。

2

竹君终于将教师特有的那种高傲和严密的自我保护抹去了,此刻显现出来的,是一个温顺的、富于同情心的女人的灵魂。

为此，香川深受感动，以至于产生了要像兄妹一般拥抱她的冲动。事后回忆此事,他相信自己在这一刻还没有产生任何与性有关的意念,他只是被感动了,就如同被翩然飞过短垣的蝴蝶,或是被即将凋谢的萱草的花朵感动一样,是本真的,非动物性的。如果说有什么非分之处,也只能比喻成两株栽种在一起的植物,正借着微风相互传播花粉。

“如果有什么错误,也是我的错。”他在凌晨时分送竹君出门,夜风拨弄着他睡袍的下摆,“我不该被你感动，尽管我明明知道在冷静的交流中也会发生事故,但我是不由自主地被感动了。”

“这都是我的错误。”竹君的目光中只有痛楚,“我不该被你表现出来的东西迷惑,更不该走上那道楼梯。我一生中从来也没有做过糊涂事，所以，这一次的错误我没有什么可推脱的。”

他道：“假如我不邀请你喝那杯茶，而是让你径直回家去，或许什么也不会发生。真是对不起！”

她道：“你也不必自责，这就是我的命，我这是在错误的时候，出现在了错误的地点，又遇到了错误的人。”

于是，他又受到了竹君的感动，以至于心痛不已，道：“这也许就是机缘的浑蛋之处吧，它不给你动机，也不给你目的，给你的只是行为。”

她抹去刚刚渗出的泪水，勉强笑道：“我们不要再见面了，如果美美知道了实情，这件事就不再是命运的捉弄，而是恶意的伤害了。”

他不得不让她打消这个糊涂的念头，道：“如果明天不是我们两个人一同出现，美美立刻便能察觉事情的真相，因为她是律师。而那时对她的打击将是双重的。”让一个女人同时失去友谊和爱情，再没有比这更恶毒的阴谋了。

她的泪水又涌了出来：“美美太可怜了。”

他也感到伤心：“是呀，从客观上讲，你背叛了她的友谊，我背叛了她的爱情。”

她又道：“这都是我一个人的问题，我犯的是双重罪过。”

他不能让竹君这样满怀自责地离开，便道：“错处在我，我是被你的神秘和高贵深深地吸引了，以至于不能自拔。”

然而，高高地坐在楼梯顶端的时候，他还没有任何可以自责的地方，他有理由认为，这只是两个朋友的一场真挚的交谈而已，至于心情激荡，也仅仅是由于对真理的发现——很显然，在爱与被爱的问题上，他认为他们接近了事物的本质。

“我实在想象不出，你嫁人之后会是什么样子。”在楼梯顶端，他把话题转移到竹君身上。

“就如同我想象不出，你结婚后会是什么样子一样。”竹君的目光和语调同样迷茫。

“我如果结婚，必定像一个老彩民买彩票，外表上装得好像是很有把握，其实依旧是错误与错觉。”他讲的是真心话。此时此刻，任何一句谎言都是对两个人和两个人共同制造出来的温暖的双重亵渎。

“我不知道嫁人应该是什么样子的，我也不知道常人的性感觉是什么样子的，我不是正常人，因为我是自然的‘选民’。”竹君的语调中带有几分醉酒的味道。

“所以，要想知道梨子的滋味，只能亲口尝一尝。”

“现在，人们结婚前总是要同居的吧？”竹君的声音虚无缥缈。

“也不一定，常人结婚前总是要先谈恋爱。”

“是真爱吗？”

“也有假的，但多数是真爱，哪怕只在那一刻。”

“哪一刻？”

“婚礼的那一刻。这世间还没有人不会被婚礼感动的，何况是当事者本人。”

“然后呢？”

“然后是喜宴，双方父母，亲朋好友，八竿子打不着的亲戚都会来的。”

“喜宴不好吃。”

“当然不好吃，无非是肉山酒海。”

“吃完了喜宴就醉了吧？”

“客人们应该醉倒一片，包括大舅子、小舅子、大伯子、小叔子、大姨姐、小姨妹、大姑母、二姑父……最不应该醉酒的是老丈人，但我每次参加喜宴，老丈人只要喝酒，多半都要醉的。”

“为什么？”

“因为他是抱着送羊入虎口的勇气来的，见女儿真的跟着人家走了，心中自然难过。”

“新人也该醉了吧？”

“新郎新娘可醉不得，他们还有更要紧的事——入洞房。”

“现在又时兴挑盖头了吗？”

“不挑盖头。”

“那干什么？”

“也有西式的做法，由新郎抱着新娘入洞房。”

竹君的身子并不重，抱在臂弯里，只像是抱着一捆大白菜一般。他很想把这个笑话讲给她听，但却张口结舌地发不出声音。

同居以后，香川偶尔也会抱她一抱，有的时候是因为竹君的科学研究需要，有的时候则是出于对这件旧事的考证。

考证这件事，是因为这既是他们二人关系中的契机，也是他们难以回避的痛处，所以，在回忆的过程中，总免不了要出现各种各样的偏差。

香川回忆的版本带有评书的味道，他说他先是打开了卧室的门，又开了灯，这才把左手抄在她的膝弯里，右手抄在她的腋下，大大方方地走进了大门，中途还响亮地跟她亲了个嘴儿。“这个时候，你是醉眼迷离，脑袋悬在空中不知道该往哪放，晃晃荡荡地倒像是昏迷不醒，但左手却结结实实地勾住了我的脖子，右手飞也似的解开衣衫的纽扣，一双拖鞋早便飞到了门外……”

竹君对他评书版的“入洞房”深恶痛绝，破例与他吵了两句嘴。但日久天长，香川每一次都要添油加醋地把这个版本大大地丰富一番，并且加入了许多旧相声和《笑林广记》中的材料，以至于将它改编成了一出轻佻的色情喜剧，于是，他的歪曲与改造成功地冲淡了竹君始终难以释怀的负罪感。

“有什么罪过也都是我一个人的，不论是上苍、神明，还是南来北往的各路大仙，要惩罚就惩罚我一个人吧，此事与竹君毫无干系。”这是香川在送走了竹君的那天凌晨，独自一个人在夜空下的自言自语。这段情节他没有编入他的喜剧。

竹君回忆的版本带有严密的科学性：“那天你讲的最后一句话是‘由新郎抱着新娘入洞房’，然后你站了起来，把茶盏放在柱头上，这才像王老虎抢亲一样，弯下腰来把我夹在腋下，径直向东边的卧室走去。当时只有楼梯顶上的一盏灯开着，二楼的走廊里黑洞洞的吓人，你转过身，用屁股撞开了门，我的脚还在门上碰了一下，不重，但我清清楚楚地记得那声音。最后，你的手臂和腰一同用力，把我丢在了床上……请你不要误会，我并不认为是你强迫的我，当时我也有相同的欲望，那也是我全心全意想要做的事。这都是因为我自己不谨慎，或者是我当时太轻浮了,才造成那样的结果,这其中并没有你的责任。”

经过对这件事的多次论证,香川也有点相信竹君的回忆了,终于认识到,这其中如果有错误,也是那种推动生活进程的错误与错觉,而不是对美美的恶意伤害。

从那件事发生,一直到这部小说的开篇,他们之间唯一没有谈论过的, 就是他们进入卧室之后的情形。那一段情节就像被删节了一般,被两个人小心地回避着,在他们之间从来也没有被提起过,尽管那是香川刻骨铭心的一段记忆。

3

在卧室里,香川发觉他的手和腿都在抖,这通常是在恐惧时肾上腺素分泌过盛才会出现的现象, 而此刻原应该是雄性激素大量分泌才是。幸而竹君的反应既不过激,也不被动,这让他能够顺利地跨越陌生感造成的过分小心或粗鲁,迅速由自为进步到自信与自如。

然而,却有一道阴影在他心头萦绕,挥之不去,抹之不掉,因为,他深切地知道他自己是个切切实实的懒人,是那种没有耐心的,不自觉的情人,所以,在体会与作为之间,他更偏重于体会,偏重于趣味,偏重于品味情感的波动与物像的美。

他一向以为,对皮肤的欣赏应该是两性交流中的第一幕,也是最具神秘感和撩拨性的内容。古人用丝绸来描绘皮肤的美妙,这是最原始也是最贫乏的比拟,因为它只着意在一个滑字,却排斥了其他更让人心动,也是更需要用心体味的内容。传统文本中描绘的“滑不留手”是毫无趣味的,因为它把握的只是空虚,是没有质感的幻觉,是不准确的文本描绘对审美行为的重复影响所造成的偏差, 近似于迷信对理智的干扰。

在皮肤滑过皮肤的时候,最初应该是干爽得可以摩擦出声响,近似于细雨飘落在竹叶上的沙沙声,唤起的是那种天真的、早已模糊的折纸游戏的记忆,纸张边缘的抖动声和纸鹤翅膀的拍打声,只有在这一刻才会发生。

接下来,不能忽视的是皮肤之间微量油脂和水分的存在。当皮肤开始泛起潮润的时候，油脂随着水分浮上了皮肤表层，此刻给两者之间增添的却不是润泽，而是造成了新的阻力，是那种涩涩的触觉，使皮肤的亲近由表面化的轻快进入了有内容的感知。然而，这一阶段皮肤的感知在常人的头脑中通常是没有地位的，因为，此时他们的意识多半要集中在身体的其他部位，皮肤的神经敏感度也在降低，虽有接触的感觉，但自觉的意识却在缓慢地与皮肤脱离。

等到毛孔张大，汗流如注的时候，绝大多数当事者早已忘记了自己的皮肤，触觉的收获也已变成了被动的，难以进入记忆的多余信息。然而，这一刻却正是高水准的鉴赏家与普通行为人之间的分水岭，是将感觉与感知集中于一处，还是调动起全部的敏锐形成完整的印象，这甚至是一个世界观和人生观的命题。

香川自觉是半个唯物主义者和半个唯心主义者的混合体，他并不认为一定要事无巨细地将所有信息全部保存下来，那是对唯物主义认识论偏颇的理解。因为，人类大脑的机能还不足以同时处理感官所收集到的全部信息，并迅速将它们转化为记忆，更不要说进一步品味其中的况味。所以，他总在尝试着运用模糊理论，在纷至沓来的种种感觉中建立起一个交流和交换系统，形成一个像小说一样的情节结构，例如，这个系统可以使他在脚趾扭曲的触觉与额头汗水跌落的滴水声中分出主次先后，以便在千分之几秒内的意识流动中将这些信息汇总到大脑主宰快感的中心，加以分辨、判断，然后再反射回那美妙产生的地方，使它进入自觉的持续与更具创造性的发挥。

“性行为不是单一的动作，而是在交流中产生的美，是触类旁通的感知。”他过去曾经对美美这样说。在对性的见解上，她只有洗耳恭听的份儿。

美美伏在他的床上，双手托住下颌，睁大双眼，两只小腿在空中晃来晃去，看上去像个求知欲极强的小学生。

“当你的触觉在女性的肩颈间感知的意象近似于从宋代梅瓶的肩颈间感知的意象时，便是领略美的开端，虽然还未登堂奥，但却能够体味到物类相通的妙处。那种纤巧与浑圆的巧妙结合与对比，那种柔若无骨下的坚强内质，是同类物象在意念下的辩证与互换，甚至可以说是唯心主义认识论的基础。”

美美下楼去拿了瓶可乐上来喝，然后又老实地伏在他身边听讲。

“可惜的是，即使是这第一重境界，也已经在大众的生活中消失殆尽了。但这与你我无关，与我在一起，你会得到更美妙的内容。”

“第二重境界是什么？”美美安稳地伏在枕头上，短发遮住了一只眼睛。

“达到了第二重境界，你所赢得的是在不同的感觉之间自由转换。长发中升腾起来的芬芳唤醒的可能是满园繁花的五彩斑斓，或是梦中才会听到的婉转的歌喉；肌肤消磨勾起的居然是牡蛎爽脆鲜滑的味道；软语温存却是如沐春风的清凉……此刻，任何一种行为产生的都是诗意般错觉下的真情实感，视觉、味觉、触觉、嗅觉、听觉，还有幻觉，它们在相互交织与交换中呈现出万花筒才会创造出的繁复样式，是凡夫俗子们一生也休能梦想得到的沉醉与敏锐的双重快意。”

美美翻了个身，让自己躺得更舒服些。

他接着道：“第三重境界，便是返璞归真，重新认知已熟识的一切。此时，你的视觉得到的依旧是色彩、动作与变化；你嗅得的同样是远近、浓淡，分辨出各种物类的气息；触觉中还是温度、质感、有与无；耳鼓中捕捉的无非是音响与话语；口舌间品味的照旧是酸甜苦辣咸。然而，这一刻的物象在你的感觉中早已发生了根本的变化，一切都纯净起来，已不再是初识之下的皮相，而是自开天辟地之时便当分辨得清的诸般要义了。也就是说，只有这种驱向于本真的行为，才是两性欢愉中的至善与至美。”

正常的情况下，每当他讲到此处，对方总是要问：“你达到了第几重境界？”

但此时，美美已经睡熟了。

4

在竹君的记忆中，那一夜，她似乎是什么都看在眼里，却又好像什么也没有看到，视觉不清的记忆让她感到苦恼。在以往的经验当中，她总是要在检视对方身体的情况下开始，因为，追寻“白莲花”是她的崇高事业，男主角的身体直接关系到她的昆达利尼蛇将会得到多大的帮助,但是,她今夜恰恰忘记了所有的技术规程。

什么才是自然的性生活？她虽然偶尔也会想到这个问题,但是,自从“白莲花”的观念进入她的思想之中,进而在她的头脑中扩展成为近似于世界观的弥散性思想体系,便将自然、理想以及本能等相关的一切都包容在其中,她觉得,自己就像那个没完没了在大地上狂奔的夸父，为了追逐那光彩夺目的目标，而将自己的一切都焚化为燃料。

然而,有目标可供追求终究是幸福的,尽管过程中充满了艰辛与不可预测的困难,甚至会将自己燃烧殆尽!

今晚发生的事大不相同,与超自然力、瑜伽和“白莲花”有关的一切东西都没有出现,她就仿佛从来也没有接触过这些东西,今夜所有的行为、动作与感受,完全是一种天真的,没有桎梏与牵挂的行为。她怀疑这就是供普通大众所享用的那种自然的性爱，是在原始行为的基础上,超越了对受孕的担忧,对伦常的恐惧和对传统婚姻的冷漠,让人们得到肉体上的放松与精神上的抚慰。

以往的行为中，她总是以一个主动者，甚至是主持者的身份出现,因为,这毕竟是她的修炼,是她的理想,是她的“白莲花”,而男主角实际上仅仅是个配角。那些对超自然力毫无认识的男主角,从两个人的关系中所得到的也许是自然行为,至少会近似于自然的行为,而她所得到的是超自然力的眷顾,这其中的意义有着天渊之别。到目前为止，她还没有遇到过一位可以在超自然力的追求上与她有相当能力的男主角,所以,由她主持行为的全过程便带有某种契约性,这也是她理所当然应该具有的权威。

日后与香川商量同居之事时，她也曾要求他与她签订一个详细的契约,其中有关性行为的条目,便是她所制定的修炼规程。

“我没想到世间还有这等事。”香川似乎把它当成了一个玩笑。

她郑重道:“这是件正经事,对于我,对于你,都很重要。”

香川大摇其头:“如果说是财产问题,或是婚姻的问题,还可以理解,现在你居然要签订性条款,这就太可笑了。你把我作为有利用价值的工具，这我可以表示理解，因为人在现实生活中，功用性毕竟大于思想性，但是，把它明确写在契约当中，这会让我有屈辱的感觉。即使是大清国，怕是也没签署过这样的条约！”

竹君对这个困难早有准备，因为，如果这个男人不看重自己的尊严，她也不会选中他，更谈不到尊重。她道：“我没有不尊重你的意思，恰恰相反，我正是因为看中了你的人品，发觉了你具有的绅士般的尊严与仁慈，我才敢于提出这样无礼的要求。”

她还不敢承认她已经爱上了这个男人，即使是对她自己，承认这一点也有相当大的困难。

香川道：“我虽然有一点点唯心主义的思想，但从来也不相信‘怪力乱神’，所以，我对你的那个所谓的‘白莲花’不能不怀疑。难道你就不能像普通人一样，享受自然的性爱吗？”

“对不起，我不能。”她认为，只有实言相告，才能打动香川这样的君子。

香川不解，问：“那么，上一次我们在一起，你也在追逐‘白莲花’吗？”

“我不想再提此事，那是一次事故。”

“那么我们日后该怎样相处呢？”

“也许，是像伏羲与女娲那样的关系。”

“胡说八道，那是未经证实的神话关系。”香川难得发一次脾气。

“你不要生气，照我的理解，那是由朋友之爱，兄妹之爱，向夫妇之爱转化的关系。”竹君此刻才意识到她犯了一个大错误，她被自己的感情波动搅得昏了头，误以为香川是个与众不同的男人。也许他在许多方面确实与众人有极大的区别，但在性与爱的问题上，他仍然是个普通人。

她连忙转换语气道：“我知道我这样的要求很过分，甚至是极端的自私，但是，我这也完全是出于对你的信任，觉得你是我唯一可以依靠的人。这世间如果有人能够帮助我找到‘白莲花’，那个人一定就是你。当然，如果有人能够帮助我证实‘白莲花’只是个虚妄的幻觉，那个人也一定是你。所以我才这么无理地提出这一切，只是想让你把我从中解救出来。”

她知道自己的泪水绝非是阴险的道具,这一刻的感伤,完全是她多年对“白莲花”无望的追求所积累下的痛楚。

香川问:“我们真的不能像自然人一样生活吗?”

她道:“其实我们过的就是自然的生活,只是我自己不自然罢了。我也希望能像你一样, 有信心把爱情当作信仰来看待, 但是我还不能,至少现在不能。”

香川终于笑了,伸手把她揽在怀中,轻柔地安抚她道:“如果是这样,你就放心吧,跟我在一起,我保证你会得到最自然的爱,就像我们曾经得到的一样。”

她私下里对自己也承认自然的性爱有难以描摹的魅力和刺激性,然而,她从内心深处又畏惧这种魅力与刺激性,于是她道:“一旦发现你对我厌倦了,我立刻就会离开,绝不让你为难。”

5

在香川的思想体系中,有一个重要的观点,即“最完美的性爱只存在于无意识之中。”

望着熟睡中的美美,他感叹道:“以上所说的,都是在意识清醒的情况下发生的事情,都在认识论可解析的范畴之内,而真正最高妙的境界,在于抛弃意识,抛弃自我,使天人合一,物我两忘。”

然而,在他自己的经验中,也还未能完全达到物我两忘的境界,即使是与竹君初次相交的那一晚, 他所领略到的内容依然带有精细的物象的痕迹。

从有意识进入无意识,呈现给香川的是音响,是近似于鱼尾拨水的声音。那并不是他与美美在水库中遇到的大鱼跃起的泼剌剌的巨响,而是水面上那种细小的,当年生当年死的小鱼拨弄尾巴时发出的声音,又如同道士手中悠悠的铜铃声,越过宫观素洁的青瓦,绕过茂林修竹,萦回于濠梁之上,低吟着“子非我,安知我不知鱼之乐”的玄远。

然而,这终究只是淡雅空灵的音韵,虽有动人之处,却只宜谦谦君子初交时的平淡与小心，是那种试探性的，不刺激也无法触及实质的客套，太过流连于此，只能会被理解为是垂老的，没有进取心的平和。

金属的音质，即使再细微，也因其出身高贵，而具有了不同凡响的潜质。这毕竟是铜质的乐音，既非丝竹，亦非人声，也就避开了“丝不如竹，竹不如肉”的讥讽。然而，从铜铃到黄钟大吕，还有着遥远的路途，那是使人汗流如注，声气将绝的漫长。“行百里者半九十”，通常人们或是无能，或是无意，多半等不到钟磬齐鸣的堂皇时刻，只在那声音刚刚扩张到粪车的铁铃般穿堂入户时，便心满意足了，以为人生之乐不过如此。

其实，稍加努力，再传来的便是激越的，带有杀伐之气的刁斗的声响，它短促、尖厉、粗鲁，是久戍边陲的士兵用长矛的矛杆击打出来的急促之音。然而，寒夜之中的敲击声里，总免不了会掺杂着这件铜器用作饮具时发出的刮擦碰撞声和饥饿的兵士拥挤的喧闹，于是便越发的清冷，越发的无望。

这才是真正的转折，如同人生“四大幸事”一般重大的转折，通常情况下，人们在此刻多半是打个寒战，翻身便该睡去了，再若响起什么乐音，也只能算作是扰人清梦而已。

香川顺利地穿越了刁斗的清冷和身处杀伐之地的无望，正沐浴在一派暖洋洋的乐海之中。这是曾侯乙编钟的那种错杂与繁复，宫商角徵羽，虽同是敲击，却在轻重缓急之中，暗和着二十八种调式的变化。这绝非技术性的问题，技术与技巧只是有意识的功利，而此间的一切，则接近于乳兽寻找母乳的本能，是在无意识之间，自然而然地对美妙与愉悦的摸索，于是，九浅一深的探讨便成了堂皇的对传统的承继，盘根错节之中又渗入了后现代主义对本质相对性的宽容，既没有因为难以达到终极高潮而产生的自我厌憎，也没有因草草行事才需要的自我谅解。

繁复的调式并非是纯净乐音的对立，钟磬齐鸣的叮叮咚咚，终将被黄铜大吕的雄壮与辉煌弥合成一个完整的调式，所有的可分解的细密之音，都在自觉地接近，融合，共同构建起一座深邃而又壮美的宏大建筑,这是由所有的感官与感觉共同参与的,巴比伦空中花园般的结构。

只有到这个时候,这座器乐的殿堂中才应该出现人声。

人的嗓音毕竟是自然音响中最完美最可赞叹的一种，在肌肉的颤动与气流的缓急之间,可以细若游丝,亦可响遏行云。最初出现的人声，仿佛是无以抒发感情的原始人攀到林莽之颠，对着夜空与星辰,发出的难以抑制的呼号,然而,这种感情混乱、喷薄而出的声音,却迅速与堂皇的器乐融为一体，混合成一种全新的调式与节奏,于是,原始的无意识给现代的无意识注入了活力,而现代的无意识又给原始的无意识设计出宽容的规范。从这一刻起,出现的便是如同黄河改道一般的壮观,难以驯服的洪流打破了旧有的束缚,终于赢得了无法无天的自由,进而又被宽容的土地所包容,进入了新的,有迹可寻的旋律与曲折之中。

就在那洪水冲破堤坝，或是人声在腹膈膜震颤下生成了短促而欢快的花腔时,器乐也紧随着轰然作响,于是,它们终于合成了瓦格纳式的高潮。这是苍穹在用雷雨宣示自己的威严,是大地在用五谷表明她的仁慈，也是人类只差一线便会陷入愚蠢的那种最完满的自我赞颂。

香川以为自己永远也不会忘记这一刻，同时他又以为自己希望能尽快忘记这一刻,因为他突然意识到,他刚刚跨越了一个危险的界线,这或许是他一生之中再难以重现的经历,就如同一个刚刚品尝过人间至味的老饕,由此处开始,后半生的美食对他只能是徒具形式而已。

这是他以为自己对这件事情的认识,当时感觉接近于真实,事后又发觉它并不真实。

6

而在竹君的意识中出现的是色彩。那条鱼腹上的鳞片在它翻身再次潜入水中时,向她展示了一片冷艳的虹彩。

这是那种与“白莲花”和超自然力无关的色彩,却又是与此刻的行为紧密相连的炫目的光影，是介于光谱中蓝色与青色之间的隽永的清冷。这是金属特有的色彩，是钢刀淬火之后才可能出现的颜色，类似于《笑林广记》中有关“倭刺”的借喻的引申含义。

然而，金属的色彩毕竟是冷静的，是只可认同为快感而无幸福暖意的表象，如同水面漂浮的油花，或是肥皂泡的反光。但它终究算得上是一个极有趣的前提，是由冷艳到热烈的良好开端，恰如她的昆达利尼蛇刚刚被惊醒的时候，黑黝黝的鳞甲上反射出来的也是这样的光焰。但今天她忘记了昆达利尼蛇，忘记了它的色彩和热度，因为她破天荒地把自己的色彩与热度发散给了每一个细胞，让她浑然一体，使头脑和脚趾统一为相似的功用，感知到同样的内容。

至于绿色这一色段，虽然由青翠到柠檬黄要跨越众多的色阶，但在她的感知中却仅仅是一闪而过，就如同她在小学、中学时的跳级，或是她初次尝试“白莲花”便超越了的那头一道关口，这显然是天赋使然。当然，那油亮亮的绿色确有可爱之处，也很像是值得流连的美景，但这只是通常意义上的快感，是大众化的审美情趣，此刻她的每一个细胞都做出了共同的选择，决定迅捷而又果断地忽略这段通俗的情节，带着修道之士对肉食的鄙薄和神对人的欲望的悲悯。

只有得到了温暖才有资格寄希望于燃烧。从微苦的柠檬黄到暖洋洋的干草黄，再到充满阳光气息的小麦色，这就如同用蔗汁炼制砂糖一般，是个甜甜的、暖暖的历程。这个过程能将繁琐的干扰性的感觉排遣出去，就如同蔗汁在细碎的泡沫崩裂中浓缩一般，让感知从有意识进入无意识，使内视的色彩由浅至深，让它接近于喧闹的、令人心脏狂跳的、挥汗如雨的橙红。

这是癫狂的颜色，不由自主的感知与下意识的主动是这一色调最恰如其分的诠释。当火焰穿透细胞膜之后，跳动的便是这种缺氧状态下的橙色，它是在挣扎，带着愉悦的表象，带着执着的热度，还带着心痒难挠的畏缩，类似于麦当娜《犹如处女》的狂喜。

这不是雷电击中大树的灼烧，也不是熔岩在缓慢流动中展示的浩大的热能，更不是煲汤烧饭时的矿物质的燃烧，而是人类自身尚无法认清的，由意识点燃有机物的那种肉体的自燃。而这种缺氧状态下的自燃,只有在肢体行为的鼓动下才会得到充分的赞美与支持,由橙色转化为红艳艳的赤色。

肢体的癫狂不同于瑜伽快意的扭曲，也不同于体育运动的剧烈或辛苦劳作的沉重负担，而是自生物进化出性别之后便存在的那种自然的舞蹈，是肉眼可见的肢体语言与肉眼不可见的细胞内部的化学舞步共同完成的舞剧,它既宏大又繁琐,结构精微而又意义深邃,如果一定要用可感知的比拟来描绘的话，大约鲸鱼求爱时高亢的歌声与海上日出的壮观尚可差强人意。

那应该是在可以想象的大海的深处，云层裂开一处不甚宽广的缝隙,而太阳此时正在波浪下惬意地跳荡,偶尔露出一线,又迅捷地隐没了。一抹娇艳的热火,从云层的裂隙处铺展开来,提醒这是一次壮观的、大胆的,甚至是招摇的、肆无忌惮的喷薄。云儿在欣喜地欢呼,一会儿是玫瑰红,一会儿是葡萄紫,一会儿又幻化出竹叶的青碧,它们要用色彩来赞美这场铺张的表演。太阳终于出现了,只有不大情愿的半张脸,突然,铺展开的热火猛地聚拢在一处,纠结它,撕扯它,攀缘它,吸附它,要用一次鲸吞虹吸,来完成亘古未有的倒转。

意识在竹君头脑中再次出现时,已经是深度睡眠光顾后的午夜,四根高耸的床柱围绕着她，带着祭坛特有的庄严和邪教与生俱来的诡秘,不由她不产生近似于殉道者的恐惧。身体接近于虚脱的快意,从关节处几近脱离的感觉上得到了注解。胸内空空,腹内空空,肌肉内也同样空空如也,仿佛体内所有的水分都化作汗水和水蒸气,在方才的那一阵燃烧中挥发掉了，如今留给她的，只是一具虽然有形有质,但却轻飘飘的、羽化后的遗蜕。

难道这才是真正意义上的肉欲?她与那四根床柱软语商量,这种非理性的、全然不由自主的行为只能被认为是动物性的,是与超自然力和“白莲花”无法共存的行为,是对她这个自然的选民的毫不留情的羞辱和亵渎,而这一切罪孽的来源,都是因为一个让她陷入了意识轻度迷狂的男人。

她清清楚楚地听到,香川与美美的通话已经结束,他正在走上楼梯,又转入二楼的走廊,向这边一步步在接近。她的头脑中一下子又被充满了色彩,是方才未曾超越的紫色,是那种令人敬畏的,暗得发黑的深紫。不知道越过这道热烈得无以复加的颜色,后边是不是清凉的、冷静的深蓝。

健康与疾病只有一线之差。几天之后她便认识到,正是这场与香川最自然,最原始的性爱,在她身上却引发了令人难堪的迷狂,这是那种敏感得像刮伤的皮肤一样的性感迷狂,也是让她几天后在院长面前出乖露丑的性幻觉和臆症。

第六章

求婚如同一种恶意

1

四小碟凉菜是酱肘花、拌虾仁、芝麻菠菜梗和酸辣笋丝，两个热菜有宫保山鸡丁和素扒三白，主菜为香辣大排，甜食是玉米油炒枣泥绿豆沙。这是一桌集川鲁两派，荤素搭配，以肉为主的三人食谱。广东人不擅长肉食，美美在南边待了六天，想必没能吃到这种浓油赤酱的菜品。

不过，今晚只有他们二人吃饭，竹君到机场接回美美，便托故回去了。她这么做早就在香川的预料之中，只是，在准备材料时他还是预备出了三个人的量，因为世事难料，事到如今什么都有可能发生，更何况竹君故意留下来吃这顿饭？

炒菜刚刚出勺，排骨还在沙锅中炖着，美美从楼上下来了，身上穿着一件他没见过的长裙。

“看看怎么样？”她将手中的婚纱戴在头上，在餐厅门口转了一个圈，摆出模特亮相的造型。

香川点首道：“不错，布料没少用，拆了能捆五把墩布。”

“我是说，结婚那天穿这件婚纱够不够漂亮？”美美必是早已习惯了他的东拉西扯，并不以为意。

他不得不再泼出一瓢凉水：“够十五个人瞧半个月的。”

通常情况下，美美这个时候就该发火了，不过今天没有，她依然好脾气地问：“如果穿着这件婚纱，走在红地毯上，应该不会给你丢脸吧？”

“今天肯定是走不成红地毯了。”香川将排骨端上桌。他必须得堵住美美的话头，今天可不是谈婚论嫁的恰当时机。

“为什么？”美美非常警觉。

“因为时候不对。”

“怎么时候不对？”

“因为现在太阳已经下山了，就算是想结婚，也得明天早上再说。”

“可我现在就想出嫁。”

“按照我家祖籍的习俗，只有寡妇才下午出嫁。”

香川的最后一句话终于起到作用，美美飞也似的跑上楼换衣服去了。

常言道，兵来将挡，水来土掩，他以为，自己这一番胡言乱语，总算是又一次把美美的求婚企图给化解开了。

日后回想此事，他只能承认自己阅历不足，对美美的了解也还不够深入。其实，他早就知道美美是个不达目的绝不罢休的脾气，从相识之初便已经领教过她的厉害，只是他对自己的手段太过自信，过于相信他能够运用机智多变的手腕料理好一切，以至于无视了美美的聪明才智以及她强烈的自尊心。

也正是因为这份不恰当的自信和不以为意，让他在同居的九个月中，不得不面对美美一而再再而三的求婚攻势。

第一次求婚发生在两个月前，那天恰好是冬至，天上下着大雪，美美早早从事务所赶了回来，硬拉着他出去踏雪。

“听话啊，穿得暖暖的，戴上手套，戴上帽帽……”美美破天荒地亲自动手服侍他穿衣服，口中念念有词，用的是外婆的口吻。

“到街上走走也无妨，只是你别这么吓人好不好？”香川当时自认为识破了她的诡计，因为，一旦美美想让他做点不情愿的事情，她只会使用两种态度——法官的和外婆的。

旧英租界里的小楼这两年大多翻新过，如今被大雪盖住了屋瓦，很是显现出一些旧时的意韵。地上的雪已经积了两寸多厚，踩在上面发出咯吱吱的声响。美美挽着他的胳膊，紧紧贴在他身边，只是，她的身材与他几乎一般高，这样一来，她那律师兼运动员的步态，便让香川有些吃不消了。

平日里，不论是火上了房，还是饭后消食，他都是那种一步懒似一步的走法，此时美美脚下快速的节奏打乱了他的步调，同时也弄坏了他的心境。

“啊哈，这空气很甜哪。”美美像是发现了新大陆。

“晚上空气会更好。”他勉强跟上美美的步子，觉得自己像是件笨重的行李，而美美则是个赶火车的旅客。

“如果在大雪中举行婚礼，一定非常浪漫。”她道。

“新娘在婚纱里边得套上一条棉裤。”他心中却道，美美可不是个浪漫的人，她甚至厌烦时下流行的小资情调，今日一改常态，必定将有非常之事发生。

“只是，在雪地上行走，新娘的婚纱就不能是白色的，你说，淡蓝色的好不好？”

“如果参加葬礼，没有黑色的衣服，蓝色的也能将就。”

“新娘穿一件海蓝宝石那种颜色的婚纱，新郎再穿黑礼服就不好看了，最好还是穿红色的燕尾服。”

“马戏团里有这种衣服出租。”

“为了配合新郎的红礼服，新娘应该把头发染成偏红的琥珀色。”

“那就如同一种热带水果，名叫红毛丹大表姐。”他知道自己不应该这样讲话，这非但无礼，而且也是对自己的不尊重，然而，他又不得不努力打消美美的兴致，因为他惧怕她很快便可能提出来的要求。

“淡蓝色的婚纱，配上红宝石的项链和耳饰。”

“常言道：红配蓝，狗也嫌。”

“大片的雪花落在头上、肩上。”

“如同麦田里的守望者。”

“乐队奏起《婚礼进行曲》。”

“乐师的手指早便就冻僵了，拉出来的不一定是什么难听的曲调。”

“我捧着鲜花，一步步向你走来。”

“中途可万万不能跌跤。”香川不得不痛恨自己今天的嘴脸，这是他平生最厌恶的小人行径，但是，在美美面前，他的绅士风度又无从施展，因为，他一直处在被动的、被操纵的位置上。

“你就站在那里，向我微笑。”美美将婚礼推向高潮。

香川让脚步停在了旧庆王府门前。他必须制止这场想象中的婚礼，因为他发现，美美今天对他一直在讲的胡言乱语充耳不闻，这可是个危险的征兆。

美美也停下脚步，转过身来对他嫣然一笑：“然后，我们就结婚了。”

他只好顾左右而言它：“在大雪天里出现幻觉可不是好现象，这说明你多半是冻僵了。”

他伸出手臂，将美美搂在怀中替她取暖，打算借机遮挡住她的话语，却突然记起，这座庆亲王府的前身是大太监小德张的府邸，在它门前谈论婚事，可是大大的不吉。

就在这个时候，美美口中温热的气息吹到了他的耳朵上，道：“我们结婚吧！”

不管美美心中是怎么想的，香川觉得，她选在这个时刻，这个地点，又是用这种方式来求婚，可算是大为不智，其原因有三：

首先，对任何一个正常人来讲，突然袭击式的求婚，多半是不会成功的，特别是中国人，对此尤为敏感。西方人在他们的文艺作品中倒是常常表演这种突然袭击，只是，他们并未说明内中的文化根源，因为那是写给他们自己人看的，都在可理解的范围之内。中国的青年人一旦误会了他们的这种做法，也拿来使用，多半是要吃亏的，因为，对于汉文化来讲，不要说求婚，就算是请客吃饭，突然袭击式的邀请也同样属于无礼的范畴。香川自己绝不会做这样的蠢事，也绝不允许别人在他身上这么无礼。

其次，如果说气候因素也能勉强算作求婚的必要条件的话，那么，不论是在春暖花开的多情季节，还是硕果累累的收获季节，都应该算是宜人的时刻，人在心情舒畅之时，常常乐于成全他人。再者说，即使是在浑身热汗的炎夏，也常有头脑发昏、一时冲动便应允了的巧事，更何况那是个性激素分泌旺盛的季节。唯独不该做的是在寒风大雪中求婚，除非那是生离死别，或是劫后余生，否则难有成就。香川自己虽然并不欣赏花前月下，但在冬天结婚必定不行，因为他怕冷。

另外，在他刚刚想到的三个原因之中，只有第三个原因没有太多可分析的价值，因为这是他自身的原因——他不想结婚。

于是他道："结婚对我来讲是件奢侈的事。"

"嗯？"美美把头伏在他肩上，语音模糊。

"即使我对你的爱常常让我心中刺痛，中夜彷徨，我也没有能力结婚。"

"为什么？"

"因为，自从与你相识，我就只剩下发昏了。"最终他还是将话题引上了邪路。

在这一点上，他对自己有着清楚的认识，他知道自己没有勇气正面回绝美美，就像以往多年来他没有勇气正面回绝其他女子一样。

美美当时倒也没有太生气，只是在他的小腿上狠狠地踢了一脚。

2

美美走出机场的那一刻，第一眼望见的并不是香川，而是竹君。她发现竹君并没有像其他人那样两眼紧盯着出口，而是目光散乱，肩颈四肢都懒懒的无精打采。

她们拥抱，欢笑，脚下轻轻跳着，像一对久别重逢的小姑娘，但美美仍然感觉到竹君身上的软弱，全然失去了修道者内敛的精神。

"这些日子把你累着了吧？"美美把行李丢在一边，顾自与竹君讲话，"我可知道，别看香香每日里只是自顾自地玩，他可累人着哪。"

竹君笑得机械："没有，他自己玩得好着哪，烹调的手艺也不错。"

"给你吃什么啦？他总说我在吃上没品位，你有什么发现？"

"就是鸡鸭鱼肉，蔬菜水果，挺好吃的。"

美美此时不便深究，只得道："他的每道菜可都有个菜名呀。"

竹君突然不笑了："吃了人家好几顿，已经够麻烦人的了，哪还好意思请教菜名？”

美美很想立刻问一问竹君，她无故失踪的那两夜是怎么回事，因为，世间任何事情，一旦脱离了它的正常轨迹，便多半不会是好事。

但竹君那天很快就告辞离开了，快得她来不及反应，所以，第二天她便打电话给竹君，约她一起吃午饭。

“我昨天又跟他谈结婚的事了。”见面头一句，她就把事情的最新进展向女友通报。

“哦？恭喜你呀！”竹君看上去一点儿也不吃惊。

“他可不会这么痛快就答应。”

“怎么会呢？他那么爱你。”

“这可不是爱情问题，我怀疑他根本就不想结婚。”美美不觉间叹了口气。

昨天晚饭时的尝试，只是她计划中的一部分——试探香川的初步反应。在这个问题上，她对香川做过切实的分析，分析结果与她的法律案卷存放在同一个文件柜中。

她认为，香川不肯结婚的原因并不很复杂，主要集中在两个方面，一个是心理原因，另一个是性格原因。

从心理上讲，即使是根据她所掌握的粗浅的心理学理论分析，也能够认清，他不肯结婚的原因显然不属于幼年的心理创伤造成的结果：例如他父母的婚姻关系恶劣？或者看到什么不该看的东西受到了刺激？从现有情况来看，他的不肯结婚并不像是一种心理疾病，倒更像是一种强力的自我暗示。

他是通过什么途径暗示的自己？而暗示的又是什么内容？这是美美一直想要搞清楚的问题。

“你觉得香川有什么问题吗？”美美想让竹君从一个旁观者的角度来给她提供材料。

竹君略想了想道：“他除了有点以自我为中心，也没什么大毛病。不过，现在谁不是以自我为中心？这已经很难说是缺点了。”

她忙问：“这话怎么讲？”

“香川的以自我为中心，不是那种有攻击性，会伤害人的，他对身外的事情好像并不关心，他唯一关心的只是他自己那个小小的天地，更确切地讲，是一种乐趣天地。”竹君的话语近似于教案，干巴巴的不带感情色彩。

美美道：“他的那点所谓乐趣，不就是吃喝玩乐吗？跟我结婚后，他一样也不会少，只能更丰富。”

“可他关心的并不是行为本身，他的注意力实际上集中在玩乐的心情上，而这一点正是他身上最难把握的地方。”

美美问：“谁都想有个好心情，可他的那份好心情是从哪来的？”

“自由、宽容和善良。”竹君一句一点头。

看来我是问道于盲了，美美心中暗道。她并不认为竹君的结论有什么参考价值，他们只接触了几天时间，不可能有真切的了解。竹君之所以向她提供了这样一个结论，也是有原因的，她毕竟是个善良的女孩，没见过人间丑恶，而且不会撒谎，所以，她只能以这样一种方式来劝导她耐心对待香川，耐心对待结婚这件事。

对付香川，单凭耐心只能导致失败，天下谁还会比他更有耐心？他年纪轻轻的便过上了退休般的生活，他的整个人生经历，就如同他等待萱草开花一样需要耐心，这世间，怕是很少有人能在耐心上战胜他。

在这一点上，美美刚刚接受了一个教训。昨晚在香川的卧室里，虽是小别胜新婚，但美美的注意力却在她那巨大的决心和宏大志愿上——她这一次无论如何也要求婚成功。

这倒不是因为她怀孕了或是什么别的问题，而是分别这几日，给了她一个冷静思考的机会。她不能与香川再这么不明不白地生活下去了，因为，她发现自己真的爱上了这个在劳动者眼中几乎一无是处的懒男人。

“我不在家，是不是很寂寞？”美美立刻便察觉这个话题开得不好，它太世俗，太小儿女状了，而香川早就宣告过，人间的罪孽莫大于恶俗。

香川今天的回答，却没有像往日那般语含机锋，他只是懒懒道：“你不在家，房子里一下子冷清了不少。”

“不是有竹君过来陪你吗？”

“她每天只来那么一小会儿，跟女主人在家完全不同。”

“那么这些日子可辛苦你啦！”

“人生不如意，十之常八九。不过，你回来了，一切也就如常了。”

“往后我要天天在家，好好陪陪你。”

香川听了这话一愣，问：“不出去打官司了？”

“这要看你怎么打算。等我们结了婚，你让我干什么我就干什么，不让我打官司，我就当家庭妇女，绝不违抗你的命令。”

“命令这个词太严重了，再说，我也不是会下命令的人，只有服从命令才是我的特长。”

美美听出了他话中的牢骚，便道：“你不用担心，我现在就可以发誓：从今往后，如果我再向李香川同志下命令，或是用命令的口气讲话，就让我连输二十场官司，外加更年期提前十年，不，是连输十场官司，更年期提前五年到来。”

“没有这么严重。”香川立刻把她搂得紧紧的，“你每天给我下的命令，已经成为我生活中的‘进行曲’，没有了它们，我的脚步会乱的。”

美美一下子感觉到了巨大的幸福：“那我也不再下命令。结婚之后，我只让你下命令。”

“我能命令你什么？”

“生孩子呀！在公安局里我有很好的关系，可以拿到生育指标，明年、后年，用两年多一点儿的时间我就可以生三胎，到时候这楼里再也不会冷清了。”

香川笑道：“如果每一胎都是双胞胎，就会有六个小孩吵翻天的。”

“老天保佑，让我至少有一胎是双胞胎吧。”美美也乐不可支。

香川接着道：“如果能有个男孩……”

“让他打高尔夫，至少也要打到美巡赛上去。”

“如果有个女孩……”

“让她当律师，打遍天下无敌手。”

“怎么能当律师呢？女孩子应该温柔贤淑，当个美食家或者园艺设计师也不错。”香川不满。

“什么样的园艺师？”美美立刻见风使舵。

“让她专门设计日本式的那种枯山水派园林，不能学中国园林，中国园林太繁复也太累人。”

“让她在山上给你设计一座庄园，就在我们第一次见面的地方。”

“建一座回廊式的四方大宅，不，还是三面回廊一面观景为好，枯山水派需要的空间比较大，空出一面来，也好让她借用远山近水的天然景观。”

美美也来了精神：“把它建成石头城堡，石头地基、石头墙，外加石桌、石凳。”

香川却一摇脑袋：“全是石头不好，只要石头地基，上边全部是木结构的建筑。”

“怕是会不结实吧？”

“会结实的。我们可以买日本的杉木，就是他们专门用来建茶室的那种。现在也该轮到我们用用日本的木材了，他们这些年光筷子就用去了我们多少森林！”

美美道：“我去过日本，他们那种木地板的回廊，确实很舒服。”

“在屋檐下放上金鱼盆，下雨时水就会流到鱼盆里。只是，院子里栽种什么植物是一大难题。”

“世上无难事。”美美生怕他因为一点点困难便泄了这股子气。

“咱们这地方冬天寒冷，只能种耐寒植物。”

“一片竹林是应该要的吧？”美美继续为他鼓劲。

“应该是从屋后延伸到庭院里，不宜太密，疏疏朗朗的雅致。”

“银杏树不错吧？”

“最好选址时那地方早便有个一两棵银杏在那里，不用太大，百十来年的树龄就可以了。”

“院子里再种上几株美人蕉。”

“那东西太过俗艳，不种也罢。”

美美故意惊呼：“我险些忘了，你千万要记住，门外得钉上一根木桩子。”

香川不解:“干什么?”

“拴你日思夜想的那头叫驴呀!”美美拊掌大笑。

尽管这一晚两人谈至午夜,谈得也甚是热闹,但香川最终还是没有答应她的求婚。

3

“他为什么不肯跟我结婚?”美美很少像今天这样没有主意。

竹君望着美美,却不知该说什么好,她希望香川不是因为她才拒绝了美美的求婚。

美美接着自言自语:“他难道会对我不满意吗?不会吧?天下哪还有我这么好的老婆?”

竹君觉得,如果香川的这次拒绝与她有关的话,也只是因为美美在无意间选择了一个最不恰当的时机。像香川那样优雅而又敏感的旧式人物,绝不会在与她发生了那场错误的性爱之后,第二天便与美美谈婚论嫁。

想到此处,她道:“他可能还没准备好,或者,是他对婚姻还有些恐惧心理。”

“对呀!”美美仿佛恍然大悟,“他就是害怕,害怕我掌握管理他生活的权利,也害怕承担婚姻中无法逃避的责任。”

“所以嘛,你应该给他些时间,让他冷静地思考,得出正确的结论。”竹君明知这是些废话,美美可不是个有耐心长期等待的人。

其实,竹君原本以为,求婚这件事并不需要很长时间的成熟期,如果两个人命中有缘,不用说求婚,其中一方的首次暗示便应该得到热烈的响应,一旦正式开口求婚,那就是一出大团圆的喜剧。她不相信那种历尽磨难,分分合合反复多次的求婚,那样的结果最好也不过是平淡的一生,绝不会是幸福的狂喜。

她以往也曾拒绝过几次求婚,这倒并不是她不想结婚,而是她觉得自己跟香川一样,对婚姻同样充满着莫名的恐惧,同时,对方那种信誓旦旦、郑重得吓人的言谈举止,也让她越发地害怕起来。

不过，事情也并不绝对，与美美的这次谈话之后不久，威廉·詹姆斯三世对她的求婚倒是表现出些许讨人喜欢的地方。那家伙可真是个魔，事后竹君每当回想起此事，都会不由自主地发笑，尽管她绝不会嫁给他。

那是元宵节后的第二天，美美在香川的小楼里举办了一个小小的聚会，参加者大约二十来人，显得很热闹。

威廉显然很早就等在那里，见竹君进门，便脚下踩着轻快的舞步，风一般转到她身边，亲手替她接下围巾和外衣。

近一个月来，威廉对她发动了猛烈的攻势，甚至追到她的学校和家里，死乞白赖地向她示爱。竹君对他倒是没有什么恶感，一起谈谈说说也很有趣，至于恋爱结婚什么的，那就大可不必了。

威廉仔细地将落在她外衣上的雪花抖掉，道："'正月十五雪打灯'，这话一点儿也没错。"他这口纯正的本地土语，若是本地人讲出来倒也没什么，但放在他嘴里，便是个令人叹为观止的奇迹了。

竹君道："你这俗语讲得倒是有些长进了。"

威廉忙道："上次你说我谚语、俗语用得不地道，我回到家立马就开始学习。"

"真的吗？"她游目四顾，没有发现香川，却发现房中只有两类客人——古董商与律师，而且双方像是一拍即合，谈得甚是热闹。

威廉把她引到书房中坐下，伸手拦住前来与她打招呼的客人，口中道："我打算用六个月的时间，分专题仔细研究俗语，现在我给您老人家表演我刚刚做完的一个关于昆虫的专题。"

"好哇！"竹君很怕在香川的家中受到冷落，但她又不能不亲自来看看这小楼中现在的情形，所以，威廉的出现恰好消除了她的担忧。

"您给个耳音，我要开始啦。"

他等到竹君点首示意，这才装扮起大演员的派头，高声道："屎壳郎戴花——臭美；屎壳郎搬家——走一路臭一路；屎壳郎推粪球——滚蛋；屎壳郎吃粽子——臭嘴粘牙。"

威廉原本就嗓音洪亮，此时又运起丹田之气，更是声震屋瓦。客人们都被吸引了过来，围在他周围，笑得前仰后合。

“屎壳郎钻面缸——不分黑白香臭；屎壳郎钻染缸——好色不要命；屎壳郎钻蜜缸——甜也不对味；屎壳郎钻烟缸——假冒包公《探阴山》；屎壳郎钻药缸——冒充大力丸……”威廉一口气讲了六十多句，周围众人已经笑得直喊肚子疼。

最后，威廉向竹君鞠躬，感叹道：“我朗诵得并不好，但这首诗写得太好了，不知道作者是哪位大诗人？”

众人闻听此言，笑得滚倒在沙发上的有一半。

他又道：“只是有个概念我还弄不清楚，诗中的主人公，就是那位屎壳郎先生，他是男是女？”剩下还勉强站立的几位，立时也瘫软在地。

竹君确实觉得挺开心，威廉对她的这种毫无机心、只求快乐的追逐，让她没有任何负担，即使是明知道不会接受他的爱，在心理上也没有滞障之处。这就是西方文化与汉文化最大的不同，西方人过节日搞聚会，可以邀请来前妻、前妻的孩子、前妻的丈夫和前妻丈夫的前妻与他们的孩子，女主人也可以把前夫与前夫的妻子，外加前夫妻子的前夫的孩子都邀请到家中，居然还能其乐也融融。她认为，这内中的原因很多，但从威廉身上可以发现一点儿最主要的原因，那就是西方人更重视友谊，同时在两性关系上也有点没心没肺。

威廉表演结束后，在周围那些人笑得还没有站直身体之前，他突然向她单膝跪倒，手中变戏法般出现了一只精美的水晶瓶，口中道：“我的女神，我的活菩萨，我今生今世难分难舍的好老婆，当着大家伙儿的面儿，我拜倒在你的石榴裙下，向你献上这瓶象征着贞节和生育的苏合香油，就如同我们在耶路撒冷圣殿献上的香油一样，请让你的福泽沐浴我的生命，让你的爱温暖我‘拔凉拔凉’的心。”

刚刚缓过劲儿来的众人一下子又笑得泪花如雨。

威廉的结束语将这个戏剧性场面推向了最高潮，他道：“老伴儿，你就跟了我吧！”

那一晚的聚会，所有人都很开心，或者说几乎是所有的人。

当威廉的求婚被委婉地回绝后，香川也吟了一首诗。他显然不是吟给任何人，那首诗只是吟给他自己听的。这首诗恰好能被竹君听到,也算合情合理,因为,她当时就站在他身边。

竹君虽然擅长古汉语,但这首诗她从来也未曾听到过,内中与当时场景唯一相关的,是里边有“苏合香”几个字。他吟的是:“苏合香丸麝息香,木丁熏陆气同芳;犀冰白术沉香附,衣用朱砂中恶尝。”

4

吟这首“汤头歌”时,香川原本没有什么用意,只不过是威廉献给竹君的苏合香油,让他联想到这首“歌诀”。这原本是宋代《太平惠民和剂局方》中《苏和香丸》的方子,用的是苏合香油、熏陆香(即乳香)、冰片、青木香、丁香、犀角、白术、沉香、香附、麝香、安息香膏、檀香和蜂蜜制成的丸药,外边再裹上一层朱砂粉为外衣。

古人修和制药毕竟不同,用的都是好东西。这是他当时的感慨,并没有因威廉向竹君下跪求婚这件事而有什么不快。

然而,事后再回想此事,他却发现,这首“汤头歌”在那个时候吟诵,虽说不上是用心恶毒,至少也应该算是恶噱,因为,《苏和香丸》是治疗脏腑中恶(俗称恶心)和小儿客忤(小儿受惊昏迷)的药物。

心存恶意是不应该的,他又开始批判自己,哪怕是在潜意识中存有恶意,人的生活便失去了应有的平静安乐。不,失去的绝不会仅仅是安乐,恶意的行为不单是自己会受到伤害,也会将对方内心深处的一些最美好的东西击得粉碎。

事实上,求婚本身便是一个有些恶意的行为。当然了,香川对自己的这个论点还不太有把握,但私下里却不妨碍他这么思考。其实有一个非常表面化的理由摆在那里,就很能说明问题。求婚的目的是什么?简单地说,我们完全可以理解为这是为了满足个人私欲,是为了占有对方的一部分实质性内容,同时,还要把自己身上的一部分重担与责任转移到对方的肩头上去。而接受对方的求婚,也就意味着放弃自己。试想,一个人如果连自己都敢放弃,他还有什么不敢放弃的?于是,敢于主动求婚的人便很难再自称是个良善之人了,而胆敢答应求婚的人也难免会被贴上狠心或糊涂的标签。

香川活到三十多岁,平生唯一的一次求婚,是在大学毕业的那一年，对方是他的同班同学，现在是波士顿博物馆的东方文物专家。

他当时对那位同学说："国外的生活对我来说只能是个笑话，我是个没有汉文化就活不下去的人。"

她与他软语商量："我们中国的文物，有许多精品都在国外，出去学习，能够大开眼界不是？"

"现在与往日不同了，在国内的博物馆工作，出国的机会也很多。"

"你可以学成之后再回来嘛。"

"但是，这一走便是三年五载，我可能会错过挖掘秦始皇陵的机会。"香川知道，对方也会明白这只是个托词，因为，秦始皇陵一百年之内绝不会挖掘。

"那么我该怎么办？"她的留学手续和奖学金等都已办理妥当，只等香川的决定了。

"有一个办法。"

"你说。"

"你把留学的手续退掉，我们结婚吧。"他原本确是有意与这位娇小的苏州女孩结婚，只是不在当时，而是原打算过个两三年再提此事。今日这位女孩既然要走，那么结婚便是留下她来的最后理由。

"到了国外我们照样可以结婚哪。"她显得有些不解，同时又像是发现了什么，此时的语气已然发生了变化。

他只好解释道："我说的结婚与你想的结婚是两回事。"

"怎么讲？"

"我不希望我的妻子是个女强人，或者学术狂，现在你在学术上已经病得不轻了，到了国外还不知道会成什么样子。那种婚姻，可不是我想要的。"他这是实话实说。

"你想要一个整天守在你身边，一切都以你为中心的妻子，是吗？"

"然也。"

"这些想法你已经给我灌输了两年，到今天我终于想明白了。"

"所以，我们还是结婚吧。"他当时对自己充满了信心，两年的功夫可不是白下的。

“见你的鬼去吧！”这是那个女孩子对他讲的最后一句话，此后再无音信。

即使是到了今天，香川仍然认为自己没有做错什么，他的求婚堂皇大方，也照顾到了双方的情绪。如果说有什么错处，也是时间的问题，他当时还太年轻，还没有发现“求婚如同一种恶意”的道理。

那位苏州女孩儿很了不起，她也许至今未曾想到这一层内容，但她当即便干净利落地拒绝了他，将求婚的恶意消弭于无形，可谓是聪明天纵。他今日已然记不清那个女孩子的相貌了，唯一还记得的，是分手那天，她穿了件萱草黄色的衣裙。

他从来也没有认真考虑过这件事在他身上产生的深刻影响，但他从此再也未曾向其他人求婚，更没有接受过任何人对他的求婚。借用威廉·詹姆斯三世的话说：“明知是当，绕着走就得了，何必去撞一脑袋疙瘩！”

对威廉刚刚表演的求婚喜剧，他倒是没有反感。竹君孤苦伶仃一个人过活，有人向她示爱，总不是坏事，况且，她也不会真的就答应了威廉的婚事，婚姻对于她也是个“两难”的选择。

就在发生那次意外的性爱之前，他们坐在二楼最高的那级台阶上，便曾有过一番关于婚姻的近距离对话。

他道：“在我的理解中，爱情与婚姻并没有必然的联系。婚姻应该是那种平静的、舒适的，对青春略显厌倦的生活状态，所有的难题都是物质上的，在两个人的关系中，精神层面上的只有简单的愉悦，而没有深刻的痛苦。”

这个时候，他绝不能将“求婚如同一种恶意”这等不成熟的理论摆出来，一来它有被竹君这种思维缜密的理论家驳倒的危险，二来他也怕吓住这位初识的情人的女友。

竹君问：“但是，有许多年轻人早早便结婚了，这又是怎么回事？”

他笑道：“无知则无畏，他们根本就不了解什么是婚姻，所以也就没有什么可惧怕的。事后不如意，离婚对他们也不是难题。”

竹君语带揶揄：“你不是年轻人吗？”

“不是，我毕业后刚刚参加工作，便等于是退休了，我所有的是一颗老年人的心。”他讲的是真心话，但平日里每次把这话讲出来的时候，却常常遭人侧目。

竹君追问不舍：“你也不过三十几岁，就算是从七岁上小学开始你便退休了，也仍然是个年轻人。你不觉得，婚姻对年轻人来讲也是一种社会责任吗？”

看起来，世间还真是没有人能理解他的退休思想，竹君这话也只是站在她的立场上的反驳。他轻叹一声道：“婚我是一定要结的，儿女也是一定要生的，这是我对家族的责任，我总不能让我家的一脉单传，到了我这里就断绝吧！”

“那么，你打算什么时候结婚？”

“也许是明天，也许是十年之后，谁能知道呢？”这又是真心话，他发现今晚是个口吐真言的日子。

竹君的回答却出人意料：“我根本不相信你说的这些话。你该不是故意用这些话来博取同情吧？尽管我的同情心已经被搅动了起来。”

这个话题谈到此处，香川只好沉默了。这倒不是竹君对他的不理解引动了他的不快，恰恰相反，他这番谎言一般的真情告白居然引动了竹君的同情心，这件事本身便令人感动。

“其实，我也实在想象不出，你嫁人之后会是什么样子。”他决定把话题转移到竹君身上，以免他的感动让他做出不恰当的举动。

尽管那件不恰当的事最终还是发生了。

5

竹君的两次失踪，像是插在美美心中的两根刺，虽然她暂时不会把香川拒绝她的求婚与这件事联系在一起，但她却不能对身边的这种异常现象不闻不问，因为，能给人造成最深刻伤害的，只能是你最亲近的人。

这两个人，一个是她最亲近的情人，一个是她最忠实的朋友，换个角度来讲，如果说这个世界上有什么人可以轻易伤害她，甚至毁灭她，就只有这两个人，因为，其他人对她的伤害都只能是物质性的，是可治愈的和可逆的。

对于竹君关于自由、宽容和善良的劝解，她并不以为意，那是竹君赢得男人的方式，对她并不适用，她现在最关心的，是弄清楚竹君失踪的那两晚都在干些什么，是否与香川有关联。如果在这件事上出现了失误，她就会像那个带着“两头狼”、一只羊和一棵白菜过河的农夫一样，一头狼她有解决办法，两头狼就会让她陷入一个怪圈中不能自拔。

“那天真好玩，我打手机找你，却是香川接的，吓了我一跳。”美美小心地寻找事件的切入点。

竹君羞赧地笑了笑。

她接着道：“像你这么细心的人，怎么会把手机丢在我们家里？是不是香川跟你说了什么疯话，把你吓着啦？”

不想竹君语出惊人：“那天我没有丢下手机，你来电话的时候，我就在旁边。”

“难怪我给你家中打电话也没有人接。”美美知道自己的眉毛必定倒竖起来，忙将手放到额头上摸来摸去，做出困惑之状。

竹君道：“这是我的主意，怕你远在南方，有什么误会也一时难以解释。”

“我们这么多年的姐妹，哪里会有误会？”美美终于让自己的表情平静下来，却又陷入了表里不一的痛苦之中。

关于那一晚的事，竹君的讲述平静、翔实，美美认为有极大的可信度，如果能将解衣拔火罐这样的细节都讲了出来，这应该具有相当大的说服力。

于是，等到她求证过几处她认为模糊，或是竹君不小心遗漏的内容之后，她自认为对那一晚发生的一切已经了解得清清楚楚。特别是竹君对香川溢于言表的钦佩之情，和她对拥有这样出色情人的美美不自觉的倾羡之意，既证实了香川在她面前曾经施展过他的真实魅力，也证实了事情并没有发展到灾难的程度。

对于美美来讲，她的关注其实主要集中在香川身上，集中在香川是否对她忠贞不二？以及他在外来诱惑之下会做出什么反应？所以，她与竹君分手后，便立刻赶回家中，在香川身上审问竹君讲述的所有内容。

“你知道我这个人的心有多软，别说是我情人的女友病了，就算是在路上遇到个女病人，我也会心疼不已。”香川似乎并没有意识到她在审讯，而是将注意力都集中在那盆即将开花的萱草上，顺嘴搭腔地回答她的问话。

美美问：“听说你还给她唱戏啦？你可没给我唱过。”

“怎么会呢？在水库里我给你唱过《风雨归舟》。”他突然从花盆前转过头来，“对不起，我忘记了，你说过根本就没有什么水库，也没有船和大鱼。抱歉。”

“你唱的是什么戏？”

“还能唱什么？无非是大鼓、单弦之类的，反正你也不爱听。”

“你那么有耐心哄着她玩，为什么就没哄过我呢？”美美相信自己并没有醋意。

“如果我也那样哄着你玩，你会认为我对你不尊重，是老不正经，而不会认为那只是无伤大雅的闺中玩笑。”香川将头一点一点的，像是在挑逗那刚刚长成一寸长短的花蕾。

“我同样也是女人，与竹君需要的是同样的东西。”

“不，你大不一样。你是干大事的女人，家庭琐事和言不及义的笑话对你大不相宜。”

“如果我告诉你，我也是个普通的女人，也喜欢琐事和玩笑呢？”

香川的目光终于离开了他的宝贝萱草，转到她的脸上，内中满是震惊，道：“南来北往的各路大仙，如果当真如此，被爱的人就有福了，他终于得到了可以表达爱意的权利。”

美美道：“我原本就爱你，我也不害怕讲出来，这你应该比我还清楚。”

“哈里路亚，我明白了，你爱我，谢谢你。”他的目光又回到了萱草的花蕾上。

香川含义不清的反应，让美美一时间又糊涂了，她爱他难道不对吗？当初为了争论到底是谁先爱上谁，他们两个可是曾经拳脚相向，闹得双方鼻青脸肿。

那场争论是他们同居之前，发生在美美的公寓里。

香川道："我方才说的是，我在初见之下，便爱上了你的脚踝。"

美美当时很有控制局面的把握，道："你不用避实就虚，我让你交代的是，你是在什么时间、什么地点爱上的我？"

香川举起双手："我坦白。我是在刚出门的时候，只看到了你的一个背影，便爱上了你。"

"那人不是我。"

"那就是你，穿着萱草黄色的衣裙，戴着同样颜色的宽檐帽。"

"我们现在要弄清楚的是，从山里我们两个相遇开始，你是在什么时候爱上的我？"美美并不想发怒，但香川的闪转腾挪却又让她不由得怒火中烧。

香川将手指放到下巴上，坐在矮沙发里的样子很不舒服，想了半晌，方道："我想起来了，是在我们吃鱼的时候。"

"吃鱼的时候，在山下县城里？"美美发觉自己对信息的捕捉不得要领。

在她的记忆中，那天在县城招待所中并没有发生什么要紧的事。当时香川发高烧，在医院里昏睡了一天两夜，醒来后他们搬进了招待所，只住了一天，第二天便回到城里来了。

"我出院的那天早上，你弄来了一盆鱼汤，是宋公明在江州吃的那种醋椒鱼汤，有健脾发汗的功效。"香川用手托住下颔，眼睛里空荡荡的只有回忆，"那是一只大瓦盆，大得完全可以在里边给小学生洗澡，盆里装着一条大鲤鱼，至少也得有十来斤重，头和尾巴都露在盆外边。这盆，这鱼，再加上满满的一盆浓浓的奶白色鱼汤，应该有三十多斤重。第二天临出门，我听服务员说，你是端着这盆醋椒鱼汤，穿过了整个县城，一路小跑回到招待所。"

"也不算太重嘛，我只是怕汤凉了。"美美嘴上虽说得轻巧，泪水却涌了出来，难为他还记得这些。

"据说，大清早的饭店都不开门，你是打了饭店老板两个嘴巴，又给了人家一千元钱，这才弄来的鱼汤。”

“你怎么会知道这些？”一个男人能牢牢地记住你为他做的小事，并能从中发掘出动人的关节之处，这本身便令人感动。美美咬住嘴唇，害怕哭出声来。

“可笑的是，你只端来了那只大瓦盆，既没拿筷子，也没有汤匙，我只能用手抓鱼肉吃，用茶杯舀汤喝。”

最容易引人感动的常常是细节，香川对细节真切的记忆，让美美不再压抑自己，抱住香川大哭起来。

美美认为，香川这个人最可恨之处就在于，你总是无法弄清他的真实心意，也难以预测他的下一步行动，这也难怪她日后要对他采取高压政策和全面控制的手段。就在她感动得死去活来的时候，香川却说了句大煞风景的话：“不过，像你这种对日常生活一窍不通的女人，即使是在那种情况下，也很难让我产生爱情。”

于是，这才发生了那场“斗殴”，这也是双方相识之后多次武力交锋中，香川第一次，也是最后一次动手。他只推了她一把，让她撞在门把手上，把屁股撞得青肿了一大块。也正因为如此，她才有理由第二天便搬进了香川的小楼，开始了她幸福的同居生活。

“说实话，你对竹君感觉怎么样？”美美锲而不舍地要将香川与竹君第一晚的所有细枝末节，包括心眼儿里的小活动都弄得一清二楚。

香川第三次从萱草上转过头来：“那是个好女人，温柔、贤淑，对食物有品位，而且没有坏脾气。”

“你喜欢她吗？”

“有一点儿。”

“多大一点儿？”

香川坐正身子，对她道：“这个不好比喻，但是，如果不是先遇到了你，与我同居的可能会是她。”

美美并没有发火，而是笑嘻嘻地问道：“那么，我把她找来，咱们三个人一起过怎么样？”

“那样不道德，也是对我们三个人共同的污辱。”

“要不，我离开，让她来与你同住？”

“那样也不好，因为，我至今仍然热烈地爱着你，就像我第一次见到你的脚踝时一样，那是在溪流边，你洗脚的那一刻。”

“既然这样，我们结婚吧？”

“那样我就更为难了。我怎么可以把你这么有前途的大律师拴在身边？拴在一个全无用处的懒汉身上？有现在的生活我已经大喜过望，如果你能跟我在一起坚持到一年，那必定是我家祖坟上冒了青烟；如果我们的关系能维持得再久些，我家祖坟上的青烟肯定会像原子弹爆炸一样壮观。”

美美觉得，不论发生多么棘手的事，不论是他的工作，还是他的生活，包括她刚刚的求婚，香川总是有办法把它消解掉，至少能将它模糊掉，让它在生活中隐藏起来，不再产生刺激作用。

但是，所有这一切并没有让她产生畏难情绪，她也绝不会放弃与这个男人结婚的念头。一个能有滋有味地哄着自己玩，不干扰别人，也不需要别人的男人，正是一个女强人最理想的丈夫。

也正因为有了这个想法，那天夜里，美美睡得非常踏实，只是在早上睡醒之前的浅层意识里，有个讨厌的念头一闪而过，但是，也只是一闪而过罢了，并没有进入记忆。

那个念头是：香川的这番话如此圆熟动听，该不是她与竹君分手后，这两个人在电话中串通好的供词？

第七章

君子可欺之以方

1

关于发病那一晚的情况，竹君对美美并没有隐瞒，她不带感情地讲述了几乎所有的事实，只是故意遗漏了一个小小的细节，就是香川唱的那首 *love me tender*。但这并不妨碍她的诚实，反倒是照顾到了美美的情绪，因为，任何一个女人也不愿意她所爱的男人给别的女人唱这首歌。

至于最后一晚发生的事，她也只能把它当作事故来对待，没有别的出路，所以，当美美问及那一晚的情况时，她便如同被抛入了漩涡一般难以自持，因为，美美是她最珍惜的朋友，她不能够，也没有权利伤害她。

“这是一点儿小礼物，那边也没有什么特别的好东西。”美美递给她一只包装精致的小盒。

“你何必费心？”竹君有些不安。在朋友之间，礼物不单可以示好，也常常会作为强人所难的前奏曲出现。

打开包装，露出的是一瓶爱马仕公司的“四轮马车”香水。

“这可是件奢侈的礼物。”她道。

在她的生活中，虽然精细之处的品位是她所喜爱的，但以她的收入水平，即使是在头脑发昏的情况下，她也只买过一瓶爱马仕公司五十毫升的“市郊 24 街”，与堪称香水史上的经典之作“四轮马车”相比，不可同日而语。

美美却道："对于你，这样的东西只能算是小礼物，你都不知道你给我帮了多大的忙。"

"那根本不算什么。"她感到有些惶恐，希望能够立刻结束这场谈话。

"除了香香，你就是我的最爱。"美美的话语密不透风。

"可也没必要送这么贵重的东西，你会把我宠坏的。"

"这是我在日本人那里试婚纱，他们有人送来的样品，我立刻就想到了你，这才买了一瓶。若不是这么巧，专程去找他们的专卖店也未必碰到这种古董。"

"但又有谁值得我用这瓶香水呢？"竹君后悔自己口无遮拦。

美美看上去似乎是沉浸在友谊的乐趣之中，并没有注意到竹君的失言，她道："你还没见到我那件婚纱吧？明天晚上你过来，我穿上给你看。"

接下来，她开始详细地讲述日本人对那件婚纱的设计理念，以及要传达给观众的信息，然后描绘婚纱上的种种细节与试穿效果。

这原本是两场盘问间隙中难得的休息，但是，竹君的心情就是放松不下来，美美无关宏旨的闲谈越多，拖得时间越长，她的心情便越焦躁，以至于失控，原本设计好的一套说词，此刻也已变成了一堆乱码，再也没有叙述的价值了。

"香香也说这件婚纱选得有品位，穿在我身上显得高贵、大方。这家伙，他难得这么夸赞我。"美美此时心情不错，方才谈及香川拒绝她的求婚时的苦恼，也被一扫而空。

竹君只好说道："只要是婚纱都是好的，特别是穿在新娘身上。"

"你不用替我担心，到不了今年夏天，我一定能穿上它的。"

"只是，如果这中间万一出现什么波折，你一定要坚强，要宽容大度，要把他留住。你知道，找到一个好男人可要比发财困难得多。"对竹君来讲，这些话如骨鲠在喉，必须要对她的朋友讲出来，哪怕因此引来灾祸。

"能有什么波折呢？"美美把目光停在竹君的脸上，在耐心地等待回答。

竹君道:“世事难料,我们现在连明天发生的事都说不好,更何况离夏天还有好几个月。”

美美突然换了一副嘻嘻笑脸,问:“那么,你夏天之前会不会也穿上婚纱呢?”

“我还是那话,世事难料,谁又能保证我一会儿出门不会撞上我的新郎呢?”

“你一定会的。像你这么可爱的女孩子,如果我是男人,早把你娶回家做老婆了,还用得着等那些没眼的男人来发现你这个宝藏!”

竹君知道这话是美美在拿她打趣,但她仍然为此感到伤心,便道:“能像你这么了解我的男人,世上根本就没有。”

“所以?”

“所以,我如果结婚,也一定像是在买彩票,明知道没有中大奖的可能,但还是存有侥幸心理。”她不觉间把香川的悲观主义思想变成了自己的观点,这让她吃了一惊。

美美又道:“香香也没有个兄弟,不知他有没有跟他差不多的同学可以介绍给你,要是有的话,我们可以举行集体婚礼。”

“是呀,如果真有合适的人,你让他帮我介绍。”她自认为这话回答得恰如其分,也给她迎接美美对最后一晚的盘问定下了个基调。

那天在机场与美美还没见面,她便意识到这场盘问是无法逃脱的。美美平生没有不敢讲的话,也没有不敢做的事,她绝不会因为事情牵涉到她的情人而害羞,更不会因为竹君是她的朋友而碍口。

整整一个下午,她就如同待决的囚徒,在等候美美问及最后一晚的情形。这就是命运,是她逃无可逃、避无可避的灾祸,虽然如此,她却能清醒地意识到,一旦真相大白,受到伤害最大的并不是她,也不是她的同谋,而是此刻满怀欣喜的美美。

她认为,像香川那样的人,没有什么东西可以伤害他,他对待生活太清醒,太老练了,以至于油滑得玩世不恭。然而,也正是这种世间万事万物对他都无关紧要的洒脱,使他具备了一种在常人身上难以存活的稀有的魅力,而她正是被这种吸引力给魅惑了,才会在她身上发生那样不可思议的事情。

至于她自己，事情的公开只能会有一个结果，就是美美与她绝交。这种伤害虽然不具有爆炸性，但它所造成的破坏和影响是深远的，难以磨灭的，因为，美美是她生活中唯一的朋友，其他人最多只能算作是熟人而已。

她这一生再也没有机会交上美美这样的朋友，因为，能够制造这种友谊的一切条件都已经随着岁月的流逝而消失了。

于是，在与美美分手后，她立刻给香川打电话通报情况——保护美美，也许是她现在唯一可做的事情，尽管她刚刚欺骗了她。

2

“但又有谁值得我用这瓶香水呢？”

听到竹君发出不由自主的感叹，美美心中一阵热辣辣地痛楚。同样是女人，她可以享受香川给她带来的安适和快乐，而竹君却不得不在“性玄学”与自然的爱情之间苦苦地挣扎，这让她一时间几乎被巨大的同情淹没了，以至于放弃今天约见竹君的目的。

但是她不能，她也知道自己不会，感情冲动是一回事，事情的真相又是另外一回事，她绝不会让发生在自己身上的两种不同性质的问题之间发生冲突和混淆。

对于弄清事实真相可能遇到的困难，美美有充分的心理准备。竹君与她相交二十多年，虽说从来也没有对她撒过谎，但是，这并不意味着她今天不对她撒谎。人们一旦做出了伤害对方的事情之后，即使是父母、兄弟、姐妹也会撒谎，更何况是朋友？

她认为，如果竹君方才所言可信的话，那么，她胃溃疡发作的那一晚必定会被香川给迷住的。女人与香川交往，常常会有坠入迷雾之中的感觉，不觉间便会被他的一些小举动，或是只言片语给感动了，迷惑了，被引动了好奇心。他就如同一只热带水果，初见之下，首先展示出来的是果皮令人目炫的色彩，而随后尝试的果肉也确有香甜可人之处，所以，女人对他的这种早期的、浅层的认识，便对她们产生了极大的诱惑。

竹君一定是在这个阶段被诱惑了，香川施展这等功夫原本熟极而流，这次能有一整夜让他与竹君消磨，时间显然足够充裕，因此，这对竹君也就太过危险了。竹君是个有道德感的孩子，不要说让她与朋友的情人私通，就算是她私下里爱上了香川，对她也是巨大的痛苦，是不应有的灾变。

为此，美美又有些责备自己，不应该把照管香川的事交给这样一个没有爱情滋润的女孩子，香川可不是她能对付得了的那种男人。

美美能对所发生的事做出如此判断，这其中有她自身的原因和真情实感的个人经验，即使她不会对任何人承认这一点，但她在面对自己的时候，也不得不坦然承认，她是在经历了同样的被诱惑的过程之后，便对李香川这个人产生了不理智的疯狂爱恋。

他们第一次在山中相遇时，她已经饿了一整天，于是，便吃光了香川所有可充饥的食物，但她当时并不清楚这是香川最后的食品，甚至在心底还有些蔑视香川的吝啬。

“一个大男人如果不能让女人吃饱，那他一定是个没用的人。”她为了仍然饥饿的肚子，不得不扮演一个略显浑蛋的角色。

香川却笑道：“如果我有妻子儿女，让他们吃好喝好确实是我的本分，这也正是作为一个男人施展才能的大好机会。但是，对于山中偶遇的女人嘛，即使她的模样像煞北魏造像中的地藏王菩萨，也仍然是陌生人，能让她不被饿死，已经是无量功德，可比我佛‘割肉饲鹰’了。”

美美奋起反驳道：“我不懂佛教典故，但我知道人的身上天生有这样一种东西，它名叫‘博爱’，所以，扶危济困便成为人类区别于动物的一个根本特征，如果你连这一点也做不到，那就与人类有了相当大的区别。”

“但是，世间并没有免费的早餐，食物可不是大风刮来的。”香川并没有因为她的恶言而生气，脸上依旧笑容可掬。

“我可以给你钱。”美美不屑道。

“这便是现代人的无知了，你要明白，在有些特定的条件下，钱还不如手纸有意义。”香川安闲地倚在他的睡袋上，吸着她的细枝香烟，活像个自以为有办法逃避惩罚的被告。

美美被惹怒了，不由得高声道：“那你想怎么办？”

“咱们还是睡觉吧！”

“做梦！”

“你误会了不是？我是说，咱们各自早早安歇，也免得一会儿饿劲儿上来，那可就睡不着啦。”香川说罢钻进了自己的睡袋。

美美怒冲冲绕着火堆走了几圈，最后停在香川近前道：“我现在必须得吃东西，不吃饱饭根本就睡不着。”

香川从睡袋中伸出头来，嘴边湿漉漉地挂着泡沫，像是刚喝过奶茶。他道：“抵御饥饿有一个最原始的方法，你要不要学？”

“说！”美美当时没给他好声气。

“你应该好好说句客气话，或是叫声好听的，那才是向人求教的道理。”

“叫什么？”

“不必紧张，你当我是什么人，还会害你不成？”

“到底怎么着？”

“你还是先叫声叔叔吧！”

美美那会儿很想踢他两脚，但毕竟是刚刚相识，有些不好意思，便不再理会他，而是回身抖开了香川的背囊，自己动手寻找食物。

过了几个月之后，美美方才意识到，她最早的一次被香川感动，便是在这个时候。她发现，香川的背囊里只剩下一小罐茶叶和一罐咖啡，连块方糖也没有。

“为什么不早说？”她为自己方才的失态有些歉意。

香川却没再说什么，他爬出睡袋，一瘸一拐地去了不远处的小溪边，不一会儿抱回两块碗大的鹅卵石，又加了些枯枝在将熄的火堆上，然后用鹅卵石压住，这才回到他自己的睡袋中。

过了好一会儿，他又从睡袋中伸出头来，对躺在火堆另一边的美美道：“要不要我把那个抵御饥饿的方法教给你。”

“什么方法？”美美的怒火平熄之后，好奇却大大地增加了。

当她看到香川向她示意，把拇指放到口中吮吸时，一下子便被引逗得开怀大笑起来，方才的不快与歉意也便消失得无影无踪了。

然而，根据她在事后的分析表明，那天让她真正对香川产生浓厚兴趣和好奇心的，却是另外一件事情。

到了后半夜，露水降了下来，在她的睡袋上凝结成一颗颗的小水珠，寒气也透入睡袋之中，在她饥饿的胃部纠缠不休，那股难受的滋味，是她毫无心理准备的。

突然，她听到香川在睡袋外叫她。“什么事？”她问。

香川递过来一个毛巾包裹的圆滚滚的东西，热呼呼地透着股子香气，让她觉得，这东西若浇上酱油，便会如同韩国人的石锅拌饭一样让她胃口大开。

“是什么好吃的？”她不由得惊叹。

“是烧热了的鹅卵石，把它放在肚子上，一会儿就不再感觉饿了。”

“石头怎么会这么香？”

“是毛巾上的香味。”香川说罢，也包了块石头回到自己的睡袋里去了。

果然，把这滚热的东西按在胃上，虽然不能果腹，但胃中一直在折磨她的那种撕咬的痛苦却大大地减轻了。

世上能想出这种稀奇古怪办法的人，必定百不足一，显然，香川是个聪明的家伙。她问道：“你是怎么想出这个办法的？”

香川远远地回答：“这东西叫‘怀石’，是古代僧人们通宵念经的时候，用来保暖挡饥的。”

“谁这么聪明，发明了这东西？”话说到这一句，便是闲谈了。美美知道自己反正也睡不着，与人聊聊天也可抵挡漫漫长夜。

香川道：“是谁发明的我不清楚。我知道的是，‘怀石’这个词是由日本僧人创造的，但是，我一直在怀疑，如此清雅的行为，必定不是早期日本人的脑袋能想象得出来的，这应该是中国僧人在唐代的创造，甚至可能是魏晋时代辟谷求仙的那伙人发现的这个好办法，然后随着佛教一起传到了日本，日本人这才有福了。”

“在我们的历史上有记载吗？”

“老祖宗发明的好东西太多了，我们这些后代子孙怕记起来麻烦，便选择了丢弃的保管方式，若不如此，也不会让那些厚脸皮的韩国人胆敢跟我们比传统。”

“若是这样,我们的传统还不全都丢光啦?”

“侥天之幸,祖先留下的东西实在太多,我们不停手地丢弃了一两千年,居然还有不少剩下,真是了不起。”他翻了个身,便睡着了。

美美虽然年龄不大,但律师的职业让她阅人无数,只是,她从来也未曾遇到过香川这样的人物,以及他的这些奇形怪状的想法,便忍不住好奇,不由自主地想多知道一些与他相关的内容。

也不知是哪位聪明人曾说过这样一段话:女人一旦对男人产生了好奇心,那便是情爱的开端。

美美并不相信这话,她当时认为自己仅仅是好奇而已。

现在,她担心竹君也产生了她当时的那种“仅仅是好奇而已”的想法,便问:“我回来的前一天晚上,你又病啦?”

3

美美认为,竹君对最后那一晚的叙述充满了可疑之处。

竹君道:“那天晚上,我确实没在家里过夜。”

美美点点头,鼓励她继续讲下去。

“那天我住在了一个不该过夜的地方。”

“哦?这是为什么?”

“但这是我个人的生活,而且涉及其他人,我不便多讲。即使你是我最好的朋友,我也不能讲。”竹君的言语断断续续,全无教师口若悬河的职业性流畅。

对竹君的含糊其词,美美并没有生气,甚至对询问的迟缓进度感到很满意。她坚信,世间没有一个被告会将全部事实告知他的律师,但律师的职责,却是要在弄清全部真相之后才能在辩护中避免被对手攻击,在这一点上,她具有丰富的经验。试想,那些破产企业的经理人和利用破产谋利的老板,比起竹君来要奸滑一万倍,但她仍然可以应付自如。

“那么,你是在哪儿过的夜?”美美抓住问题的关键不放。

“我遇到了一个男人。”竹君像以往一样,每做一件冒险而又事先未与美美商量的事，便会表现出这种内疚。

“是什么样的男人？”

“是一个花言巧语的男人。”竹君此刻的屈服与顺从早在美美意料之中。

“他把你怎么样了？”美美不禁忧心如焚。

“也没什么特别的。天还没亮，我就回家了。”

“他是个坏人？”

“那倒不是，他人还不错。”

人不错就说明竹君对那人还有些好感，这样她受到伤害的可能性就更大。美美接着问：“这到底是个什么样的男人？”

“他很年轻，没有家室，相貌堂堂，言语有味道，经济状况也不错。”竹君用词准确而有节制，听上去极像是对香川的描绘。

“那一夜你就住在他家里了？”

“是的，他自己有住房。”

“你跟这个人认识多久了？”

竹君略一沉吟道：“只有几天。”

听了这话，美美的心脏几乎停止跳动，她忙问：“香川认识他吗？”

这种“疑点互证”的方式，是盘问中的高级技巧，如果那个男人就是香川，竹君此刻已没有逃避的办法，只能照直回答；如果那个男人不是香川，从竹君的回答中也可推导出香川在其中的作用。

竹君回答道：“香川常能见到他。”

“是古董行里的人？”美美在缩小范围，圈定目标。

“你猜得没有错。”竹君像是因讲出实情而大感轻松，长吁了一口气。

若是再往下盘问，就会触及隐私，为此美美有些犹豫。在她们二人的关系中，也如同许多闺中密友一样，交流各自男友的情况是相当重要的内容，然而，她们的关系又是君子之交，是在保持淑女身份前提下的友谊，任何不雅的话题都是对这份友情的亵渎。

最后，美美只好说道：“你明天把他带来，到我家里吃顿晚饭。”

如果说此时美美对竹君和香川仍有疑虑的话，第二天见面之后，便把她这个念头打消得干干净净。

门铃响后，是香川开的门，美美从书房里迎出来，正见到香川大笑着把竹君抱起来在前厅里转圈子，而竹君所发出的爽朗的笑声，则是美美自从中学毕业之后就再也没有听到过的。

于是，她的胸中一下子清爽起来，干干净净地毫无渣滓，他们之间若有私情，绝不会在她面前表现得如此放肆。这只是两个拘谨、本分的男女，若要在几天之内做出那种惊人的事，原本就不是他们的本性，不过，他们必定已经成功地达到了情感交流的水平，相互之间必定有了并未自觉的好感，否则，他们也不会表现出这样超常规的亲热。

美美相信自己的判断力，相信友谊和爱情，相信香川和竹君在过去的一周里清清白白，他们之间没有发生任何可以让她忧心的事情。同时，他们之间新近建立的这种热烈的友情，则正是她一直想要实现的目标，因为，一旦她嫁给了香川，竹君便几乎是她家庭中的一员了。

然而，随后走进门来的那个人，却让她大为不悦。如果竹君看上的是这样一个人，她就不得不"棒打鸳鸯两离分"了。

威廉·詹姆斯三世也看到了美美，便抱拳拱手道："大律师，听说您到南方公干，想必是横扫千军，马到成功的啦！"

美美白了他一眼道："希望有一天，我也能为您效劳。"

威廉慌忙摆手道："不敢当，不敢当，破产律师找上门，就好比棺材铺老板上门拉生意，可不是好兆头哇。"

美美没再搭腔。她对威廉没有好感，这个英国人号称是香川的学生，亦步亦趋地跟在他屁股后边学习，只是，在香川身上显得闲雅有趣的行为，被学到他身上就变得庸俗可厌了。

"你真的看上了那家伙？"她把竹君拉得远远的，问道。

"不是，是他一厢情愿。"竹君面上一红。

"那你也不该半推半就啊。这家伙屁股颠颠的，骨头没有四两重，除了有俩糟钱儿，浑身上下没有一处讨人喜欢的地方。"美美不由得言语刻薄。

"也还没那么讨人嫌吧！"竹君一副全无主意的表情。

"怎么没有？你看他巴结香香的样子，割了那玩意儿就是个太监。”她绝不能让竹君当真爱上这个外国佬儿，否则，她对未来婚姻生活的美好设想便会大打折扣。如果竹君嫁给一个她认可的男人，她们两家便可以像亲姐妹一般走动，万一竹君所托非人，她们几十年的友谊也就被她糟糕的婚姻贬低得毫无价值了。

竹君今日的反应，大出美美的意料，她居然开始反驳她的话，替威廉辩护。她道："我早就想到，你可能不喜欢他，但是，他是我无意之间发现的，对我很有价值。"

"有什么价值？无非是那回事，别的男人就不能干吗？"美美发现自己的言语在走向粗鲁。

"只是，那天他做得确实不错。"

美美大摇其头："你真是让我太失望了，我简直无话可说。"

"你放心吧，我会处理好的。"

"你刚跟他认识几天就上床，能好个屁！"

这句粗话刚刚出口，美美便把泪流如注的竹君搂在怀中，她知道她伤害了竹君，而这正是她不应该做、平日里也绝对不肯做的。

这都是因为那个该死的威廉·詹姆斯三世的缘故，爱情到底是什么，居然能折腾得竹君做出如此混账的判断！

竹君突然在她怀中低声道："你不要生我的气，这件事是有原因的，因为那天是月圆后的第五天。"

该死的性玄学，该死的"白莲花"，该死的威廉·詹姆斯三世。美美的心中不再像方才那般怒发如狂了。这件事只要是有起因，就必然会有打消它的办法，她最担心的是他们之间发生那种没头没脑的爱情，那会让她无从措手。

从另一方面来讲，竹君在"白莲花"发作时，能找到威廉也算是一件无伤大雅之事，因为，那几日原本是她自己糊涂，给竹君创造了与香川同赴"白莲花"的机会。

香川可是个好奇心比天还大的家伙，若是竹君与他谈起她的性玄学，事后的结果可想而知。

美美到此刻才长舒了一口气，对威廉也就不那么看不顺眼了。

除非他是竹君故意找来的挡箭牌，那可就得另当别论。她知道自己绝不会轻易相信任何人,所以才活得辛苦。

4

尽管香川已经发现,美美是像控制女儿一样严密地控制着竹君,但他并没有担心,他相信竹君也能够像女儿应付严厉的母亲那样,很好地把这件事应付过去。

他觉得,如果一定要说这是对美美的欺骗,那也并非全都是恶意的。现如今,为了维持良好的生活秩序,善意的欺骗已经成为日常生活的一部分,甚至是不可或缺的重要组成部分。有的时候,人们若是对自己的亲人、朋友不善于运用谎言和欺骗,反而会被理解为是一种恶意的伤害。

“竹君,今天怎么没穿你那件绣花大袄过来?”酒过三巡,菜过五味,香川故意在美美面前展示他对竹君的了解,以便帮助美美完成她对竹君的调查。

威廉适时地接过话题道:“竹女士的那件衣服让我借去了,量体裁衣她不干,我只好拿它当样子。”

“干什么?”美美警觉地问。

“我要送给她一件百花衣,作为定情之物。”

自作聪明的威廉在讲这话时故意向香川眨了眨眼,似是示意他完全明了邀他来此的用意。

香川瞪了他一眼,又对竹君道:“像你这种大有林下风致的女子,衣服不能花样太鲜艳,但这个英国人可不懂这些,回头他给你弄来一套葱心儿绿的裤子桃红的袄,就有得你好看了。”

“先生误会了不是?”威廉不甘示弱,“衣料我选的是块象牙白的软缎,大襟袖口沿上鸭头绿的宽边,衣襟衣袖上绣的一花一草,全部是从恽寿平的写生册页里选出来的,断无俗艳花样。”

“跟我学了这几年,你小子长进不少哇。”香川无意讥讽,但话中的味道却着实不佳。

“都是老师诲人不倦,我这才学无止境。”威廉谦虚得可笑。

美美突然插言:“詹姆斯先生,你是怎么认识竹君的?”

威廉笑道:“请叫我詹姆斯三世,或者叫老詹也行,没有了三世这个后缀,我的祖父和曾祖父的在天之灵怕是禁不住念叨,会一个劲儿打喷嚏。”

美美被他逗笑了:“好吧老詹,我问你,你在什么时候认识的竹君?”

威廉一边掰着手指头装模作样地算,一边用揶揄的眼神朝香川瞟来瞟去,道:“大约,可能,好像,莫不是……”

“到底什么时候?”美美的笑容有些凝固。

威廉做出恍然大悟的表情,叫道:“五天,是五天前,我记得清清楚楚,那天先生给大家伙儿鉴定完古董之后,我便抢购了十二件好货,到今天已经卖出去五件,很是有些利润。”

香川看到美美的目光转到了竹君脸上,他忙用话头把她的注意力拉回来:“你这位朋友哪都好,就是不随和。那天原本是跟威廉约好的聚会。”

威廉点头赞同,恰似鸡啄碎米。

“我嫌一个人出门无聊,也想借这个机会给你的女朋友长些见识,这本是件好事嘛。”

“倒是件好事。”美美面上阴晴不定。

香川发出一声长叹道:“结果,还是我花说柳说,死乞白赖地把她拉去的。”

关于威廉的事,他不知道竹君对美美讲没讲,或是讲了多少。他完全可以想象得出,面对美美的盘问,竹君必定会采用陈述简单事实,跳过危险情节的方法。然而,孔圣人的这个“述而不作”的方法虽然简便易行,有利于微言大义,但却是最经不起考验的一种“谎言结构”,只要被戳穿一点,整个结构便会全部落入可怀疑的范围之内。

美美转向竹君,笑问:“那天玩得开心吗?”

竹君没有开口,只是从衣领中拉出香川送给她的那只玉饰给美美看。

威廉抢过话头:“那天我一见之下,便热情澎湃,激素燃烧,对竹女士崇拜得五体投地,只送给她的这么一件小礼物,实难表达其中万一也。”

美美仔细察看玉饰，问：“这东西是不是很值钱？”

威廉答道：“在我众多的优点之中，最小的那个优点，就是趁俩糟钱儿。”

香川以为，今天能够成功打消美美的疑虑，威廉居功至伟。这个浑身扎裹着中国旧文化、满嘴中国旧词土语的英国人，表面看起来没心没肺，其实一肚子世故。同时，他也坚信竹君并未跟威廉讲述详细情况，今天威廉的所有表演，应该是无师自通的即兴发挥。

这是个聪明绝顶的家伙！他不由得暗自赞叹。

说到威廉打马虎眼，吹牛骗人这些特点，香川并不是今天才认识到的。去年秋天，也就是美美刚把他的小楼装修完成的时候，有件不大不小的麻烦事找到了他的头上，而最终帮助他解决这个麻烦的关键人物，正是威廉·詹姆斯三世。

事情的起因，还是那件让他一举成名的青铜鼎，事隔七八年，那个河南的文物贩子再次找到了博物馆。

“您看看，您看看，俺又淘了一回井，把这东西给挖了出来。”河南人一层层打开纸包，露出里边的一块青铜器残片。

香川一眼便认出来，这就是上次从他那里收购的青铜鼎上少的那只耳朵，耳朵下连着的残片上，铸有一行小字，正是鉴定所有者身份最重要的证据。

经过仔细鉴定和与原器比较，果然不错。他便对那人道：“你小子够狠的，居然过了这么多年才把它拿出来。”

“是新挖的，新挖的。”河南人显然是在睁眼说瞎话。

“你是要上缴国家吗？”说话的馆长是个学究。

“不敢，您老人家，俺就想换俩钱儿花花。家里房子倒了，儿子也要娶媳妇，老娘刚死还没下葬，老婆又病得要死要活，地里边旱得冒白烟，牛又把腿给崴啦，只能卖给汤锅。家里现在是要啥没啥，这才来求您老人家。”那人一嘴的“河南坠子”腔调，流畅而花巧。

“你想要多少钱？”馆长问得在理。

河南人伸出一巴掌。

馆长点点头，道："也真难为你了，大老远的送过来。"便拿起电话，通知出纳员给送过来六千元现金。"你也不容易，来回路费和食宿都由我们出啦。"

香川认为，馆长的做法虽然极富知识分子的人情味，但与眼前这个文物贩子却是文不对题。这家伙显然是来敲诈他们的，上次博物馆只给了他十五万元，他二话没说便将铜鼎留下了，如今他能等上七八年，一直等到中国文物行情大涨的时候才出现，更说明这是个狠主儿，对付起来麻烦肯定少不了。

这家伙的另一个精明之处在于，那件破碎的铜鼎在当时虽然能值四五十万元，但私下里买卖却违法，走私出去冒的风险就更大了，早晚会追根逆源找到他头上，自然免不了坐牢。现在，这家伙偷偷留下一块关键的残片，其余的部分上缴国家，这让他既能买好，又可当即收进一大笔钱，同时还保留着今天敲诈的机会。所有这一切，都显见得他的心思缜密，不容轻视。

文物贩子终于表明态度，说是要价不高，只需人民币五百万元。

如果从敲诈的角度来看，这个价钱确实不太离谱。那件青铜鼎是只形制很大的礼器，即使不是周天子之鼎，也必是大国诸侯的镇国之宝，更让它显得珍贵的是，那八十四个字的铭文都在同一块残片上，上边的金文未曾有一点儿损伤，所以，这虽是件残破修复的青铜器，其价值也会远在同样大小的整器之上。如果能够配上这最后一块残片，不用说如今发疯一般的拍卖价，即使是博物馆间转让交换，定价也得在亿元以上。

香川拦住沉不住气的馆长，问河南人："你这会儿住在什么地方，我们怎么联系？"

"俺有你们的电话号码，明天给你们打电话。"

"晚上我想请你吃顿饭。"

"谢谢您，俺还是自个儿吃舒坦，您老几位最好快些商量，早拿主意。"

"拿出这么大一笔钱，不是三两天能办到的事。"

"俺家里还有病人，可等不了几天。"

“那怎么办？”

“你们要是不买，俺把它卖到文物市场上去，也能弄来这个价钱。到了那会儿，那些人怕是不会找你们少要喽。”这是露骨的威胁，但也是合理的生意经。

送走了河南人，香川立刻给威廉打电话，让他迅速摸清情况，他担心文物市场上已经有人见到了这块残片。

威廉在电话中道：“不就是你们博物馆里少的那只耳朵吗？”

“怎么回事？”香川心下一沉，把电话转到免提功能，让馆长和前来商量对策的同事们一起听。

“那小子是个老油条，今年春天拿给南边一家博物馆的也是块青铜器残片，竟然敲了人家整器的一半价钱。”

修复完整的青铜器和残器之间，在价钱上确实相差一半。

“早不给提个醒，这会儿放马后炮。”香川大为不满。

“你那不是公家买卖吗？我们买下那玩意儿，多少也能赚双鞋钱不是？”威廉不知道这边众人都能听得到他讲话。

香川正是想让他说出心里话，也好先洗清自己，因为他与古董商的关系过于密切，现在出了这样一件事，难免会被同事们没来由地指摘、怀疑。

他问：“现在开价多少了？”

“这老小子给不少人看过，但都觉得不大好意思对博物馆下手，价钱现在刚开到三百来万。”

“你把话放出去，就说是我说的，谁要是敢买，我把他赶出古董行。”香川难得讲这么狠的话。

“我们这些人好办，就您一句话的事，没人敢不听，可就怕这家伙卖到别处去，要是万一进了京城，我们可就没办法了。”威廉的语气听起来话里有话。

“好吧，你先把东西给我盯紧了，告诉大伙儿都别动手，先吊着他，回头再想处置他的办法。”他不能再让威廉多说了，戏法人人会变，一旦说漏，即使他冒着风险把东西弄回来，也未必会让博物馆的领导和同事们领情。

放下电话，他问馆长："现在得看咱们是个什么主意。"

"我没主意，馆里没有这笔钱，上级领导也绝不可能让我们出这笔钱。"馆长是个老实人。

"各位有什么高见？"香川对众人道。院中还有七八位老资格的文物鉴定专家，同行是冤家，没有一个是好相与的。

众人把头摇得整齐划一，然后将目光盯在馆长身上。这样的情形，香川早便料到了，果然，馆长终于发话，请香川代表博物馆全权处理此事，一定要把那块残片弄回来。

这就是命。但香川倒是没有不满之意，作为馆中最年轻的专家，他一直享受着最自由的待遇，所以，一旦发生这种倒霉事，自然该当轮到他出力。

不想，此后一连三天，那个河南人就仿佛凭空消失了一般，再没与博物馆联系，文物市场那边也没了他的消息。

馆长胆小，以为那人被绑了票，或是被谋财害命了。但香川知道这是生意经，那人既然把东西拿了出来，必定是要换回钱去的，况且，除去博物馆这一家买主，其他人单拿着那块残片毫无价值，所以，不论是谁，也不管是偷是抢，他最终都要与博物馆打交道。

于是，他让美美与报社的朋友联系，发出一条消息，说是博物馆下个月将在英国爱丁堡举办一次展览，展品中便有这只著名的青铜鼎。这次展览原本就在计划之中，只是他将时间提前了三个月。

香川知道，那些文物贩子再精明，他们也未必了解博物馆展览的运作，所以，只要这只宝鼎即将出国的消息在业内传开，那只耳朵很快就会出现，因为，没有宝鼎在现场验证，即使拿来那块残片，生意也谈不成。

与此同时，他也没让美美闲着，有关文物出土、买卖的法律、法规，都让她给找了出来。

然而，坏消息很快便出现了，美美请教了国内好几位精通文物法的专家，结论是一致的——那一小块残片的单一价值过低，不足以构成犯罪，所有者可以自行处置，没人有权力干涉他。

这下子麻烦大了，那个河南人一定也清楚这中间的法律关节，否则他绝不会来取这个巧。

香川平生第一次发了愁。

5

威廉一向认为，他的先生是个好先生，仁义礼智信样样俱全，唯一的缺点就是不够坏，如果他能把身上那种好玩的“嘎坏”进化成“真坏”，他在古董行里少不得会发上几亿的大财，正因为如此，也就难怪他面对那个河南文物贩子的敲诈，一时没了主意。

常言道，“有事弟子服其劳”。既然拜了这等重身份、讲道德的人为师，干坏事自然该由弟子出面，于是他道：“先生，我倒是有个主意，只是您老人家不能出面。”

“什么主意？”香川有些吃惊。

“详细的您也就甭问了，以免有辱尊耳。这几天，他要是跟您联系，您就把我的电话号码给他；他要是先跟文物市场这边联系，您老人家就别再问了，装聋作哑也是当长辈的本分不是？”

“你小子可别闹出大事来。”

这是句好话，香川先生必定是怕他闯下祸来，古董这一行虽说斯文，但出上个把条人命也不算新闻。他忙安慰先生道：“我也不是刚入行，您教给我的规矩都牢牢记在脑袋里，小心无大错，您老睛好吧。”

果然，没过几天，那个河南人的电话就被香川转了过来。

威廉对他道：“有主儿给你开了个价钱，六百，愿意卖就麻利儿地过来，不愿意卖就给我滚得远远的，再让我瞧见，敲断你的狗腿子，要是听见你卖给了别人，我就要你的狗命。”

他知道自己不得不如此，因为，在古董行里，他是公认的不讲理的浑蛋，若换成和善口气讲话，别人反倒会生疑。

要想学成先生的儒雅高贵，除非再不干这一行。他只能自叹生不逢时。

“威廉·詹姆斯三世先生，您老该不是要坑我吧？”河南文物贩子讲得连名带姓，必是对他早有耳闻。

“你有嘛值得我坑的，不愿意来就拉倒。”

“俺去,这就去。”

“你先别忙,今儿个我得去听相声,没那闲工夫伺候你,明天赶早过来。可话说回来,我拿一成的茶钱。”

“您老多费心。”那个河南人想必是被他的浑蛋名声给镇住了,可又舍不得这笔买卖,所以答应得倒也干脆。

第二天一见面,威廉对他约来的胖子买主道:“给他看看钱。”

又对河南人道:“留神别吓着。”

鳄鱼皮的手提箱打开来,露出满满一箱美元。

威廉对胖子道:“拿出来让他瞧仔细喽,别让他说咱爷们儿拿假钱唬人。”

不想,文物贩子伸手将对方的皮箱合上,道:“钱俺不是没见过,还是先谈价儿吧。”

“东西呢?没见着东西,谈个屁!”威廉把浑蛋的架子摆足了十成。

河南人跑出墨香堂,很快就捧着个纸包回来。身怀至宝,在外边有个接应是必需的。

威廉道:“放桌儿上让咱开开眼。”

纸包打开来,里边正是那东西,半环形的耳朵下边连着碗大的一块残片。威廉高叫一声:“来个人,给我拓个墨片儿,留着当样子。”

立刻就有他的雇员端着拓片的家伙过来干活。也就在这个时候,一辆旅行轿车停在门口,车上下来个一脸酒气的胖子,比先前的胖子大了足足两号,进门就喊:“那块片儿在哪块儿啦,给咱瞧瞧。”口音接近山东人。

威廉一抖搂手:“得,抢行市的来啦。”

那个大胖子一屁股坐在桌旁,见到那只耳朵伸手就抓,口中道:“咱买啦,多少钱?给个数。”

这个人的出现一下子给房中增添了紧张气氛,先来的小胖子伸手挡住大胖子的手道:“凡事都有个先来后到,我这儿正谈着哪,谈不拢您再伸手。”

大胖子不服气:“这都啥年月了,哪来的先来后到?现在都是钱说话,谁出的钱多,东西归谁。是不是这话?”他最后一句是问威廉。

威廉指着河南人道:“他才是卖主儿,但是,今天不管谁买,都是我的中人。”

大胖子朝着屋顶打了个哈哈:“不就是钱嘛,给你一成鞋钱。真格的,你们谈到哪块儿啦?”

河南人道:“价钱还没说定规。”

大胖子把大手往河南人眼前一晃道:“闭上你的鸟嘴,今天我是跟这个小胖子比比谁更有钱,你小子准备好口袋等着装钱吧,就怕你一会儿背它不动。”

小胖子把钱箱子打开给大胖子亮了亮,又关上了。

大胖子也伸手提起一个大号手提箱,朝着河南人打开来亮了亮,道:“叫价吧。”

两个人一来一往,价钱水涨船高,河南人喜得脸上开出花来。

价钱最后升到一百三十万美元才停住,大胖子叫不上去了。

威廉只好出来打圆场,对大胖子道:“这位仁兄,咱们头回见面,买卖不成仁义在,往后一块儿发财的日子比树叶还多,今天你就让让吧。”

大胖子道:“我凭啥要让?”

威廉好言相劝:“这块残片要是单摆浮搁,不值一屉肉包子的价钱,任谁买了它去,不都是为了敲博物馆的竹杠嘛?”

大胖子叫道:“正是这个意思,就算闹不到一半的价钱,弄他个两三千万不算难。”

威廉仰面朝天打了个哈哈:“可万一博物馆犯了脾气,硬是不买怎么办?那可是国家的买卖,那只鼎是残是整,跟他们个人可没多大干系。”

“要是这么说,好吧,算咱没福哇,这么好的东西。”

大胖子爱惜不尽地拿起那只耳朵摩挲半晌,这才放下,又道:“搅扰了几位,不好意思,日后有啥难处,尽管来找我,‘青沧两县,运河两岸;回汉两教,黑白两道’,都是咱的朋友。”

“谢谢,谢谢,托福,托福。”威廉起身要送客。

那大胖子却一拍河南人的肩膀道:“哪能就这么走啦?我得给我

这兄弟留点念想，也算他没白费了心思，晌午的酒饭我候啦。”说话间打开手提箱，不想，他取出来的并不是钱，而是一把装修工人用的大号橡皮榔头。

他将榔头横下里一扫，逼开众人，叫道：“咱得不着，谁也得不着。”他的话音刚落，榔头便一下子砸在那只青铜耳朵上。方才也不知是哪个浑蛋把那块青铜残片刚好架在砚台沿上，而在土中侵蚀了几千年的青铜早已氧化得酥脆，在重锤之下，顿时碎作数块。

“你哪里走？”威廉最先回过神来，作势便要拿人。不想大胖子脚下却不慢，一手拎着提箱，一手抡着榔头，龙行虎步，蹿出房门，上了汽车。河南人冲出店门，追出去半条街，哪里还望得见他的踪影。

此时追也追不上，报警也没用，小胖子只甩下一句话——丧气，便要提着钱箱子扬长而去，丢下河南人捧着那堆碎片独自哭号。

“慢着，慢着。”威廉拦住小胖子。

“你别给我号丧啦。”他又止住河南人的哭声。

两个人都定睛瞅着他，他这才摆好架势，发一阵仰天长笑，把那二人笑得呆若木鸡。

“别傻了，你们，”威廉笑得眼泪也下来了，“一块是残片，十块八块还是残片，反正博物馆拿回去也得修补。瞧瞧你们这个样子，竟然还出来捣腾文物，别给我们中国人丢脸啦！”

那二人脸上顿现喜色。威廉掰开河南人紧紧抓住残片不放的手指，道：“把它仔细看看，要是没大损伤，咱们就照刚才那个价钱成交。”

小胖子得理不饶人：“不行，都碎成这样了，价钱不能照给。”

“你看呢？”威廉问河南人。

河南人道：“东西还在，反正原器也是破的，这块碎了不碍的，还是照原价。”

那两个家伙你来我往，又是一轮争执过后，价钱最后定在了三百万元人民币，折合美元四十五万。小胖子开箱取美元，河南人又要把残片包裹起来。

威廉伸手一拦：“等等，既然我是中人，一手托两家，事也得办地道喽。现在把这些碎片交给我,我得验货。”

依照花纹、形制,他将碎片拼在一处,与尚未干透的拓片相对照,却发现少了核桃大小的两块。

“狗娘养的王八蛋,”威廉冲着河南人勃然大怒,伸手照他的脑袋就给了一巴掌,“你小子又想玩花活,偷了那两块,日后再讹我的朋友是吧?”

“俺没拿。”河南人急得满头大汗,慌忙四下里寻找。

“你那意思是我拿啦?”威廉的嗓音一声比一声高,说话间,他脱下外边的长衫,露出里边的裤褂,“看看,我有没有?”

河南人捏遍长衫各个角落,没有。小胖子的高级西装也被威廉硬扒了下来,他身上也没有。

“该不是刚走的那人拿啦?”河南人汗如雨下。

威廉大叫:“放狗屁,他一手提着钱匣子,一手拿着橡皮榔头,怎么拿?就是你拿的,难怪你追出去,交给同伙了吧,现在麻利儿地给我交出来。”

河南人苦着个脸,无话可说。

威廉拿手指戳着他的额头道:“你大爷我行走江湖二十年,从来没栽过跟头,今天你想要我的好看,也就别怪我不仗义啦。”

“您要怎么样?”河南人被吓住了。

“来呀,”威廉招呼手下人,“把这堆破烂儿包上,全交给这位胖老兄。现在这些碎片儿你们两人是一人拿着一份,自己外边商量去吧。”

东西到了小胖子手里,河南人畏惮威廉,不敢动手来抢,只能发一声哀号:“俺没拿呀!”

威廉道:“拿没拿现在也说不清了。这么着吧,这堆破烂归胖兄。胖兄,您赏给他俩车钱,也算他没白费心思。”

见河南人仍然挣扎着要说什么,威廉便道:“什么时候你想明白了,把那两块残片交出来,按说好的价钱,一分一厘也不少你的。可你要是想歪了心又动坏主意,那便是自寻死路。”

说话间,他动手从小胖子的皮箱里抓出一万美元,丢到河南人的身上,紧跟着喊了一嗓子,声调之高,可比《奥赛罗》中愤怒的男高音:

“滚出去！”

当威廉将全部残片一块不少地交到香川手上时，对于收回这些东西的过程他却只字未提。他认为这算不上是对先生的欺骗，因为这是在老师跟前，自己身上的坏东西总得遮掩遮掩，正派人的体面还是应该要的。

被他约来帮忙的那个小胖子，事后曾追在他屁股后边一个劲儿地求教，想跟他学这门手艺，但他睬也不睬，便把他打发了。这种早已写入《江湖丛谈》的高级骗术，你们中国人自己不学，上当也是活该。

事情的真相其实并不复杂，那两块丢失了的残片，是被他雇来的大胖子趁乱拿走的。威廉并不是第一次与大胖子合作，对他的能力极有信心。这家伙手法巧妙，擅长表演，有偷天换日之能，瞒天过海之术，祖籍是河北省吴桥市，专业是变戏法的，所以，偷藏个物件这类小事对他来说轻而易举。

此后多年，每想到此事，威廉总是忍不住大笑不止，西方人一旦掌握了中国的民间智慧，便足可以打遍天下无敌手，因为，当代中国人已经丢弃了他们的传统智慧，而西方人又对这种智慧一无所知。

放眼天下，能将东西方智慧合二为一的，只有他威廉·詹姆斯三世一个人！

当威廉又把思路转回到美美让他们三头对案的现场时，晚餐已经进行过半，香川端了只盘子从厨房出来，美美毫不客气却又不失熟络地对他道：“老詹，快来开开眼吧，我想你没吃过这东西。”

他已经瞧明白了，在一盘雪山似的油炸粉丝上面，爬着二三十只被油炸得金黄的蝎子。他道：“吓唬谁呢？不敢吃虫子，怎么能当中国人？”便伸手拈了一只放在口中。

“好样的，在外国人里边你最勇敢。”美美拍手称快。

“不敢当，我的师母！这都是先生教导有方。”

以往他来拜访，很是见过美美几回，只是印象不佳，他不喜欢这个性情刚烈、言语如风、瘦得像辟谷的神仙似的女人。

但今日之事，让他改变了看法，却原来，这是个热情如沸腾的钢水，嫉妒心强似雷电的女人，于是他释然了，替他的老师。像先生这样神仙般的人物,若要娶妻,只能选竹君那样温柔的多情种子,或是美美这样热情的烈火奶奶,其他种类的女人,都配不上先生的高贵。

6

美美今天很高兴，很是为自己的聪明才智和纵横捭阖的手段感到得意,因为她终于揭露了事实真相,而这个真相又恰好未曾超出她的预料。

弄清事实真相的每一个细节,这是她的职业习惯。经过两天的调查，她认为可以得出结论了，香川与竹君的这种迅速发展的亲热关系,其实仅仅是姐夫与小姨子式的相互倾慕,而非真正的"乱伦";至于竹君与威廉的关系,还得看发展,因为,异族通婚总会有些意想不到的麻烦。

至于她自己与香川的关系,她也有了更进一步的认识,得出的结论是:在好色这一点上,香川与满大街的臭男人没有什么两样。虽然如此,但这并不妨碍她嫁给他,因为,在香川的身上,倒是优雅的可爱之处显得更丰富、更多样、更有趣味些,如果用威廉的用词方式来形容,此可谓之"罄竹难书",所以,这一项缺点对他们的婚姻并无大碍,只能算作是丈夫身上可控制的坏毛病而已。

况且,对于这个特定的男人来讲,好色也许并不是坏事。她认为,香川的好色绝不是那种贪得无厌、纵欲无度的恶行,却是接近于"好色而不淫"的君子,是一种彬彬有礼的欲望,反倒给他增添了不少男人特有的魅力。

其实，远在他们交往之初，美美对他好色的审美习惯便有所认识,那是当香川谈及第一次见到她,谈到"萱草黄色的衣裙和萱草黄色的宽檐帽"的时候。

"我没有理由到你的门前去,更不会穿什么萱草黄的衣服,我从来也没穿过黄色。"

这是她对香川的抗辩,也是对他的第一次欺骗。她之所以断然否认自己曾经出现在那条街上，是因为她在这条街的另一头刚刚结束了一段糟糕透顶的恋情。也许那根本就算不上是什么恋情,只能算是一场大猩猩式的粗鲁的追逐而已——对方是一位绝顶自私和无趣的高级公务员。

香川当时对她的否认并没有表现出任何不快，只是略作坚持便放弃了这个话题。这让她反而不知所措,如果她能够像今天这样了解香川，知道他是那种可以在生活上，甚至原则上任意听从恋人的摆布,而在意志上永远特立独行的人,她就不会因为他当时对她的不以为意而进一步欺骗他。

当她说到他们在山中便曾有过真实的肉体接触时，香川的反应先是让她觉得有趣,甚至好玩,进而又有些生气。那虽然是在香川浑身湿透、高烧不止的情况下发生的事情,他的记忆发生偏差应属正常情况,然而,那件事在他的记忆当中居然没有半点遗存,这就不得不让她生气,于是便大胆地任意编造细节来证实此事,以至于两三个月讲下来,她自己也已分辨不清哪些是事实,哪些是谎言了。这是她对他的第二次欺骗,是有意为之的恶作剧。

值得庆幸的是,这些谎言对任何人都没有造成伤害,反倒是让她对这个被谎言捆缚在责任与道德的蛛网里的男人发生了浓厚的兴趣,以至于狂热地迷恋上了香川在她控制下的无助与软弱。

这个男人正是用他的无助与软弱战胜了她的刚强。美美想到此处,猛地幡然醒悟。

然而,她清清楚楚地知道,香川其实既不无助,也不软弱,他的这种行为正是他最为自鸣得意的对女人表达同情与关爱的方式。

“女人自以为需要一个强有力的依靠,其实她们的内心深处更需要一个可同情、可怜爱的宠物。”这是他谈话的原文。

“我绝不会相信这种鬼话。”美美是在他们第二次进山的时候听到香川讲这句话。

“那是因为你没有真正恋爱过。”香川正在篝火上烧烤一只在超市中买来的山鸡,不时地将烤肉温度计插进鸡身上测试肉熟的程度。

“我难道不爱你吗?”美美接触过的男人不多,香川是第一个让她可以毫无顾忌地坦言所爱的男人。

“你只是觉得我好玩罢了，真正的恋爱，没有你这么强烈的感觉。”

“那该是怎样的感觉。”她知道香川又要开始编造伪理论哄她开心了，便心满意足地给他帮腔，同时等待着那只香气四溢的山鸡被烤熟。

香川朝四下里黑洞洞的山野望了望，像是担心他下边的话被什么人听了去。

“说呀！”美美的耐心是有限的。

香川用一块石头压住过旺的火势，这才道：“真正的，可以把人引导向婚姻的爱情，是一种恬静的、温润如玉的情感，既没有冷静的分析和对比，也没有狂躁的占有与控制，它要求当事者始终处在一种模糊的审美状态当中，类似于微醺。”

“什么？”她没有听清楚最后一个词。这家伙遣词造句当中，常常会出现些古怪的内容。

“微醺！就是半醉半醒。这个时候，人的认知水平被提高到了接近于本能，而审美能力却下降到常常忽略明显的外在缺陷。”

“你真是满嘴胡言乱语。”美美被逗得大笑不止。

“所以才会有那‘满纸荒唐言，一把辛酸泪’。”香川也在笑。

山鸡终于被烤熟了，颜色金黄，外焦里嫩，但香川却大摇其头，说这是家养的品种，味道与那些肥得流油的饲料鸡一样可怕。

美美从背囊中取出酒壶道：“真正的苏格兰高地威士忌，十二年陈，让我们也来个‘微醺’？”

时至今日，美美也未能理解香川的所谓“微醺”的感觉是个什么样子，便只能把它当作一时的笑谈，在记忆的角落里随便找个地方一塞，用她自己的话说，不犯神经是再也想不起它来的。

这就如同她将对香川的欺骗深藏在记忆的角落中一样，那个一时冲动的行为已成为过去，只能算作是他们二人的交往历史中一个小小的注脚，或是一个无关宏旨的伪证。它也许真正推动过他们的关系，但事过境迁之后，这种不易被察觉的推动力便与其他证据一起被封存了，就如同对待国有资产流失案件中企业早期主管者的更迭一样，那是无法追溯的，不具备充分证据资质的细节，尽管它对整个事件起到了原始的推动作用。

第八章

转折产生见解

1

竹君确实不愿意承认，与香川的那次自然的性爱当真使她的身体发生了质的变化，以至于她的生命历程从这一刻开始完全被改变了。

“我并不是想让你承担什么责任，尽管你险些将我半生的修炼完全彻底地毁掉了。”她并未期望香川能够透彻地理解她的意思，他甚至连其中的一半内涵也不会察觉，但这些话她又不得不讲。

她这是讲给自己听。能够将最深切的感受讲出来，毕竟可以暂时移开压在她心头的那块巨石。

“对不起。”香川的声音从电话听筒中传过来，带有红葡萄酒涩涩的意韵。

“没有什么可抱歉的。你今天能打电话给我，我已经感到很宽慰了。”

“我做些什么才能让你好过一点儿呢？”

“你现在什么也做不了。”

他没有像那些庸俗的男人一样提出再次见面，这又让竹君对自己所犯的错误原谅了几分，尽管错了，但错得并不太离谱。

对于多数男人来讲，两个人之间发生了那件事，他们总是会再来纠缠的，不论是想一脚踩两船，还是粘粘缠缠地来忏悔他的一时冲动，他们总是会不断地要求见面，再见面，仿佛他们一夜之间便对她有了某种权力似的。

但香川却从来也没有要求与她单独见面，反而当美美在场的时候，他会小心翼翼地维护她的心情，关注她的感受。这是那种既不想索取更多，又没有弃之不顾的恰如其分的关切。像他这样感情精致、思虑周全的男人，如今世上已经不多见了，所以，竹君又不由自主地想再与他保持某种联系。这与性无关，而是真正的有道德的情感交流，哪怕是有美美参与其中也未尝不可。

她道："我还是想再见你一面。你不用担心，我没有任何目的，也没有任何要求，只是想再与你谈谈，是闲谈，单独的。"

电话那边香川道："我也想见你，全心全意地想再次见到你，也同样是没有目的，没有要求，只想再见到你本人。"

竹君想要再次见到他，其实是有目的的，她是想要证实自己可以正确地面对事实，可以将那次事故在她身体上造成的影响转化为合乎伦理道德的友情。

约见的地点是一间茶室。

茶室这东西近几年在本地突然大肆流行，里边的样子大同小异，多是在博古架上摆满大大小小的宜兴壶，少不了的还有热带鱼缸和塑料竹林的装饰，家具也是仿照明清式样，是对中国旧文人闲雅生活的拙劣模仿，所以，如果你突然发现茶室的老板原来是个满脸油光、粗笨黑胖的厨子模样，也就没有什么可惊奇的了，因为，这种茶室多半都是小餐馆改行。

把见面地点选在这里既不合香川的品位，竹君自己也没有兴趣，但它有一个极为突出的优点，就是美美绝不会在这种地方出现——因为她是咖啡的信徒。

香川进门时脸上挂着浅浅的微笑，目光中却是浅浅的不知所措，但口舌依旧便捷，道："好几天没见，你该不是馋我的手艺了吧？要不，一会儿跟我回家，我刚弄来几只螃蟹，小铜锣似的。"许是他突然意识到螃蟹这种食物是他们关系中的一个尴尬的媒介，便猛地止住了嘻嘻哈哈的话头。

服务员上来侍候，香川点了一种价钱颇高的绿茶，却放在一边没有动，而是从包中取出自己的小茶壶和茶叶罐，面带歉意地对竹君笑道:“接触得越多,我的坏毛病暴露得也就越多。”

她接口道:“没有嗜好的人多半无趣——得很。”

香川道:“嗜好其实是个好东西，它可以让人放下劳心劳力的所谓正经事,偷得浮生半日闲。”

“你的闲怕不是只有半日吧?”她万没有想到,香川竟能在这么一个双方均感觉生涩的时刻找到如此轻松的话题，便也大大地松了一口气。

“我的那种叫日日闲。”香川将泡好的乌龙茶筛到酒盅大小的茶盏里。

她不知道香川泡的是哪一种乌龙茶，其实她对品茶一道只知皮毛,但杯中宛转如歌的兰花香气,还是把她吸引住了,以至于让她忘却了约见香川的目的,因为,那毕竟是个意思模糊的、没有实质内容的目的。

她道:“假如我也像你这样,每天弄弄花草,烧俩小菜,泡壶好茶,读几页闲书,是不是会活得轻松许多,再没有什么烦恼了?”

香川大摇其头:“不可能。像我这种没用的废人,是得花费几十年工夫才能修炼出来的,而你是个有理想有抱负的同志,怕是没有这股子耐心。”

“至少你无忧无虑的很快活。”

“那是假象,世上怎会存在没有烦恼的人?不会的,我也烦着哪。”

“你有什么可烦恼的?”

“佛说，活着本身就是烦恼。更何况我还不断地给自己惹是生非！”

话谈到这一步,两人最初的轻松便被证实为假象了。竹君只好说道:“你不用再烦恼。如果有错,也不是你的错。”

香川长吁一口气道:“我们不要再争论是谁的错误了，这只能让我们更难受,不会有好结果。况且,即使你认定是你的错,我也不会感到轻松,反倒会觉得自己有些卑鄙,所以,求求你,再不要谈论所谓错误了。”

无奈之下,竹君只好转移话题,问道:“你和美美什么时候结婚?”

香川筛上第二轮茶，道："是美美跟你说的我们要结婚？"

"美美说你们还没有最后定下日子。"她没打算把美美的原意讲给他听。讲出美美的担忧，会降低美美在香川心中的地位，也必定会让她自己给香川留下一个拨弄是非，并欲从中取利的坏印象。

香川饮茶，再饮茶，方道："我会与美美结婚的，不论早晚。"

"是早是晚？"

"总得等到天气暖和起来才好，我怕冷。"

当竹君听到香川的这次确切无疑的回答时，她对他的话毫不怀疑。等到几个月后美美离开香川，动身前往南美洲的时候，她又觉得他们的分手也没有什么可指摘的错处。

君子绝交不出恶语，这两个人是平心静气分手的，甚至还把她与威廉请去一起吃了顿晚饭。

"你抛弃了先生，他日必定后悔。"威廉那天喝了不少香川泡的杨梅酒。

美美反唇相讥："总比你巴结不上我这妹妹要强。我看你快些死心吧，还是回到你们英国，找个同样的盎格鲁·撒克森人一起过小日子来得实在些。"

威廉舌硬如铁："竹君是我的天神，是我晨昏三叩首，早晚一炉香的偶像。我有信心，总有一日她会从天上下到凡间，成为我的内人、我的老婆、我的糟糠、我屋里的、我孩子他娘、我外甥孙女的姨姥姥、我那铁嘴钢牙地瞧不起我的老爹的儿媳妇！"

"是这样吗？"美美调皮地问竹君。

"他喝醉了，怕是不知道自己在说些什么。"竹君有的时候也不喜欢威廉这种夸张的表白，但她却又绝不会伤害威廉的颜面。他毕竟是个英国人，虽说是个学了一身中国式坏毛病的英国人。

"不，我一点儿也没醉，我只是看不上女人抛弃男人这种事。"威廉又抄起酒杯，对美美道，"现在，你有没有勇气让我敬你一杯，然后你发个誓。"

美美却笑道："发个什么誓？"

威廉站起身，左手持杯，右手握拳举过肩头，道："我庄严地发誓。”

美美笑道:“我也庄严地发誓。”

“以国家和人民的名义。”

“以国家和人民的名义。”

“以佛祖的名义。”

“以佛祖的名义。”

“以西方神圣我主耶稣的名义。”

“以西方神圣的名义。”

“以‘胡黄白柳黑’各路大仙的名义。”

“以大仙的名义。”

“以杀人如麻、流血漂橹、恶贯满盈、混账王八蛋恶魔撒旦的名。”

“以王八蛋的名。”美美已经笑得站不稳,但香川却在流泪。

也正是从这一刻起,竹君的头脑中有一个意识渐渐清晰起来——也许只有她自己才是香川最恰当的伴侣,只有她肯尊重他那祥和的、畏惧干扰的、无拘无束的懒散生活,而美美的离去其实是生活的必然。

威廉突然停住了热闹的话头,把酒一饮而尽,坐了下来。

美美问:“你胡闹了大半天,到底发什么誓呀?”

威廉发出一声浩叹:“算啦,都是我太迂腐,这年头儿,哪还有能让誓言吓住的人!”

竹君一时还弄不清威廉到底在搞什么鬼,但有一点她清楚,如果是让她来跟着念那一大堆的各种神明,下边不论发什么誓言,她都会被吓住,即使日后万不得已要违誓,也必定难以摆脱这些可怕名义的折磨。

不想,威廉与她一同走出香川家的大门时,他却回头望着那座小楼,讲了句让她大吃一惊的话。

他道:“却原来,是先生抛弃了师母哇!”

2

那天在茶室,竹君原本是有话要讲的。试想,两个人有过那段经历，现在又是这种被美美拉扯在一起逃不开躲不掉的关系，也确实需要坐下来，敞开心扉，亮明观点，把他们的思想统一到一个合理的、不会伤害他人的目标上来。然而，一直等到这部小说开篇，竹君也未能等到香川明确表露思想的那一天。

而她那天之所以未能主动来谈，却是因为那个可怕的，让她痛恨不已的"病"突然发作了。

她染上这个"病"已经有一段时间了，但是，在与香川相识之前，它只能算作是她身上的一种隐疾，不痛不痒的，偶尔发作，也只是让她面潮心热、坐立不安而已，于生理和心理并无大碍。

细心的读者一定还记得，在第二章中，竹君被那位以好色闻名的院长一番学术探讨，便引发了她有生以来的第二次真正的性高潮。这件事便发生在她与香川在茶馆中会面的前几天，也是她的这个病症第一次真正猛烈的发作。

等她与香川相识三个月之后，病情严重到不得不去看心理医生的时候，她也没有怨恨香川，因为，他在她的病情中仅仅是个发作的契机，而非病因。她一直这么认为。

"有性生活吗？"听完了她对病情的简单叙述，那位模样还像个小男孩的年轻医生问。

"有。"

"结婚了？"

"没有。"

"有固定的性伴侣吗？"

"在一段时间内是固定的。"

"能维持多长时间。"

"长的能维持半年。"

医生让她去做检查，等各项检查结果都送到了医生的案头时，他又问："有固定性伴侣的时候，也发作吗？"

"偶尔也发作，但感觉并不强烈。"

"多长时间发作一次？"

"过去大约一个月发作一次。"

“现在呢？”

“严重的时候每天两次，而且身体反应极大。”

竹君面临这种状况已经有两个多月了，此前第二次真正猛烈的发作，便发生在她与香川在茶室会面的那一刻。

她已经记不起病情发作是从香川伸手掏出茶壶的时候，还是在他坦然承认即将与美美结婚的那一刻，总之，那是在她毫无防范的情况下突然降临的——性高潮。

症状一：那必定是如同吃过大补热药后的感觉，从心底难以触摸之处，或者应该说是从意识最黑暗的底层，一个热源被激活了。这是类似于原子反应堆产生热量的方式，没有燃烧点，也没有火蛇乱窜造成的热流，而是那种混沌的、漫无边际的发散与包裹，从内心的最深处一直到皮肤的表层，如同微波炉通过摩擦水分子产生热量的那种加热方式。她偷偷瞥一眼自己的手掌，掌心如火；摸一摸面颊，脸上皮肤的温度比手掌心皮肤的温度要低，但燃烧的感觉却远胜于手掌。再瞥一眼香川，这才发觉，平日里润泽眼球的水分已经被蒸发掉了，此刻她甚至能够清楚地听到眼球与角膜沙沙的摩擦声。对了，还有耳朵，那是最容易暴露她的激动的地方，她甚至担心它会被这热火融化掉，于是，她晃了晃头上的短发，让头发遮蔽住这一缺陷。

症状二：像是有些大手伸到了她的胸腔和腹腔之中，是那种一把可以抓住篮球的大手，从感觉上也可以清楚地判断出，那大手不是一只，也不是两只，是许多只，而且每只手的脾性也大不相同。握住心脏的那只手是个呆板的家伙，虽然它是在跟随心脏的压缩与扩张一挤一松，但它在挤压的那一刻，似乎是个吝啬鬼在挤压柠檬汁一般，将血液一点一滴地挤得干干净净，留在它手中的心脏必定是只剩下干核桃的模样；脾脏上的那只手是个乐师的手，它弹奏的“大珠小珠落玉盘”的节奏，居然引诱得不远处的肝脏也跟随它一起震颤和舞蹈；大肠和小肠被缠绕在两只手上，抻来拉去，颠三倒四，这想必是个兰州厨子的手在那里作怪；最可恨的是拉住子宫的那只手，这必定是个尚不能分辨善恶的孩童的残酷的手，它如同拉开弹弓射击鸟雀一般，将子宫提起，甚至拉到了腹膈膜之上，然后猛地松开，紧接着再拉起，再松手……

症状三：失语。这并不是说她此刻讲不出话来，而是言语失当的那种“失语”。香川道：“总得等到天气暖和起来才好结婚，因为我怕冷。”她道：“但冬天可以让人冷静。”香川道：“所以人们才喜欢在夏天结婚，因为这毕竟是一个冒失的选择，带着几分舍生忘死的莽撞，和求签算命的愚昧。”她道：“我不相信你会莽撞。”香川道：“莽撞跟性格无关，倒是跟利益有紧密联系，因为有所希求，也就难免动作失衡，言语失当，思虑不周全了。”她道：“我也不相信你会求签算命。”香川道：“算命是一种低级迷信，是弱者的需求，是不自信的外化，因为，即使人的生命历程早在出生之前便被编写了详细的故事梗概，也绝不是活着的人能够解读得清楚的。”她道：“看来你还是有点儿迷信。”香川道：“不仅仅是有点儿，至少我相信万物有灵，相信即使是眼前这盏滚烫的茶，如果被我喝下去便会有着喝下去的宇宙需要和个人命理的需要，相反，我没喝它，也会有着同样的宇宙内在规律的缘由和个人命理的缘由。”她道：“我喜欢迷信的人，因为他们有所畏惧。”香川道：“因为他们敢于面对自己的错误，虽然是没有恶意的，也是不可避免的，但他们绝不会逃避相应的责任，包括惩罚。”她问：“你惩罚过自己了？”香川答：“是的，我命令自己一周之内不吸烟，不喝酒，但这算不上是惩罚，只能算是小小的训诫，因为，惩罚并不是由人来决定的，也不是由人来实施的。”她问：“由谁决定？”香川道：“确切的我其实并不清楚，它有很多的名字，但都是假象。”她道：“如果让我决定对你的惩罚，就会选择‘把竹君嫁给你’。”香川问：“这是惩罚吗？”她道：“它的想法一定是——让竹君的枯燥乏味腻烦死你。”香川却感叹：“圣明啊！”

根据那位男孩模样的医生的解释，她的这种症状属于癔病的范畴。他道：“你的这种症状在国内没有太多的病例资料，但绝不意味着这种病人不多，事实上恰恰相反，在我回国后的这几年里，类似的病症正在大幅度地增加，已经成为精神病学年会上的一个重要话题。”

竹君问：“那么，您是怎么看待它的病因的？”她从挂在墙上的学位证书中发现，医生是在瑞士获得的精神病学博士学位。

“发现病因需要长时间的精神分析，当务之急，是必须得控制住你的病情，如果一味任由它发展，情况会非常危险。”

“会发生什么？”竹君真的有些害怕起来，她畏惧肌体的病痛。

“意想不到的事。”

“比如？”

“比如在大街上裸奔。”

3

医生开的药物被她丢在了抽屉里，她相信自己并不需要这些东西，因为她了解自己的病因，比那位获得了博士学位的荣格的信徒更了解。

她相信，这是自然对她的考验，一次真正的“天将降大任于斯人”的考验。“白莲花”不是随便什么人都有资格梦想的，更不要说得到它，她既然想要成为那个超乎群伦之上的自然的“选民”，就必须要战胜许多意想不到的困难与险阻，况且，这个病症也绝非出人意料，它就是那个通往超自然力路途上最大的敌人——心魔。

因为她对肉体欲望长年的压制与刻薄，才将这个对头给引了出来。这其实并不都是坏事，佛祖得道之前，在菩提树下修炼的时候，不是魔女们也曾前来百般挑逗、万般引诱的吗？况且她并非佛祖，她没有那么大的造化，也没有那么坚强的定力，她只是一个偶然间窥探到了超自然理想，并且被自然所选中的千万血肉之躯中的一个，只有经受住所有的磨难，她才有机会从万千凡胎中脱颖而出，成为那个最后的、承担起替整个人类重新赢得超自然力的、千锤百炼的“幸运儿”。

所以，战胜“心魔”是她个人的事情，不是药物所能解决的，也不是心理分析所能解释的。医生的诊断对她只有一个意义——让她越发坚定地相信，她此刻面临的磨难，其实是她的机会，每战胜一难，便会让她赢得一次意义重大的进步。

果然，半年之后，她终于在香川漫不经心的协助下，让昆达利尼蛇突破了她颈部的关口，达到了“白莲花”的第二层境界。

那是个天花乱坠、瑞雨纷纷的美妙境界；是天生的盲人一跤跌在春光烂漫的花园之中,双眼猛然间看到世界的观感;是宿醉方醒,口舌焦苦,喉咙如火的时候,狂饮清泉的快意;是孔夫子“振衣千仞岗,濯足万古流”的豪迈;是庄周“五十牛以为饵”,蹲在会稽山头,投竿于东海,钓得大鱼的狂喜;是烂柯山上“洞中方七日,世上已千年”的惊奇……

所以,她相信这是自然特地选择了香川来为她激发这个“病症”,为她造就了这场本质上的转折。这次转折在她与俗世之间掘开了一道鸿沟,而所有切肤的见解,也便在这鸿沟之中产生了。

见解一:嫦娥应悔偷灵药。

香川确实是她的灵药,这一点已有事实替她说话,一切都不言自明,所以她绝不后悔,不会的。站在鸿沟的彼岸再回头望去,世间种种无非是蝇营狗苟,是目光毫厘的贪婪,是对浮名与“酒色财气”的无谓追逐。如果说还有什么可能会让她放不下的,便是与香川的那起“事故”,是那件真实的,完全彻底的肉欲的“遭遇”。她担心自己意志薄弱,会在不如意的时候,或是在一转眸的瞬间,那种自然人的感觉会再次诱惑她、迷醉她,以至于最终毁掉她。

见解二:直把杭州作汴州。

佛祖为什么要在菩提树下苦修?达摩为什么要面壁十年?这其中有一个绝顶聪明之处,就是他们对“道场”的选择。天地人三者合一,才能以天地为熔炉,修炼中间的“人”。天时她可以推演,男主角她可以选择,唯独这“地利”,不是她可以自作主张的。在这座无一物没有产权人的城市中,找到她专有的“道场”绝非易事,然而,那起“事故”却为她指出了一条明路,香川的小楼恰好便是她最适宜的“道场”。即使是从最消极的角度来看待,那起“事故”也是具有积极意义的,它至少让她明白了一件事,她可以在这里做到“忘我”。赢得“白莲花”的最终境界,便是物我两忘,没有天地自然,没有男主角,也没有她自己,有的只是那朵从她头顶上生长出来的、端庄、无瑕、真真切切却又似若有若无的“白莲花”。所以,她需要这座小楼,需要这个男主角,更需要这个“道场”——这不是她的选择,而是自然替她做好的安排。

在这个意义上,选择与香川保持合乎道德伦理的关系,放弃这个男主角，放弃这个道场，便是明目张胆地对“白莲花”理想的背叛，是对超自然力的不负责任，也是对她的精神追求的轻蔑。如果选择占有这个男主角，占有这个道场，就必须得将美美排挤出去，或者是在欺骗美美的前提下与香川“偷情”。所以，无论她最终选择站在鸿沟的哪一边，都只能得出痛苦的结论。

于是，这个在竹君生命中至关重要的转折，产生的却是个“两难”的选择。

4

吃过了美美审案般的那桌晚饭后，威廉陪着竹君走出来，天上下起了雪。

威廉小心地对竹君道：“请赏给我个机会，让我送你回家。”

他能看得出，整个晚上都在美美的审视之下，竹君与香川一样，必定早已经身心疲惫了。

竹君却道：“我想到你店里坐坐。”

他知道这个时候什么也不能问，方才在餐桌上他是被邀来骗人的帮手，这会儿到了该讲实话的关头，他不能让自己的多嘴多舌，坏了这个伤心女孩儿的情绪。

他觉得，对于中国女孩子来讲，伤心也是一种美。

天晚了，古玩市场上路净人稀，他的雇员们也都已下班回家，只有一位老人在店中值夜。见他们进门，老人给烧了壶水，便又回去休息。

威廉语带歉然：“我喝茶不如先生讲究，但茶叶还算高级。”

竹君却道：“今天的事，你不怪我吧？”

“不怪。”他心中却道，若是换了你们中国男人，心中不作怪那才叫怪呢。

下午竹君找到他门上的时候，他立刻便猜到她有了难处，否则，任何一个中国女孩子也绝不会自己跑到古玩铺子里，来找一个她只见过一面的外国男人。但他还是依着常理道：“您玉趾踏贱地，该不会是来照应我发财吧！”

竹君倒是没有扭捏作态，而是直言相告："美美请我带着男朋友到她家里去吃饭。"

"于是……"

"于是我就想到了你，请你帮我这个忙。"

威廉直言道："如果你和我那先生有了私情，我这个时候出场，会不会是在扮演一个很丢脸的角色？"

一见竹君脸上的神色大变，他连忙道："您老人家原谅我不会说话儿。汉语的同义词儿和近义词儿太多，我知道得又太少，所以，总是说错话。"

竹君想了一会儿道："详细的情况我过后再告诉你，今天，我确实急需一个男朋友，你能不能屈尊扮演这个角色？"

威廉假作欢呼雀跃："这是我的荣幸。"

"要扮得像才好。"竹君的忧虑让她脸上愁得能挤出水来。

"您老人家知道我对您的爱慕。常言道：先有个好态度，才能争取宽大处理。"威廉这是故意把话讲得颠三倒四。

竹君果然露出了笑意："那么，我们五点钟在香川家里会面。"

"这样不好，热恋的情人们应该一起出场。到时候我去接您。"他对扮演好这个角色充满信心。

与香川交往了七八年，他那座小楼中进进出出的女孩子，威廉多数都见过，对她们既说不上喜欢，也说不上讨厌。唯独竹君，虽说才见了一面，却在他身上触动了中国人所谓"千里姻缘一线牵"的感觉。

这个女孩子心里边装的事情太多，也太沉重，必定把她压得身心疲惫。虽然他并不清楚竹君为什么会如此，但以他对中国人的经验，可以认定这是个内向的、不会开解自己、一条道走到黑的女孩子。

她的命可真苦哇！像他威廉·詹姆斯三世这样的好男人天天守在这里她不来交往，却偏偏去结识了李香川。威廉在心底呼唤出来的是观赏悲剧时才会产生的那种"怜悯"。

香川这家伙浑身毛病，最重大的缺点就是有关女人的。像他这样的男人，在英国，特别是在那些有封号却无财产的旧贵族当中，这种人并不鲜见。他们也跟香川一个样，凡是好吃的没有他们不爱吃的，凡是好玩的也没有一样他们不会玩的。至于婚姻与爱情方面，他们倒也并不避讳他们的自私，他们很明确地表示结婚与爱情毫无关系，与他们有关系的只是嫁妆，是财产。

香川比英国堕落的旧贵族们稍显差强人意的地方，就是他能够自食其力，不单可以自给自足，而且在当代中国，他的收入应该算是相当可观了，所以，情人的财产对于他并没有太多的意义。

那么，什么东西对他才是有意义的呢？是中国女孩子的软弱和大可不必的自尊心？还是他表演的饶有趣味的生活细节对女孩子产生的吸引力？或者他那一套一套的歪理邪说对女孩子的蛊惑？

不，所有这些都是外在的表象，是香川故意装扮出来给人看的，而在他身上最本质的一点，却是他的“自我中心论”。

在他的墨香堂里，听过竹君的简单讲述，威廉终于明白了这个女孩子请他出面冒充男朋友的因由，便道：“我不想劝解你什么，因为最后的决定总得当事人自己来做。在这里，我只能明明白白地说一句有关我个人的想法。”

竹君道：“可不能再拿我开玩笑。”

“不开玩笑，我要讲的是真实的想法。”

“请讲。”

“我希望你不要拒绝我的追求。”

“这怕是件没有结果的事。”

“人如果不行动，就永远也不会有结果。”威廉知道，此话一出，他对香川的认识与批判就更不能讲了。如果此时他把对香川的看法讲给竹君听，便是中国人所说的“小人行径”。竹君一定不喜欢“小人”。

对于竹君与香川的关系，威廉并不认为那是什么障碍。香川有一个同居的情人，另外又有一个“性伙伴”，这是现代生活中每天都在上演的故事。尽管这种做法有些不道德，但人们就是这么想不开，甚至有些人还以此为荣。

很显然，在性观念和性行为刚刚开放的中国，人们在还没有找到“性解放”的公共道德之前，这种思想上的混乱就如同欧洲二十世纪六十年代的混乱一样，只是一种暂时的无序，所以，他在香川和竹君之间“插上一杠子”便不存在任何道德上的障碍。

况且，他这也是为了救人，是为了解救竹君。这个内心痛苦却无处排解的女孩儿，如果任由她在香川和美美这两盘石磨中间挣扎，早晚得疯掉。

遇上了香川，是竹君命运的转折，是前途苦涩，充满危机的转折；而遇到了他威廉·詹姆斯三世则是个“回头是岸”的转折，是“柳暗花明又一村”的转折，是“欲穷千里目，更上一层楼”的转折。这既是他的“姻缘”，也是她的“福分”。

威廉由衷地感谢他的汉语老师，没有她的耐心讲解，他也不会把这件事用汉语“典故”描述得如此精辟。

5

在茶馆中，竹君的“病”刚刚发作，香川便注意到了。

“怎么回事？”他伸手摸了摸她的额头，不热；又看看手心，手心与脸色一样的红。

竹君只是一味地摇头，不肯讲话，却是目光如火，嘴唇像两只凶猛的小动物一般在搏斗。

他扶她在藤椅上躺好，找茶馆老板要来干净毛巾，给她在额头上冷敷。

“我该怎么办？”竹君圆润的声音变得沙哑。

“你先安静一下，我马上就送你去医院。”香川只感觉心中一抽一挤地疼，仿佛有张言语刻毒的嘴正将他骂得个狗血喷头。

“医院救不了我。除了‘神’，没有‘人’可以救我。”

“我能救你，我一定能帮助你。”

“但是我不能让你帮我。我们已经犯下了罪过，怎能再次明知故犯哪！”

“一定还有其他的解决办法，一定的。”香川一下子没了主意。此时此刻，他所有关于闲适生活的理论都给他帮不上半点忙，他只能眼看着这个女孩独自挣扎，却无从措手，即使他能够像往日那般“口若天河之倒悬”，却找不出一句真正有意义的话来讲。

“没有办法了。对这件事我想得够多了,没有解决办法。”说话间,竹君的眼角涌出两滴泪水,在她白皙的皮肤上画出两道粉红色的痕迹。

香川知道,这“血泪”是因为竹君的情绪过于激动,导致眼压过高,眼角膜的毛细血管破裂了。

竹君喘息道:“我不怕任何艰难险阻,不怕任何肉体上的考验,但你不能考验我的品德呀!”

香川发现,这话可能并不是对他讲的。

“为什么是我?你为什么要选择我?我真的有那么好吗?真的吗?”

香川语塞。

“如果我真的那么有前途,就没有必要这样折磨我。如果我不是你要找的那个人,就早些把我放弃吧!放了我,让我去恋爱,去结婚生子,去经历普通人的痛苦和快乐。”

这应该是她的性玄学在捣鬼。香川不知从何处着手开解她。

“你不善良,没有一丝一毫的怜悯之心;你也不勇敢,不敢当面对我说出你的用意;你也不神圣,用肉欲折磨我,不是君子所为;你更不大度,斤斤计较你的‘白莲花’,像个吝啬鬼计算着钱财的得失;你还不宽容,不肯原谅我这个没能使昆达利尼蛇有大进步的学生,无视我在资质上的缺陷,只把你的目的强迫我当作毕生的信念……”

香川大惊。这孩子信奉的是什么?白莲教吗?不管她信奉的是什么,都明显带有邪教险恶的特征。

“你不是神,你是邪魔外道,因为你以他人的痛苦为乐;你也不是自然,不是物质的内在规律,因为你所指出的‘理想’要用丧失自然本性作为代价;你也不是真理,因为没有任何人与事可以准确证明你的存在;你也不是绝对精神,或者超越于物质之上的意志,因为你既没有解释什么,也没有推论什么,更没有证实什么。你,只是一个彻头彻尾的、满嘴花言巧语的、故作高深而又空洞无物的、诱惑他人供你奴役的、欺骗他人为你壮大声势的、戏弄他人给你开心解闷的浑蛋。我知道了,你不过是一个观念,一个不着边际的狂想,一个迷信,是的,你就是迷信……”

竹君终于睡着了，像个疲惫的婴儿，粉红色的泪珠儿挂在腮边。

真正的痛苦，也许就是从这一刻开始的。香川日后回想此事，经过反复的推断，反复的比较，总觉得在竹君的痛苦之中有他的原因存在。

的确，从前几天的“事故”当中，他得到了狂喜，他也相信竹君同样得到了狂喜，不管事后两个人多么的后悔，对自己进行了怎样的批判，但那个狂喜是真实的，无法抹杀的。

是不是那个不恰当的狂喜，造成了竹君的错乱？人一旦过分地批判自己，甚至痛恨自己的行为时，首先发生的便是内心的分裂。所以，竹君的痛苦之中，有他的错误，有他的责任，否则，竹君也就不可能在这个时候，在他面前发作这种癔症一般可怕的病痛。

据他所知，癔症发作的最大诱因，便是挫折与愤怒，于是，在后来的日子里，特别是在他们同居之后，他虽然没有顺从到也信奉起“白莲花”来，但他顺情说好话的本领却是大为长进了。

“我刚才说了些什么？”竹君醒过来之后，一开口便是担忧。

“你说了一大堆不该说的话。”香川故意笑得暧昧。

“说了什么？”

“你讲了十几条嫁给我的理由。”

“啊？”

“还有三十几条不肯嫁给我的理由。”香川相信这个谎言的强烈冲击力，足以混淆竹君的视听。

“结论呢？”竹君完全清醒了。

“还没讲到结论，你就睡着了。说实话，最终的结论是什么？”他把这个问题像楔子一样强行钉入竹君的大脑，相信能够阻断她方才那阵疯狂的记忆。

“我讲的好像不是这些。”竹君用力摇头，催动着记忆力。

“不，你讲的只有这些。我一直等在这里，就是想知道你最后的结论。”

他不能让她再一次记起那段可怕的自白。她的那番话让他震惊，甚至恐惧，一个女孩子，一旦被邪魔缠身，必定会走上这条路。有关这类事情的记载，明清笔记中随处可见。

然而，他又必须得打消她反抗的念头，打消她方才对她信奉的邪魔的怀疑。这种强烈的反叛与怀疑，对于深陷其中的竹君有着巨大的危险，像她现在这个样子，显然是在对邪魔的信仰与正常的理智之间发生了猛烈的冲突，而那个“载体”，也就是她的大脑，实在承受不住这场杀伐之争，这才让她接近疯狂。

通常情况下，精神分裂症都是这么得来的。头脑中两种对立的观念谁也无法战胜对方，而战争本身的影响只能使当事者关闭大脑中的多处神经通道，像隔绝火灾一般，把这场战争和许多正常的神经功能隔绝在一个封闭的空间之内，让它们同归于尽。

这是肌体的本能，牺牲掉正常的精神与思维，以换取剩余部分的健康。

正因为香川看到了这一点，他就有责任也有义务救助她，保护她，所以，他用他的胡言乱语强行断绝了竹君对反叛思想的记忆。

其实，即使竹君在那一刻有机会觉醒，有可能抛弃对“白莲花”的信奉，香川也会反对。他认为，竹君中毒太深，他宁可让她继续信奉“白莲花”，继续追随那个邪魔，总比为了放弃这个浑蛋信仰而把她逼疯掉要好些。

他确实是这样想的，也是这样做的，而且进行了长期的努力。到故事开篇的时候，他们已经同居了一年多的时间，竹君的病症虽然偶有发作，但再没有过一次“斥佛骂祖”的行为发生，同时，据竹君自己讲，她在追求“白莲花”的道路上又“精进”了不少，已经成功地上升到第二重境界。

后来竹君对他道：“等我突破第三重境界，得到了‘白莲花’，我就有能力轻而易举地让你也得到它。”

“得到什么？”无奈之下，香川只好装傻。

“我要把‘白莲花’送给你，作为我们相知的礼物。”

“白莲花用不上，要是有荷叶给我弄两张来，我想做一道‘荷叶粉蒸鸡’。”

这就是生活的真实，香川对着手中的小葫芦道，不管发生什么事情，不论多么的危急可怕，你都不能慌乱，要厘清思路，摸清原委，宁可“养痈遗患”，先把竹君的病症将就着稳定下来，也不能“胡庸医乱用虎狼药”般的冒险。

“中庸之道”的绝妙之处就在这里，它虽然不能让你得到智慧，但至少可以让你不糊涂，或者是，显得不糊涂。

6

平安是福，没有事情发生也是福，香川对自己道。

他赞赏旧时杭州人的习俗，他们每到过年贴的春联上都没有字，名叫“无字联”，以祈求一年“无事”。

香川一向认为，他这一辈子能够“平安喜乐”，没有遭受到太大的挫折与灾祸，最成功的经验，便是对“无事”的追求。

然而，竹君的出现让他又明白了另一个道理，“事”的到来不是由当事人来决定的，因为那是“定数”，是你这一生当中躲不开、避不掉的内容，所以，他必须得抖擞精神，把这件“事”解决掉。

虽然他向来主张避重就轻，避实就虚，对任何一桩麻烦，能绕过去便绝不与它正面冲突，但是，他也明白，有些“事”是不能视而不见的，更不能逃避，逃避的结果反倒可能引来更大的灾祸。

那么，为了给竹君治病，让他抛弃美美，然后与竹君结婚？他摇了摇头，这显然是个下下之策，是少年人的天真。姑且不论竹君是否愿意与他结婚，单是美美这边，他就实在放不下，因为，他真的爱美美。

“你的判断正确，我确实爱你。”他对美美道。这是他们第二次上山时发生的对话。

美美显然有些沮丧，道：“就算你真的爱我，但对我来讲，你的爱太虚幻，太缥缈了，我不论怎样努力，也抓它不住。”

“这都是我不好，是性格使然，也是我不善于，或者说是不敢表达真实的感情。”香川心底涌起一股怜惜之情，眼前这个原本自信得有些不讲道理的女孩子，只因为与他恋爱，才变得如此优柔。

“你为什么不敢表达你的爱？”美美一下子便抓住了问题的实质。

“其实我一直在表达，采用的是我个人的方式，而不是大众化的方式。”也许他的表达太过“清淡”，以至于美美品尝不到。

“你并没有表达。我回忆了我们交往的全过程，一直是我在表达，而你的所谓表达，只是些转弯抹角的暗示，或者是嘻嘻哈哈的调侃。到目前为止，你没给过我一句实在话。”美美又本能地揪住他的小辫子不放。

美美说的也许是实情。香川一时不知道说些什么好。

太阳已经落山了，天色呈现出宝石般深邃的湛蓝，只有西边天的尽头，在一抹白云的边缘上，留住了太阳的几笔金红色的水彩。也许，他向美美表达的感情，便如同这色彩一般，看得见却摸不到，有形而无质。

沉默了良久，他方道：“也许，我是说也许不是我没有表达，而是我只会这样表达。这是我命中注定的表达方式，一种被动的，软弱的表达方式；同时，这很可能也是我的生存方式。因此，也就注定了我只能是一个有骨气的弱者而已。我再说一遍，我确实软弱，但有骨气。”

美美那天必定是又被他这番话感动了，从此，她便只谈婚姻，不谈爱情。

然而，他并不知道自己为什么总是能够让女友感动，以至于让她们产生许多鲁莽的、不计后果的爱情冲动。

一年之后，同样是冬天，在他的小楼中，他与竹君也有过一次类似的谈话。

“我很想对你说一句，我爱你，但是，我不能这样做。”香川那天点的是日本抹茶，两个人共用一只深黑色的天目茶盏，浓绿的茶汤上浮着一层悦目的泡沫。

竹君放下茶盏，用粉红色的舌尖舔去沾在唇上的茶汁，道：“按理说，这话应该由我来讲，毕竟是我强迫你接纳的我。我是在美美出走之后，强行闯入这个家的不速之客，所以，你把讲这句话的机会留给我好吗？”

“你不是不速之客，即使当初你没有提出来，我也会向你发出真诚的邀请。”香川发现他们的对话又陷入了那个无法摆脱的怪圈——每当他们心情激动、谈及爱情的时候，气氛和思维总是很快便由冲动的感性转变为冷静的理性。

竹君道："你这是在安慰我。不要这样，你越是如此，我就越发感觉愧疚。如果我们两个人之间有谁产生了爱情，那个人一定是我，但是，我知道我没有资格讲出这句话来，因为，我没有与爱情相匹配的身体。"

"这是胡话，我可不想听你这么说。"香川不得不打断她的话头，她身上那个"邪魔"触动不得。

竹君却道："这段日子里，我就当你是同情我，或是怜惜我，我也就觍颜承受了，因为除此之外，我也没有别的办法。不过……"

"不要再说了。"香川看到了竹君发病的危险。

"不过，我不会麻烦你太多的时间，短则一年，长则一年半，我必定会完成我的使命，赢得'白莲花'。对于你的宽厚与仁慈，我无以报达，所以，到那个时候，我会把'超自然力'顶在头上，奉献给你。"竹君的脸上又燃起了红色。

这就是性格，这也是命运，香川对自己道。他这一生当中，仿佛总是有冥冥之中的力量在干扰他，让他从来也未曾把爱意表达清楚过，不论是对竹君，还是美美，或是在此之前的其他女孩子。

对竹君的病情，香川用尽了他全部的聪明才智与博学多识，但是，那个"邪魔"也仅仅是被他们的生活回避了，并没有被真正驱除。

对于他来讲，只有最后一味"药"他未曾使用，那就是让他主动对命运挑战，克服自己的心理障碍，向竹君表达真切的爱情，并勇敢地向她求婚。他相信这必定会对竹君产生作用，因为竹君没有真正感受过爱情的滋味与力量，她一直在压抑自己，拒绝自然的感情与自然的肉体需求，她在身上套了一副强硬的铠甲。

只有打破这铠甲，竹君才有可能发自内心地接受他的表达，学会爱。

然而，直到这部小说开篇的时候，香川认为，竹君的铠甲依然坚硬如故，他没有机会把他的爱直接送到她的内心深处。

"从这个意义上看，我肯定是个蹩脚大夫。"香川只好自嘲，尽管他并没有放弃努力——对挑战命运，克服心理障碍，直接向竹君表达真爱的努力。

“如果我当真能够做到这一点，那我也就再不是李香川，而会变成另外一个人。”他恨自己总是生活在怀疑之中。

7

现在让我们回到故事开始的那一刻，香川依然躺在摇椅中，那只翻过短墙，翩翩而去的蝴蝶让他心中怅然若失。

蝴蝶在那一瞬间展现的美，难道是“神启”吗？是针对竹君的？还是针对美美的？如果都不是，那么，这种美的消失难道是要告诉我，我的幸福生活从此便要结束了吗？

如果一个月前有人对他这么讲，他只能认为那是精神病人的谵妄之语，如今不同了，一个月来，也就仅仅在这一个月之中，他的生活也发生了转折，至少是预示着一种转折。

生命中的转折是不由自主的，它往往表现为一种恶意的挫折，或是一种貌似必然的幸运，目的只有一个，就是改造你的生命意识，改造你的价值观，让你的生活与过去剥离，进入一个全新的生活层面。到了这个时候，不论你是否愿意，你的生活已然发生了根本性的变化。

举例来说：

命运奖赏给威廉的转折是让他遇到了香川这样的好先生，引领他走上了品位高雅的发财之路，然而，威廉近一个月来的上蹿下跳，却正在一步步地将要陷香川于不义……此可谓转折产生恶意。

竹君的转折也是遇上了香川，遇上了他这位冒牌大夫，这可以缓解她的病症，使她免于疯狂，然而，令香川感到尴尬的是，据竹君本人讲，他们的同居生活却使她对那个邪魔的追求有了长足的进步，已然取得了巨大的突破，“白莲花”的第三重境界实现在望……此可谓转折产生意外。

说到美美的转折香川只有苦笑，她与香川由相遇，到相爱，再到同居，这是她的第一次转折；而她弃香川而去，奔赴南美洲却是她的第二次转折；那么，由此看来，发生在她身上的第三次转折，便自然该是回归了？所以，当美美一个月前当仁不让地搬回他的小楼居住时，他一点儿也不感到奇怪……此可谓转折产生古怪。

至于香川本人，还有什么可说的？原本在他这一生当中，即使是用显微镜来寻找，也没有可称得上是转折的生活经历。

然而，今时不同往日，也许就在今晚，或者是在明天的太阳还没有升起的时候，他就要经历一场人生大转变，甚至同时失去美美与竹君，甚至破产。

想到此处，香川便对自己笑道："罢了罢了，过了几十年的懒散日子，已经是非分之福了，日后即使受苦受累，也不能算是命运的不公。"

此可谓转折产生见解。他一丝一毫也不怀疑自己的结论。

第九章

诺言是把双刃剑

1

“想不到是我吧。”

故事开始前一个月,美美笑盈盈地出现在香川的门口,一身萱草黄色的衣裙明艳如歌,同样颜色的宽檐帽在她的脸上投下了深棕偏红的阴影,与她被晒成深麦色的皮肤相映成趣。

“欢迎归来。”香川并没有把震惊挂在脸上,同时他也发现,在美美身后,出租汽车司机拉着两只巨大的行李箱等在那里。

进得门来,美美迅速在楼下各处走了一圈,道:“没怎么变样嘛。”

“一切照旧,只是……”他一时还不知道怎样对她讲竹君的事。

“只是,我的房间里现在住着别人,对吧?”美美的眼风向他一闪,让他立时记起当初那个行动如风、言语如刀的女子。

“是的,那里现在有人住。”

“那么,我住哪呢?”她一瞬间表露出来的天真,看上去居然一丝不假。出国一年多,她的世故修炼得更深了。

“你住我的卧室。”如果一定要同住,香川对她们两个就不能有半点偏颇。

“难道我这一走你就改了脾气,可以和别人同床睡啦?”

“那倒不是,我可以搬到其他房间。”

她突然笑了起来:“你不用害怕,我不会逼你做什么。凡是你不想让我做的事,我绝不会做。”

“多谢你体谅我,我这就去给你腾房间。”香川不得不承认,今日的美美与往日那个美美有很大不同,她不那么直截了当了,也不那么单刀直入说干就干了,所以,也就更难对付了。

她却道:“我不住你的房间。”

香川只得继续劝说:“你不用推辞,没有什么不方便的。”

美美在眼神中露出一丝狡黠,道:“你放心,我也绝不会和竹君抢房间。”

“啊?”原来一切都在她的掌握之中,香川不禁暗中惊叹。

“而且,我也不会逼她离开。”说话间,美美在他的面颊上响亮地吻了一下。

美美的橙色唇膏应该在他的脸上留下了痕迹,但他没有动手去擦,就这样带着她重新给他打上的烙印,煮了一壶咖啡出来。

那个唇膏的痕迹,是在竹君下课回家之前,由美美拿了块湿巾,亲自动手给他擦掉的,这是香川不便言说的小技巧。依照美美往日的性格,如果她是回来收复失地,并打算重新占有旧情人,她必定会让那唇膏就这样显眼地挂在他的脸上。凡事早下手,快动手,是美美以往做事的习惯,如今她居然亲自动手抹去了这个物主的“烙印”,便应该被理解为是她自动放弃了对他的部分权利,至少也是顾及了竹君的颜面。

竹君与美美见面,两个人热烈拥抱,泪流满面,而后竹君道:“你不是下个月才回来吗?你的房间我还没腾出来。”

香川暗道:却原来,蒙在鼓里的只有我一个,她们俩早便商量好了。于是,他便道:“能不能把你们两个人商量的结果告诉我,打算把我怎么样?是四六分哪,还是五五分,是要‘刺身’还是做‘拆骨肉’?我也好去给你们准备菜刀和斧头。”

美美对竹君道:“你看美得他,到了现在,还以为自己是个宝。”

“他是看见你回来高兴。”到底还是竹君宅心仁厚,言语温柔。

美美道:“高兴好哇,我还怕他不让我进门哪。”

香川忙道:“哪能呢?就算是我搬出去住,也得把你留下。”

美美在竹君面前迅速恢复了对他的尖牙利齿:“看来我猜得不

错，你果然是要逼我走，不然，你不会说出这种以退为进的话来。”

他叫道：“天地良心哪，不带这么冤枉人的。”

香川也终于找回了旧日与她相处时的轻松语气。但是，他的内心并不轻松，因为，他没能准确判断出美美突然回来的目的，而且他也不相信美美如她展示出来的那样，已经放弃了对他本人的权利。

竹君出来打圆场：“香川是个宽宏大量的人，没那么小心眼儿。”

美美却道：“他原本倒是肚大量宽，只是对我一个人小心眼儿罢了。”

三个人你一句我一句，用斗嘴的方式完成了最初的“叙旧”过程，商量的结果是，美美住进了二楼居中的那间卧室，在香川和竹君的卧室之间。

竹君问美美：“你不是说再也不穿黄颜色了吗？不过，这身衣服很漂亮。”

美美道：“我跑遍了整个皇后大道才买到这一身，穿上它，为的是振奋精神，重新做人。”

“你言重了吧？”

“这是实情，我要放弃一些东西，再培养一些新东西。”美美避开了香川投射过来的惊异的目光。

竹君转过头来问香川：“美美走了一年多，这次回来，你给她准备了什么好东西吃？”

他忙道：“‘送行的饺子迎风面’，吃面条的材料我已经准备齐全，只等你回来下锅了。”

香川嘴上虽是言语便捷，但心中却很是不安。美美这身萱草黄色的衣裙应该是个暗示，因为，这种颜色的衣裙是他们两个人关系中的一个没有解开的症结，如今她特地选择穿这套衣服出现，背后必定大有深意。美美可不像竹君那样思想单纯，言语直白。

他认为，这萱草黄色不过是美美放射给他的一道闪电，强光过后，他所能做的只有一件事，就是耐心地等待随后将劈到他头上的“雷”。

然而，美美带来的惊奇并没有到此为止，更让他吃惊的是，他发现美美居然亲自下厨房,动手帮他操持起来。

她轻声对他道:“请你仔仔细细瞧好喽，看看我现在的厨艺够不够得上担当一位好主妇。”

天哪,如果她当年也有这兴致,或许他们的关系便大不相同了。香川不禁感叹造化的高深莫测,因为,他与美美同居九个月,她只下过一次厨房。

那是去年春天,他在倒春寒中胃溃疡发作了,一连在床上躺了三天。美美对他倒是百般呵护,并且专门雇来了厨师和保姆侍候他。

她对厨师的命令是，只要是菜市场上有的吃食，家里都得预备下;对保姆的命令是,除去跟他上床,男主人的任何要求都必须立刻满足。

那两个人点头如捣蒜,而且干得也非常卖力气。这并非是那二人品德高尚,而是因为美美给他们的工钱大大超出了正常雇工水平。

然而,不论他们怎样的殷勤,毕竟是两个生人,让香川总是觉得不自在。同时,雇来的那位卷包儿厨子的特长是油大味重,实在与他清淡的口味大相径庭。于是,到了第三天夜里,香川被生生地饿得从床上爬了起来,裹着棉睡衣走进厨房。

“你怎么啦?”美美还在书房中工作,见他下楼,便赶了过来。

“我饿了。”

美美道:“你不要动,我让厨师准备了夜宵,现在就给你端上来。”

“我不吃他做的东西,太可怕了。”

美美一时愁容满面:“那怎么办呢?现在饭店也都关门了。”

“我想自己动手。”

香川打开冰箱门，却发现里边被厨子塞满了各种各样粗俗的食品,他只得厌恶地把冰箱关上。

美美道:“要不这样吧,你坐在餐厅里指挥,让我动手给你做顿饭吃。”

香川一时间有些不知所措,心中却不禁又有些感动。他知道,美美对厨房的厌恶甚至远远大于对伪证的厌恶,但是,胃部的痛苦也确实让他难以支撑,便道:“就做一碗疙瘩汤吧。”

盆里有厨子养在那里的青蛤。做一碗青蛤疙瘩汤,最后洒上几粒青翠的香葱,应该适合他焦灼的胃。

他隔着厨房门上的蓝花棉布短帘，对里边的美美道:“你拿一只碗,装上少半碗面粉,另外再拿一只小碗,打一只鸡蛋在里边,然后搅匀。”

“你看看,是这个样子吗?”不一会儿,美美一挑门帘,端着碗从里边走出来,碗里是一团淡黄色的面糊。

香川摇摇头,只好让她重新再来过,道:“你不要这么快就把蛋液放进面粉里。”

方才的程序又重新做了一遍,然后香川道:“现在洗蛤蜊,要用凉水，洗好之后放在一边，再在灶上坐两口汤锅，每口锅里放两碗清水。”

“好啦。”美美在里边叫道,声音倒是不急不躁。

“现在你将蛋液一点一点地添到面粉中,同时搅拌面粉,就会自然生成一些小小的面疙瘩。”

“真的成小疙瘩啦。”美美的声音充满惊喜。

“现在把面疙瘩均匀地洒在开水锅中,开锅后关到小火,然后你去切一小段香葱,再拿一只小碗,里边放上作料,包括盐、鸡精、一滴芝麻油、两滴白酱油和三滴黄酒。”

根据从厨房里传出来的声音判断，美美此刻一定是手忙脚乱:“当啷”一声,想必是菜刀掉在了地上;一声短促的尖叫,她应该是被热锅烫到了手……

为此,香川暗下决心,不论她端出来的东西有多么难看、难吃,只要能顺利地送到他面前,他一定要吃得香甜,吃得好看,也就不枉美美为他遭了这么大的罪。

“都准备好啦。”美美大叫。

“现在把煮疙瘩的火关掉,然后把蛤蜊放到另一口开水锅中。”

“嗒”地一声,火关了;“哗”的一声,青蛤进锅。

香川叫道:“数五下就关火,然后用笊篱把疙瘩捞进蛤蜊锅里,再加上作料和香葱。”

一碗热腾腾的青蛤疙瘩汤被送了出来。"尝尝怎么样。"美美挥汗如雨。

汤味鲜美得很,蛤肉也极嫩,比香川自己的手艺不差。只是,那个卷包厨子不懂海鲜,养青蛤的水中没有放盐,所以,青蛤体内仍然残存着大量的细沙,此刻全都裹在了面疙瘩上,像一层细细的碎玻璃。

美美问:"好吃吗?"

"好吃。"

她又问:"但为什么要用两口锅呢?真接把青蛤放在煮疙瘩的锅里不更方便吗?"

"煮疙瘩的水里混进了面粉,汤不清。"

"原来如此。"她点头称是。

美美在厨艺上应该有些前途,属于孺子可教的那一类,尽管她把大葱当成了香葱。香川心中想着,便将满满一碗疙瘩汤吃得干干净净。

虽然青蛤吐出的细沙正在他的齿间咯咯作响,他还是问道:"明天还想自己动手吗?"

"打死我也不干。这可比打官司难多啦。"美美反驳的语调充满了快乐。

"其实你在厨艺上大有天分。"这倒不完全是恭维,他一向认为,任何一个聪明人都能在厨房中发掘出自己更丰富的创造性才能。

"我的天分在于打官司挣钱给你花。"美美的眼中一下子涌出热泪,想必是被她自己的言语和行为感动了。

香川却道:"我倒宁愿你少挣钱。"

美美擦净泪水:"我可以少挣钱,也可以每天兴高采烈地下厨房,但是……"

"求求你,不要提结婚的事。"香川发觉自己又一次被美美的套索捆缚住了。

"你真的这么讨厌跟我结婚吗?"

"如果你只是个普通的、惹人怜惜的、操持家务的、手艺不高但每顿饭能做出两菜一汤的女人,我们的婚姻就不会存在这么多顾虑,或许,现在儿子都该满地跑啦。”将一半正经话与一半玩笑话拼接在一起,这是香川运用最圆熟的拒绝方式之一。

美美正色问道:“那么你告诉我,你要跟什么样的‘我’结婚?”

“那还用说,‘炕上一把剪子,灶下一把铲子’,这是中国妇女的传统美德。”香川继续着他的玩笑。

“如果我学会了厨艺,并且肯下厨房……”

“我们就立刻结婚。”

香川一方面不相信美美会当真去学做主妇;另一方面,他也并不是真的不能容忍与美美结婚。他当真爱这个女人,甚至愿意为她做出一切牺牲。

他之所以犹豫不决,是因为结婚不同于牺牲。牺牲只是一时一事,而结婚却是一生一世,这两者是完全不同的付出。

“这可是你说的,我学会厨艺,你就跟我结婚。”美美是个好律师,立刻便把他的玩笑话变成口头协议。

然而,在他们同居的最后两个月里,美美再没有下过厨房。

机缘之事高深莫测。香川此时才发现,美美归来后展示的厨艺,已经成功地将一年前的那碗青蛤疙瘩汤改造成了一个具有现实意义的机缘。此时此刻,当初那个以玩笑开始,却以口头协议结束的承诺,如今正在无声地要求他兑现。

他突然领悟到,怪不得古人答应对方的请求时,总是要真诚地道一声“喏”,那原来便是表示内容清楚,事实明确的承诺。如今,倘若他言而无信,故意装疯卖傻地把自己的诺言糊弄过去,便与他一向批判的那些没有道德感的现代人堕落到了同样不堪的地步;但是,如果他遵从一向引以为自豪的道德传统,同意与美美结婚,但又该把竹君置于何地呢?

正因为大丈夫一诺千金,所以,就更不能轻言允诺。他不知道自己该当如何。

然而,承诺就是承诺。香川知道,除非他把自己变成一个不守信用的浑蛋,或者美美主动放弃,否则,他没有任何理由躲避自己的诺言。

除此之外还应该有一桩危险——他是不是也对竹君有过什么类似的承诺？香川发觉自己当真应该检讨以往的生活了。

2

美美打算回到本地的消息，竹君是在一周前得到的。她之所以没有对香川讲这件事，是因为她的心中充满了矛盾和痛苦。

竹君心中非常清楚，美美的归来只意味着一件事——她要收回原本属于她的一切。

美美在电子邮件中和电话中对她解释，说她之所以回到香川家中，只是因为在本地没有住处，如果竹君觉得不方便，她完全可以另外租房居住等等。至于说到香川，美美的口气倒是坚决："我已经放弃的东西，就绝不会再重新拾起。"

然而，竹君却认为，美美甚至自己都不清楚回来的目的，但是，她却清楚地了解这位老友的性情，不管是在意识层面，还是在潜意识层面，美美这一生从来也没有放弃过任何东西——不论是她喜欢的东西，还是她所厌憎的东西。以往的经历告诉竹君，对于喜爱的东西，即使几经易手，最终美美总能控制在自己手上；而对于厌憎的东西，她也常常会抓住不放，直至那东西毁在她手上。

从现实意义上说，香川是她要收回的喜爱之物，而竹君则应该是她憎恨的"厌物"。"但是，她绝不会伤害我。"竹君对自己道，"除去她的父母，我是她最长久的朋友。"

但是，美美不肯伤害她的前提，很有可能是要她主动放弃香川。对于能否做到这一点，竹君就更没有把握了。

她并不是对美美实现目的的能力没有把握，而是对自己没有把握。她不敢说自己有这么大的勇气，能够忍受得住离开香川的痛苦，尽管香川从来也未曾明确地对她表达过"爱情"。

"我自己也没有对他表达过爱情。"竹君自言自语，只觉得心头灼热，唇焦舌苦。

于是，她的思虑又陷入了更深重的痛苦之中。她与香川的关系是从相互利用开始——她坚持要签订的同居协议中写得明明白白；又在小心地相互尊重与精致的容让中得以继续——这是两个善良、自重、关心别人胜于关心自己的好人之间的融洽;最后却在历久弥新的温情与关切中,让竹君产生了单方面的爱情。

之所以说这份感情是单方面的，这是因为竹君并不想将香川时常表演的那些让她猝不及防的感动当成爱情的表白。只有真正坦诚直白的、面对面的、时机成熟、最好是单膝下跪的西式求爱,才是竹君心中认定的最恰当的爱情表白。

在她看来,香川是这样一种人:他有着双重的感情深度,浅表一层是那种在美貌或特殊趣味面前表现的冲动，对于每一个与他同居的女孩子,大约都是这种情形;另一方面,他又有着深层的,沉静得如死水般的深刻的情感，若要激发起这层感情，难度之大不亚于她对“白莲花”的追求。一年多的同居,将近两年的相识,竹君并不认为已经激发了香川深层的感情，但她也绝不相信，在经历了那么漫长的“夫妻”般温暖体贴的生活之后,他的心底居然会毫无所动。

细细回想起来，香川对她也并不是一丝一毫未产生过真正的热情,如果没有他的回应,竹君自己也不可能对他产生如此强烈的爱,以至于她的癔症在真爱面前也步步退却。近半年来,她已经恢复到接近正常的状态,病情也仅仅是有过几次轻微的发作而已。

这一切的分野之处,便是春节后不久,香川特地为她举办的那次小小的聚会。

那是元宵节后的第二天,还是在香川的小楼中,与去年正月十六给美美举办的那个晚会一样。客人中有一半是古董商,另一半是竹君在大学的同事。商人们的阅历和教授们的学识恰到好处地成为吸引对方的重要因素,于是,这个小小的聚会很快就变成了一场热烈的研讨会,话题之广泛令人瞠目。

竹君的院长那天也来了，身边带着一位年纪小得足以充当他女儿的漂亮女孩。不过,在竹君看来,她也仅有漂亮的外表而已,除此之外,她身上再没有什么可以给人留下记忆的内容了。

竹君虽然在寒假前便向同事们发出了邀请,但并没有邀请院长,而是院长亲自打电话给她,问:“你为什么不邀请我?我可是和大家一样,都很关心你的。”

于是,院长这天便出现在香川的家中,并且用他那仿佛天生的魅力,很快就把古董商人们紧紧地吸引在他周围。

他倚在齐彭代尔式软椅上,一手夹着香烟,另一只手挥挥洒洒,很随意地给商人们开了一个玩笑般的讲座。如果一定要用个题目来说明内容的话,竹君晚上向香川转述的时候,给这次讲座命名的题目叫作“对后现代主义情人关系的分类与解构”。

讲座受到了古董商人们的热烈欢迎,原因非常简单,因为他们与大多数有钱人一样,情人是他们生活中的一个重要内容,没有情人的商人反而会被认为是件怪事。

而竹君的那些学贯中西的同事并没有去给院长捧场,他们聚在书房里,在香川的引导之下,正在欣赏古董商人们带来的各种珍贵古玩。

这是香川正月里聚会的一个传统,古董商人们总是带来他们在这一年中个人收藏的最珍贵的非卖品,作为给其他客人的消遣,而香川报答给他们的则是大有购买潜力的新朋友。

去年为美美举办的晚会上,古董商们在晚饭后各自拿出自己的宝物来炫耀,好似“临潼斗宝”,而那些收入颇丰的律师,也在香川的品评和诱导之下,对古董兴趣大增。后来威廉告诉她,不单单那天与会的律师们日后成为了古玩街的常客,他们还带来了大批富得流油的原告与被告。“也许,你们流失的国有资产当中,有相当一部分就花在了古玩街上。”威廉事后总结道。

今天威廉既没有去听院长的香艳理论,也没有如往常一样守在他的先生身边长学问,却是寸步不离地跟在女主人身边,充当起了管家的角色。而那个跟随院长一起来的女孩子,则寸步不离地跟在他身边,显然她对威廉的兴趣非同寻常。

竹君对他道:“你们去玩吧,我一个人照应得过来。”

他却道:“我今天来,就是给您老人家当‘茶房’来的,您一看我这身打扮,就应该明了我的心意。”

他今天果然没有锦缎缠身,而是特地穿了件灰色的棉布长衫,白袜青鞋。

“您是客人，哪能让您干这些？”竹君的过意不去，并不单单是因为威廉在她家中干起了仆人的差事。

“能为您效力，就如同替佛祖抬轿，这不是受累，简直就是福气。”威廉也绝不仅仅是在讲客气话，而他身后的女孩子却把嘴撇到了耳朵上。

竹君明白，他这是在用油嘴滑舌掩盖内心的苦涩，毕竟，他此前曾多次向她表白爱慕之意，都被她婉言谢绝了。不想，威廉非但不恼，居然在他们的关系中迅速转化生成了一种真挚感人的友谊出来。他曾经对她道：“你可以拒绝成为我的妻子，却不能拒绝我做你的仆人。”

她只好说道：“你何必自苦？若是喜欢中国女孩子，满大街都是，选择的余地很大呀！”

他却道：“这只怨我没福哇，怨不得别人。所以，不论是我先生，还是师母您老人家，请不要再伤害我那破碎的心，就让我替您做点什么吧。”

自此之后，竹君便偶尔与威廉见见面，无非是谈天说地，吃饭品茶，有时香川也屈尊降贵地一起来，但多数时间是她单独与威廉见面。用香川对她的话说，你应该多出去散散心，美美这一走，你没了朋友，是到了结交新朋友的时候啦。

院长在客厅里的讲座显然受到了古董商们的大力追捧，反应极为热烈，哄笑声、欢呼声和掌声一阵阵地传出来；与此相反，书房中却显得静悄悄的，众多博士和教授的脑袋挤在一处。虽说是欣赏古玩，却也不该有这等密谋的气氛。

威廉一定是发现了竹君面上的疑虑之色，便提上茶壶到书房中给上了一圈茶，回来对她道：“没什么可担心的，我先生正给他们讲‘5分钟发财术’哪。”

“什么东西？”竹君没听明白。

“是‘5分钟发财术’。就是在古玩街上，从发现有价值的古董，到褒贬东西，讨价还价，最终以极低的价格成交的技术。”

“那些人哪有兴趣听这个？”竹君知道她那些眼高于顶的同事是怎么一回事。

威廉摇头道:“我那老师是个讲故事的高手,况且,在铁的事实面前,不由他们不信。”

“但他们对这些东西没有兴趣呀！”

“贪婪与奢望是人类共同的缺点。不只是商人和律师贪图钱财,教授们也同样贪心,不信明天你到学校去看一眼,保证他们会成群地围住你,让你找香川帮他们搞古董投资。”

“我才不信你这鬼话。”也只有对威廉,竹君才会有如此轻松自在的心情与谈吐。

“不信咱们娘儿俩打赌,我敢保证,贵国的科研经费很快就开始变成古董。”

“什么娘儿俩？多难听。”

“好吧,不说娘儿俩。咱们打赌?”威廉不知怎么的,一下子两眼放光。日后竹君才明白,原来英国人天性好赌,赌瘾之大仅次于中国人。

最后两个人商定,如果竹君赢了,威廉替她寻找一套陈老莲画的旧版石印的春宫画做讲课用的教材;如果威廉赢了,竹君要亲手替他织一件花式繁复的毛线衣。

果然被威廉说中了,寒假过后刚刚开学,竹君便被同事们围在办公室中,请她给介绍可靠的古董商。不过,在此之前,威廉早便将他并没有输掉的赌注,也就是那套旧版春宫画送了过来。

晚会进行到此处,一切原本非常顺利,所有的人都在这里找到了自己需要的和感兴趣的东西,而且气氛热烈,以至于乐而忘返。

直到午夜过后,院长最先告辞。不想,当他被众人簇拥着送到门口,在与香川握手告别的时候,却讲出了一番惊人之语。

3

自从半年前竹君在院长面前首次发病之后，她就一直在回避与他单独见面。虽然如今病情正在趋向稳定,但她仍然对院长那如热手抚摸般的声音与性暗示般的学术语言心存忌惮。这次院长来参加晚会,她一直在把他当成普通客人来对待,周到多礼而又不给他与自己单独谈话的机会。

送院长出门,她跟在香川的侧后方,简单地颔首为礼,不想,院长却拉住香川的手,近乎无礼地问道:"竹君是个好女孩儿,年龄也不小了,不知道你打算把她怎么办?"

竹君刚要开口止住院长的话头,却被他锐利的眼风制止住了。他接着道:"对于你,我久闻大名,你的老师和你们博物馆的馆长都是我的校友。我知道你是个有特殊才能的小伙子,所以,我觉得有必要替我这位学生对你讲几句碍口的话。"

香川笑道:"请多多指教。"

院长道:"指教不敢当,我只是替竹君担心,怕她与你的其他女孩儿一样,最终落得一场空欢喜。"

香川笑道:"您多虑了。"

院长用玩笑的话语步步紧逼:"那么,你什么时候娶我这学生?"

众人听出这番对话的趣处,便跟着一起哄然大笑,催促香川立刻答复。

香川道:"虽说您不是我的岳父,但我能理解您的善意。"

"什么时候结婚哪?"众人大笑不止。

"我一定会结婚的,与竹君。"香川给了个准确有力的回答,一下子扫了众人哄闹的兴致。

院长伸出一根细白的手指,轻轻触到香川的胸口上,道:"君子一言九鼎。"

威廉在旁边敲钉转脚:"大丈夫吐字如钉。"

香川没再理会他们后边的话语,而是回身将竹君揽在胸前,低声对她道:"如果我想娶你,也得你自己愿意才行。"

接下来的整整一个春天,竹君一直在反复地研究香川对她讲的这句话。

"如果我想娶你。"从修辞学角度来看,这是一个典型的假设句式,是个省略的假设前提,完整的句子应该是"如果我想娶你为妻"。连词"如果"对这个短语的限制,将"我"的意愿限定在一个并不确定的语义范围之内，于是，这个意愿便可以是真实的目标，也可以是单纯的假设，或者是有目标而尚未最终决定的自审，又或者是既有目标也有决定却面临阻碍的没有疑问词的陈述式设问。

对于香川这种假设的表态，她原本就没有权利生气或表示不满。毕竟他们只是从未谈及婚姻的同居，类似于合租住房并有身体接触的芳邻，责任与义务都在《同居协议》文本中逐条写得清清楚楚，如果她再有额外的要求，比如说"爱情"，那是需要双方协商的，她在此事上并没有一分一毫可以要挟、逼迫香川的理由和论据支持。

"如果我想娶你。"她将这句短语进行语义化简略，得出的是陈述句"我娶你"，然而，让竹君痛苦的是，这三个字中被生生加入了一个不能忽略的单音词"想"，它夹在她与香川之间，使"娶"的行为退缩成为需要努力才能实现的愿望，或者说主语是有意地停留在愿望上。

如果从语用学的角度对整句话进行完整的考察，结论应该是"如果……想……，也得……才"。于是，内中所有的不祥意味便暴露无遗了，因为，它所显示的虚拟成分和犹豫不决的用意，对于竹君那个私下里的期望，应该说是一个灾难性的否定。

"是否定，没错，所以，你应该立该离开他。"威廉像只被关在笼子里的狼，不停地在墨香堂中绕圈子，替前来对他倾诉内心痛苦的竹君打报不平。

竹君道："他对我一向是那么经心，从情绪到生活都关切到精微之处，这确实让我很难下结论。"

"你该不是怀疑他讲这句话只是一时口误吧？"威廉大有气冲斗牛之势。

"我只是觉得，我们不能仅凭这一句话，就判定香川'有罪'。"竹君还是不由自主地替香川辩护。

"你莫不是以为我在挑拨你们的夫妻关系？"威廉大叫。显然他觉得自己的友谊被歪曲了。

竹君连忙改口解释。为了安抚威廉的暴怒，以至于后面的谈话集中到了向威廉证明她的友情上来，倒把她的来意给忽略掉了。

其实，在香川讲出那句话的当晚，竹君在客人散去之后，也曾小心地向他求证过他的真意。

香川当时似乎并未察觉到，他的这句“如果我想聚你，也得你自己愿意才行”会对竹君造成那么大的影响。

送走了最后一批客人之后，香川拉着竹君站在院中欣赏圆月。

其实在这个时候，竹君还没有对那句话的深意发生怀疑，而是正沉浸在香川对院长的“我一定会结婚的，与竹君”那个承诺所带给她的欣喜之中。

这虽然不是正式求婚，但毕竟是向所有的朋友宣布了一个预告，他们将会结婚。她当时确是这样想的，于是便感到了幸福，发觉这次院长意外的出席，以及他对香川近乎无礼的追问，都带有一种超自然的深刻意味，如果用香川的观念来解释，这便应该是“机缘”，是能够造成她人生转折的机缘。

当时香川的心绪不错，对她道：“如果威廉在这儿，他一定会有句俗语来形容这情景。”他的手拉住竹君的手，两个人站在那里抬头仰望，如同一对天真的少年。

竹君应和着香川的话题道：“他少不了要说‘十五不圆十六圆’。”

香川却笑道：“按照他那种‘狗头安在羊身上’的讲话方式，应该说‘海内存知己，天涯若比邻’，而且对这段引语的巧妙自鸣得意。”

竹君也笑得开心，道：“他是个有趣的好人。”

“为了让我们结婚，他这半年上蹿下跳的也够辛苦了。”香川突然主动将话题转到结婚上来，让竹君猝不及防。

“他对友谊的理解与中国人不同，但他是个真正的朋友。”竹君巧妙地推动这个话题，让它向温暖、感人的方向移动。

香川道：“是的，他算得上是个朋友。但我最珍贵的朋友却是你。”

“还有美美。”这话刚一出口，竹君便恨不得咬自己一口。

“是的，美美也是我们的好朋友。”然而，话题的主动权却因此又转回到香川手中。

“如果结婚，会不会请美美观礼？”竹君用一个无主语的圈套在拼尽全力挽回丧失的机会。

“我结婚时？当然会请，还有威廉和你的院长，都要请。”香川答得干脆。

那一晚的大雪是突然降临的，事先没有任何征兆，气象台也没有预报，就仿佛是天公为了香川的这个临时的结婚承诺而欢呼，雪花搓棉扯絮，兴高采烈地落在他们二人的头上、身上。

然而，到了第二天雪后初晴，竹君在香川的四柱大床上被清晨的阳光刺痛了眼睛时，这才猛然意识到，对应她昨晚的问话中故意没有使用的主语，香川在对婚礼的陈述中，也省略掉了宾语。也就是说，他陈述的结婚对象仍然是个可被无数次转换和替代的人物符号，而非确切无疑地指定为她——许竹君。

她伸手一摸，身边没有人，于是，她便失去了与香川结识以来最好的一次求证机会——从昨晚直至今晨。

4

美美回来的头几天，一直在四处会朋友，并未急于找工作。她对香川道："工作的事嘛，等我把事务所安排好再说吧，先休息些日子。"其实她一直在等待香川来询问她对未来生活的安排。

香川问："你在外边疯了一年多，还有心思回到原来的事务所吗？"

"他们倒是有这个愿望，也向我正式发出了邀请，但是，我准备自己开办一家事务所。"她并不打算对他讲自己在国外的情况，甚至有些畏惧他来问起那段令人烦心的经历。

香川又问："开一家律师事务所花费少不了吧？"

"是呀！但'出得多，赢得多'。"

"你有什么具体的规划？"

对这句话她早有准备，因为，从这个话题里边，不单可以探明香川对她是否仍然关心，而且她还能够了解到更多的信息，比如他与竹君的感情的真实程度。

于是，她当即对他详细地解释了自己的计划。开律师事务所，首要的问题当然是合作伙伴，"即使是开办一家小型事务所，至少也得三名律师，这样可以保证业务的来源，至于说是作为合伙人，还是合作，或者雇用，要看资金情况和律师的业务能力；另外，每位律师至少还需要一名学法律出身的办事员；事务所需要一位接待秘书……”

“人是不是太多了？”香川有些担心。

“越是小事务所，业务成本就越高。另外还需要租办公室，装修，买办公设备……”

“这需要很大一笔投资。”香川明显地替她担忧。

“当老板哪有容易的？要想开业，怎么着也得投入五百。”她说的五百是指五百万元人民币。

香川沉吟半天，问：“办公地点选好了吗？”

“律师一条街。”讲出这句话的时候，她留心观察香川的反应。

随着本地经济活动的繁荣，法律事业发展极快，就在香川家附近的一条街上，在几十幢旧殖民地时代的别墅里集中了上百家法律事务所。

香川终于笑道：“这是件好事，你可以步行回家吃午饭了。”

美美故作嗔怪道：“难道你还要把我留在你家里？”

香川道：“我从没想过你会搬出去。过几天，我可以让人把客厅改造成书房，这样一来，楼下就有了两间书房，你和竹君一人一间，倒也省得‘人脑袋打出狗脑袋’来。”

用玩笑话来冲淡严肃的话题，是香川最擅长的和稀泥的方法。不过，美美可不想让他就这么轻易过关，便道：“我有什么资格占用一大间书房？再者说，我占了客厅，把你放在哪儿？我不要。”

香川软语商量：“把我放哪儿都成，实在不行可以钉颗钉子挂起来。我只希望你能留下来，我们大家一起踏踏实实过小日子。”

美美终于被他逗笑了：“你也别耍活宝了，我就在卧室里办公。”

“那间房子比较小，外边又挡了棵树，阳光不充分。不如这样，你用楼下的书房，让竹君到她的大卧室里去备课。”

“你说的是真的？”美美的探询终于有了结果。香川把竹君赶上楼去，而让她独享书房，这其中有个内外远近之别——给她的工作条件比竹君要好，只因为她现在是个需要客气对待的外人。

除去准备与香川的正面交锋，美美在回来的头几天里还做了一件事,她去找威廉长谈了一次。

那天美美刚刚走进墨香堂，威廉便一蹦三尺高，兜头一揖作到地,口中道:“您是贵人踏贱地,小店从此‘光芒万丈照四方’,我的前师母哇！”

“狗嘴里吐不出象牙来。”美美与威廉以往虽互不欣赏,但也熟不拘礼。

不想,听了她这话,威廉立刻从长衫衣袖里摸出个小本本,口中边念边写,记下了“狗嘴里吐不出象牙”这句俗语,然后问:“这里边的意思是不是说‘不是好人就不会说好话’？”

美美一向认为,她和威廉两个人一个是天生精怪,一个是自学成魔,每次见面,总是要先斗上半个小时的嘴。以往的交锋,双方互有胜负,便越发地激起了各自的好胜斗勇之心,常常是在没有任何正经事的情况下,两个人只是为了训练辩驳之能,或是逞口舌之快,便特地约下时间地点,来一场恶战。每当他们两个在家中开战时,香川便径自找些乐事哄着自己到僻静处去玩,对他们既不干涉,也不评判,用他的话说:“你们这是闲得难受,斗嘴消化食呀。”

今天美美来此,两人照例“十八般兵刃”施展开来,斗了三十分钟,这才消停下来品茶谈正事。

美美今天来找威廉的目的与香川有关,她想从他这里弄清楚,在她出门的这一年多里香川的经济状况,也好选择下一步的手段。

“我那先生是个怎样的人,您老人家还不知道？”威廉提起他先生,话语便如同黄河决堤,“他不到‘穷’得没钱买龙虾吃了,绝不登我的门。这不,已经一个多月没来了,我估摸着,最迟下周,他就该来电话了。”

“他每次到你这儿能弄到多少？”美美虽不想问得咄咄逼人,但惯常的语气一时半会儿又改不过来。

“这得看市面上的生意好赖,通常能闹个十万八万吧。”威廉也恢复到正经商人模样。

“你能不能断了他的这条财路？”美美故意语出惊人。

“为什么？那可是我的先生,是带我入行的师傅。常言道:‘一日为师，终生为父’，我岂能丢了自己‘忠孝节悌礼义廉耻’的好名声，干这等损人不利己的坏事？”威廉的大惊失色戏剧成分极大。

“其实，我要让你做的事，不会损伤你的道德。”

“但不能伤害我师傅。”威廉很有原则的样子。

“如果不小心伤害到竹君呢？”美美故意激怒他。

“那么，你就是我的敌人。”威廉反而笑了。

事后回想起来，美美发觉，通过这次谈话，她对威廉的认识又深了一层。她认为，虽然他那一嘴半通不通的汉语常常引人发笑，但他对汉文化传统旧道德的了解和崇敬却远远超出了许多现代中国同胞。

要说服威廉参与到她的计划中来，她原本并无把握。但是，在这件事上，她有两个自认为可靠的依据支持她的行动：首先，她相信威廉虽然嘴上对香川恭维得热闹，其实在内心深处并不赞同香川的人生态度，出他一点儿洋相，威廉应该也同样开心；另外一点是，威廉从不隐瞒他对竹君的迷恋与同情，这件事对竹君可能产生的有利结果，也应该能促使他参与到这桩计谋中来。

经过了反复细致的思想工作，威廉终于道：“我可以支持你，不管是为了竹君，还是为了你，或者是为了我先生，反正你们是‘三位一体’，也就这么回事。”

要改造自己的生活，首先得改造香川的生活。美美相信自己是个有办法的人。

5

美美认为，促使她下决心对香川动手的，不是香川本人，也不是竹君，甚至不是她自己，而是一股莫名其妙的力量，或者说是潜意识的冲动。就像她与香川刚开始交往的时候一样，她根本就没有弄清楚对方的心意，也没有弄清楚自己的心意，所有的聪明才智一下子全部离她而去，就让她这么糊里糊涂地误入情网之中。

到了这次回来，与香川重温旧事的时候，她仍然认为，她对香川的爱情属于非理智的范畴，是完全彻底的糊涂，但是，这并不妨碍她认清自己真实的感受——她至今仍然爱着香川。这一切原本就用不着找寻任何理由,也不怕任何外在的或是时间的损害。

糊涂也有糊涂的尊严,她对自己笑道。

其实,在与香川相交之初,她原以为自己非常清醒,一点儿也不糊涂。就在他们第一次相遇之后, 为了让香川养病住进县城招待所时,她觉得自己对感情的认知清楚得很,甚至太清醒了,以至于险些错过了她人生中的这件重大的“幸事”。

“一朝误入情网,沈腰潘鬓消磨。”第二天醒来,香川在床上拥着招待所的脏被子,大肆篡改古人佳句。

美美虽然对古诗词并不在行,但也能听出来他这是在调情,便放下装满鱼汤的大瓦盆, 给了他一巴掌道:“你是‘灾星才脱, 色心又起’,还不赶紧起来刷牙、洗脸、吃饭。”

“冤枉啊!”香川朝她伸出双臂,很像是可怜人无助的申诉,却又像是要与她拥抱。

美美灵巧地一转身,从他的双臂间摆脱出来。她不想在玩笑的气氛下与他接触,尽管她已经偷偷地拥抱过他,是在他一无所知的情况下,而且距离现在还没超过四十八小时。

事情的起因我们在前边已经讲述了,只是,美美始终也没有弄清楚,事情是怎样发展成现在这个样子的。

前天夜里的暴雨来得非常突然。当时香川正在船中摇头晃脑地唱他那难听的曲子,曲词听起来倒不难懂,叫什么《风雨归舟》的。他刚唱道“……唤童儿,放花篮,收拾起蓑衣和鱼竿;一半鱼儿在卤水里煮,一半在那长街换酒钱”,当他那个“钱”字的甩腔还没使完,就仿佛有那坏脾气的听众迎头给他们泼下来一壶茶水——暴雨来了, 天空也在一瞬间漆黑如墨,甚至让她无法看清对面香川的身影。

“快把雨衣穿上。”黑暗中,香川的声音嘶哑得厉害。从昨天开始,他便已经显露出感冒的征兆。

此时美美也后悔不该让他唱这段毁嗓子又招风雨的调调, 于是她也大叫:“别瞎操心啦,你也把雨衣穿上吧,淋病了又给我添麻烦。”

说话间,她抖开雨衣。后来的事情发生得太快,以至于让她来不及反应。就在她刚刚将雨衣抖到最舒展的时候，一阵狂风横向里朝他们扑来，把雨衣吹得如同鼓起的帆，带得小船猛地一晃，如果她没有及时抓住船舷，必定会失去平衡，跌入深过百米的水库中。

这时，香川从船头向她摸了过来，终于抓住她的手臂，高声问："你没事吧？"

"雨衣给吹跑啦。"

他没再说话，便松开了手。不一会儿，他又回到她身边，用一件雨披将她牢牢地包裹起来，并在她耳边叫道："把船停在这里不要动，我这就回来。"美美一时没有听明白他的意思，却突然感觉小船一晃，身侧一声水响。原来香川朝着狂风吹去的方向，追赶她的雨衣去了。

美美不禁在雨中气得大骂，为了件破雨衣可不值得拼命，不知这家伙是真疯还是装疯。

夜，浓稠黏腻的黑夜，虽然有暴雨在不停地洗刷，却依旧阴沉着一张晚娘的脸，让你针插不进，水泼不入。

雨，秋天的雨总是意外地砭人肌骨，它将原本如坐春风般的得意，将炎夏在人们体内积蓄的心头热火，一下子挤压在心底，让当事者在内外交激之下，产生出一脚踏入深渊的虚幻。

但寒冷却是实在的，不掺半点虚假的东西。美美瑟缩成一团，心中却焦急万分。香川已经去了好一会儿，她甚至听不到他划水的声音——暴雨拍打着水面，将天地间变成了一座音效极佳的剧场。

她伸手去摸船桨，桨还在；她又向防水背包中去摸手电筒，电筒的光亮落入这巨大的染缸中，除去可以照见她的手，那几丝光线完全可以忽略不计。

香川还没有回来，一点儿迹象也没有。

她不打算再等下去了，这个乖巧得可爱的男人如果因为她，或是因为一件不值钱的雨衣而丧命，必定会在她的生命中落下一个污点。

她摸到桨把，准确地把船头调转到香川"投江"的方向，口中高声骂道："你取了个什么鬼名字，叫哪门子香川？你若是死在这里，我就登一整版的广告，给你改名叫'臭河'。"

在大学里，她是四人双桨无舵手的皮艇选手，人虽然长得瘦，却是那种天生有力气的家族血统。她熟练地划动双桨，木桨沉重，桨柄粗糙，但她仍然能准确地控制木桨，让它既不入水过深增加无谓的阻力，又不入水太浅以至于损失动力。

她在口中高声喊出划桨的次数，一是便于计算划行的距离，二是希望香川能够听到她的声音，给她一个回应。

在数到二十六的时候，她仍然没有听到香川的声音，而按照惯力加速度的计算方法，再考虑到木船与木桨造成的损耗，她此时应该划行了五十六米左右。

她停下船，伸手入水，感觉到水面平静，并没有水流会带动香川漂向别处，他与她的距离，应该是靠他的体力游出来的。她想了想，发觉方才并没有计算香川离开她到底有多少时间，这也就很难估算他游出来有多远。

“你这个惹事精，捣蛋鬼，谁要是嫁给了你那才叫前世冤孽现世报。”美美恨不得立刻把他揪过来，上边一拳底下一脚，打他一个“狗吃屎”。

接下来，她怕在黑暗中转错方向，并没有调转船头，而是起身坐到对面的座位上，以船尾当船头，将方向朝左拨转四十度左右，向来路又划了回去。

她相信香川不会离她太远，只是这深夜之中她什么也看不见，而暴雨声又让她分辨不出水中的动静。

这一次她向回划了二十次桨，又向中心线拨转船头，再划二十次，再拨转船头……她相信，依照她的划艇技术，她有能力把划行路线限定在一个不规则的三角形之内。

时间在流逝，她也不知道划了多少圈，仍然没有结果。她不禁又骂：“你这个浑蛋，如果你敢死了，我就把你告上法庭，让你尝尝程美美大律师的厉害。”

最后，她决定冒一次险，将船划向三角形区域的中心地带。但这样一来，就极有可能让她失去方位感，如果在那里还找不到香川，她就已经无法再给寻找的区域定位了。

然而，中心区域也没有，至少她感觉到没有，因为她什么也看不见。不觉间，泪水流了下来，她感到害怕、无助，一个素昧平生的人，一个言语风趣、态度可亲、举止洒脱、模样英俊的男人，就这样死了，为了一件雨衣，或者是为了愚蠢地给她表演勇敢。

“求求你啦，好孩子，听话，快回来吧，我给你买汽车，买公寓……浑蛋，只要你活着回来，我就嫁给你。”

她当时并没有意识到，这句无意间的许诺，便决定了她半生的命运，因为，她突然之间回想起一件极为重要的事情，打断了这条思路——两天前香川曾对她说：这山中有狼，如果你自己下山，我会让你带上这个。

他要让她带上的，是两只岩洞探险用的火炬。美美摸索着抖开香川的背囊，找到那两只火炬。

她想用手电筒照亮，读一读火炬上的使用说明，但手电筒进水了，不亮。她只好把头缩进雨披里，打着打火机，顺便点了支香烟让自己定定神。那家伙能否活命，全看这最后一招了。

说明书就粘在火炬上，是张黄色的防水纸，有文字说明，也有图示。上边表明，要先去掉火炬前端的胶封，她照办了；再从里边拉出一根带铁环的拉线，她也找到了；然后拔出拉线……

猛然闪亮的镁光，让她突然间失明，雨衣也被烧了个大洞。她慌忙把火炬从洞中丢了出去。

等到视网膜中那群飞舞的白蝴蝶归巢之后，她的眼中清爽起来，这才发现，被她丢在水中的防水火炬只剩下奄奄一息了。

还好，另一支火炬并没有丢失。这一次她有了经验，在拔出拉线之前，她闭上了双眼。粉红色的光像一只巨大的粉红色气球，一下子在夜空中映出一团球状的光明。

她左瞧瞧，右看看，猛然发现，香川就在她附近十几米远的地方。他把头靠在两只黑糊糊的东西上，没有动静。

该死的家伙，睡觉也不选个规矩地方。你要是死了，明年我绝不会给你往水里丢粽子。她调转船头，只几下便划到香川近前，在船接近他的时候，她左手用力打倒桨，船儿轻巧地一横，挨着香川的头停了下来。

香川并不胖,但浸了水后却沉重得很。她知道,凭她一人之力,要想将香川从水中提出来,那是办不到的;若要让香川自己爬上来,也同样不可能,此刻他双眼紧闭,显然是昏了过去。于是,她脱掉一只鞋,将脚跨出船外,身子坐在船帮上,这样,在拉他上船的时候,她可以用力让船向他这边倾斜,然后借着船身复原的力量,把他弄上来。

她伸手抓紧他身前的衣领,另一只手伸入他背后抓紧腰带,将他向上一提,枕在他头下的那两只黑糊糊的东西朝边上一歪,漂开去了。这时她才看清,那是条裤子,他被他自己的裤子救了一命。他一定是将轻薄的登山裤扎上了裤脚,然后灌满空气当救生圈使用。

有丰富生活常识的人毕竟不同——她又不禁暗自赞叹这个刚刚被她骂得狗血喷头的男人。

船身在她脚下用力一晃,香川终于翻身滚入船舱,光着两条腿,瘫软在那里,无声无息。

她伸手试试他的鼻息,又摸了摸他颈上的大动脉,一切正常,他的昏迷显然与溺水无关。

突然间她发现,香川的腰间居然系着一条结实的攀岩绳。她伸手从水中拉起绳子缠在手臂上,费了她不少功夫——这根绳子居然长过了四十"肘",约合三十米,而绳子的另一头,则被系在了船头的铁环上,而且结了个"双水手扣"。

如果不是她慌乱地划船在水面上寻找,或者她的力气小些,船速没有那么快,香川早便拉着绳子,自己游回来了,而不至于因为追不上她,这才溺在水中出了问题。

都是因为担心他的安危,这才慌乱起来,以至于造成这么严重的危险。想到了此处,美美这才记起她方才对上天许下的诺言,不禁恨道:"难道我真要嫁给你这惹麻烦的家伙不成?"

6

当然,美美对自己那个情急之下的许诺并没有太当真,即使到了日后她主动向他求婚的时候,她也没有把当初的那个许诺当回事。她认为,当初讲那话原本只是一时的口滑,并不是该死的"机缘"之类的迷信，然而，求婚则不同了，她的求婚是经过深思熟虑，是生命的选择，二者不可同日而语。

美美平日里并不相信香川的那套因缘果报、天道循环的迷信，但是，她却深信生命对人的特殊意义。她救了这个人的性命，她便自然而然地对这个生命有了责任、义务和权利，因为她改变了这个人的命运和生命历程。值得庆幸的是，被救的是香川，这便给她在生命的责任之外，又增添了几分趣味，因为，这毕竟是个软弱得刚好能讨人喜欢的男人。

山中的暴雨，来得快，去得也快，等到乌云变薄，天空中透出几分光亮到水面上时，她这才发现，他们离水闸已经很近了。

她跑到水坝上去看，发现并没有守夜人，依旧没有人可以帮她。

她又回到水边，将香川背到岸上，同时感觉到，虽然她自己的身上已经寒冷彻骨，但香川的身体隔着衣衫透过来的逼人寒气，仍让她难以承受。

这是溺水者体温过低的征兆，如果不能尽快给他升温，很可能会在他体内引起一连串的综合并发症。

暴雨刚过，点篝火已经没有可能了。她决定先支起帐篷，让香川在睡袋中保暖。

香川没有带帐篷，而她的背囊中只有一顶小巧的单人帐篷。

美美最终选择在水坝脚下平整的水泥地上宿营，两块窄窄的防潮垫被拼在了一起，香川的双人睡袋也被铺展开来。她给他脱掉了被湖水浸湿的衣服，用毛巾擦干身体，换上干爽的内衣，这才将他塞在睡袋中。

然而她发觉，香川冰冷的身体和青紫的唇色说明体温回升的难度极大。从她在水中发现他到现在，至少过了三个小时，而他的体温状况毫无改观，这说明单凭他自己的力量很难恢复。如果迁延时间过长，对于他就不单是并发症的问题，而是“死亡”的问题。

要让她的皮肤贴在香川的皮肤上为他保暖，需要绝大的勇气。这倒不是美美为人封建，或是她畏惧男人，而是她的体温已然恢复正常，此刻让她拿自己的身体去温暖香川冰冷的身体，考验的则是毅力。

双人睡袋挺宽敞,能让她用腿裹住香川的腰腹,胸腹紧贴他的脊背,好腾出手来摩擦他的心脏部位。体温恢复的根本在于内脏机能开始正常工作,而此刻他的心率每分钟只有四十下。

做所有这一切的时候,美美既不焦急,也没有慌乱,一切都按部就班地进行。因为,该有的慌乱与焦急,已经在水上寻找香川时用尽了,此刻这个男人就被她揽在怀中,冰冷彻骨却又让她极有成就感。

只要人被抓在手中,就没有什么可慌乱的,特别是男人。她跟自己开玩笑,以抵御寒冷带来的战抖。

外边又起风了,吹得帐篷不住地抖动,不知道会不会再下雨。

美美发觉,这次遭遇也许并非普通的自然现象,而可能是上天对她的考验,是她在工作中经历了那么多不如意和遇到了那么多自以为是、自私自利、自高自大或自怜自嗟的臭男人之后,特地派一位个性模糊的人来检验她对男人的认知能力。

她的手机嘀嘀作响,是在提醒她电量不足,她打开手机,发现信号依然极弱。打电话给医疗救助中心?即使接通,时断时续的信号和最后这一点儿电量也不足以让她讲清他们的处境和地点,因为,她根本就不清楚他们现在的位置。

但是,如果一味地等在这里,也许就是在有意地杀死香川。

她最后决定给事务所中的合伙人发一条短信,只有四个字:“救命水库。”她甚至无法判断这条短信是否发了出去,因为,在她按下“发送”键后几秒钟,手机的显示屏便黑了。

当美美从熟睡中被叫醒时,已经是第二天中午,睡袋外边站着两个身穿白大褂的小伙子,水坝上停着一辆救护车。事后她才知道,她的合伙人接到短信后,花大价钱调动了七八辆救护车,分赴本地区的各个水库。

找到他们的小伙子高兴得手舞足蹈,对她道:“我找到了你,就赢了那一万块奖金。”

至于香川发高烧,以及他们下山后的情形,在前边的章节我们已经讲过了。只是有一件事与事实不符,那就是美美对香川隐瞒了这段奇妙旅程中最精彩的部分,或者说,她是铁嘴钢牙般的一口咬定根本就没有水库,没有船,没有后来的一切。美美相信,香川的记忆是被她从下山的路途中开始剪断,然后径直连接上了暴雨和含义不清的身体接触,这就可以使他在迷惑中不得不怀疑自己的记忆。

得救后香川发起了高烧,难免糊涂,同时,美美也再没有给过他一丝一毫求证真相的机会——破解迷信最有效的办法往往是更高妙的迷信,这种神秘主义的手段既迎合了香川的趣味,也恰到好处地打击了他的自信。因为,她实在无法容忍香川把他们的关系仅仅定位在所谓的机缘上。

美美不单有法学学位,她还有心理学的学位。这种故意打乱对方记忆,让他们对自己产生怀疑的方法是她在大学的必修课。如今这种手段在香川身上起到了显著的效果,使他的机缘理论在她身上向更深层的,甚至是宿命的方向倾斜,让他们的关系在一个超越社会常规的神秘主义基础上建立起来,也就使得香川再也找不到任何现实的理由来拒绝她或抛弃她。她可以永远立于不败之地。

当然,对于美美来说,水库边的那一夜确实有着非同寻常的意义:这个男人在她的怀中安静地躺了一夜,那种感觉让她难以形容,她甚至无法看清自己的想法,也分析不出激动不已的情绪。总之,这一夜过后,她的生活被改变了,既不完全是因为香川,也不完全是因为一连串的偶然事件,更不完全是因为她自己,但是,所有这一切只造成了一个结果,就是让她走上了一条自新之路——由追求被爱转变为追求所爱的新路。

勇敢而大胆地去爱人,比等待被爱的滋味美妙得多,也充实得多,它所带来的成功与成就感,是其他任何事情都无法比拟的。这是美美回国后的再次自省。

为此,她更坚定了改造香川的决心,改造了他,便等于改造了自己。

所以,她当下的首要任务便应该是在香川的生活中发动一场“革命”。

第十章

“革命”不仅仅是破坏

1

美美设计的“革命”计划颇为繁复，威廉不以为然：“越是复杂的计划，出错的概率就越高。倒不如单刀直入，拿着钱去跟他说，‘你到底答不答应’来得爽快。”

美美大摇其头：“如果香川真这么简单，我也就用不着费这么大的心思。”

她的行动计划的第一步，便是让香川失去他的小楼。这所新殖民地式建筑是香川的根，是他所有懒散生活和歪理邪说的物质基础，把这个基础斩断，香川便是无源之水，无根之木，到时候美美想搓他成方他就不敢变圆——当然，美美如今终于明白了，控制他的手段必须温柔，否则手段与结果之间必将发生巨大的冲突。她在外边一年多的阅历可不是白长的。

威廉沉吟了好一会儿，将话题一转：“分别一年多，想必你真的发了大财。”

“外国人的钱比中国人好赚。”美美近一年来在香港开业，专替在内地办企业的跨国公司打破产官司。这类业务现在很多，跨国公司利用分支机构破产的办法，可以减少税款，替总公司增加收益。

威廉好奇：“依你的性格，发了财应该买名车、戴珠宝才是，怎么这次回来，却比走的时候寒酸了许多？”

美美一笑：“这也是计划的内容之一。”

“原来你是装穷，好骗我那心肠比豆腐还软的先生上你一当。”

“也不全是骗，我对他的爱是真的。”

威廉没有接这个话题，而是用手揪住耳垂在那里发愁。

美美清楚他心中正在激烈地交战。他既想竹君离开香川来到他身边，又因为他心中的中国道德对这种想法的批判而缩手缩脚，于是，他理当痛苦。

临分手，威廉道：“在这件事情上，你绝不能伤害竹君。”

美美只是笑了笑：“你放心。施行这个计划不是一两天的事，慢工出细活，我会给你留出足够的时间来判断竹君是否有危险。”

他却道：“如果火候太长了，只怕中途杀出个程咬金，把您的如意算盘搅个稀巴烂。”

不想，威廉居然一语成谶。而日后引出麻烦来的，也正是他本人。

在对香川发动“革命”这件事上，美美对威廉很放心，因为他们的利益毕竟相通——只有让香川娶了她，威廉才有机会娶竹君。

而让她最不放心的还是竹君。私下里，她曾问过竹君：“你们同居一年多了，为什么还不结婚？”

竹君转眼望向窗外：“我们毕竟不似你们的一见钟情，也不是包办婚姻硬把两个人拴在一起，所以，这份感情培养起来难度就很大了，至少对香川应该是这样。”

“哦。”美美随着竹君的目光望向窗外。园中的花事将尽，只余下荼蘼星星点点的白色小花，越发显得寂寞。

竹君发一声轻叹：“也许，我不该搬进来住，但是，我无力与命运相抗，机缘使然，人的意志就显得无足轻重了。”

美美感到心痛，替这个选择了错误生活的朋友。同时她又对竹君很不满意，如果不是竹君接替了她的位置，而是别的什么泼辣女人，她便可以明目张胆地放马过来，大杀大砍，而用不着拿出一半的心思来考虑如何保护竹君。

过了好一会儿，竹君突然问：“你这次回来，是不是要收回香川？”她的声音里没有一丝哀伤，客观得如同谈物，而非论人。

美美万没有想到，一向软弱的竹君会在不经意间突然与她摊牌，慌乱中她道:“我原本有这打算,而且……”她还是咬住了即将出口的话头。此刻的竹君在她眼中就如同一个美丽的肥皂泡,不恰当的话语都有可能将她击破。

竹君道:“每个人都有权利收回失去的东西,这不能怪你。我只是不知道,你们分手的时候,香川答应过你什么?”

“他没跟你讲过我们的约定吗?”美美不信。

“他只是说,你临行前对他讲:不发大财绝不回头。你发了大财吗?”

“我现在有一点儿钱。”

“这样一来,事情就复杂了。”竹君又在叹气,“不完全的充分和必要条件,所能推论出的结果是大不相同的。”

美美站起身走到窗前,目光离开竹君,好让不断摇摆的“革命”决心重新稳定下来。

竹君又道:“关于你们的事,我没有问过,香川也没有对我讲。但是,我能够猜想得到,那必定是一番热烈得足以刻骨铭心的恋爱。”

美美没有回应。

竹君接着说道:“我不知道我对香川的爱已经到了什么程度,甚至不知道香川是不是爱我。我只能被动地等待,等待他做出决定,我自己是没有主意了。”

听到这话,美美刚刚稳住的心神又发生了动摇。她猛然间想起,对于香川与竹君两个人如何走到一起的,他们同居的感情基础从何而来这些重要的事实,她居然未曾留心。此时再开口询问已经错过了最好的时机,她应该当竹君在电子邮件中承认与香川同居的时候,便详细追问一切。

她唯恐伤害竹君的感情,却从未考虑过竹君与香川真正的感情内容。她发觉自己不是个好朋友。

她回到竹君身边,将她抱在怀中,让她的头贴在自己的胸口上。

“我会保护你的,一生一世。”美美讲得一字一顿,如同誓言。

竹君的泪水打湿了美美的衬衫,哀叹道:“但是,又由谁来保护你呢!”

2

房产律师登门的时候，香川正在干体力活——给园中那一小片竹林松土追肥。

他绕着每一丛竹子挖出一圈深约半尺的沟，精巧的花锄可以让他将沟挖得极窄，且整齐，为此他对自己颇为满意。在沟底，他均匀地撒上马掌、炒熟的黄豆和高价买来的鸟粪，而后便将干了一半的活计丢在那里，摘下手套，烧水泡茶。

体力劳动的趣味在于微劳而不是疲惫，如果一口气干下去，把自己累得筋骨酸痛，便失去了劳动的乐趣。

安徽深山里的小品种绿茶在杯中上下沉浮，舒展着条索形状的细芽，由暗绿慢慢淡化成嫩绿，仿佛茶芽身上的浓绿在一瞬间转化为茶汤的嫩黄。

今天的劳动，唯一让他心中不安的只有那炒熟的黄豆。去年他炒的黄豆肯定是没有熟透，施肥后不足十日，便围着竹丛长出了一圈圈的豆苗，非但没有起到追肥的作用，反而让豆苗夺了竹子的地力。今年他吸取教训，将黄豆炒过之后，又用微波炉烘烤了一次，估计是不会再发芽了。只是，微波炉烘烤黄豆散发出来的那股子焦臭之气，弄得房中一整天不雅洁。于是，他又有了新的心得——明年不再买黄豆，而是去超市里买磨好的香喷喷的黄豆粉。

就在这个时候，房产律师来了，满脸自来熟的模样，一嘴接近于无耻的恭维话。名片上正反两面印着满满的各种名衔，反倒说明他多年的律师生涯无所成就；一身此时的天气中已嫌太厚的西装和落了不少尘土的皮鞋，说明他只能靠给大律师们跑街混饭吃。名片上说，此人姓王。

“我有什么能给您帮忙的？”香川同情弱者，尽管不喜欢来人的虚伪模样。

“我是来给您道喜的。”王律师的口中满是江湖腔调。

“不敢当，您还是说正事吧。”香川记起了《江湖丛谈》里的种种骗术。

“有位大老板看中了您的房子。”

“多谢他的抬爱。”上门来试图收购他这所小楼的房地产商，每过十天半月总会来一批，给他清静的生活添了不少麻烦。

“这位大老板资产数亿，家里有两辆奔驰600，上学的小儿子都开宝马……”

香川听明白了，这又是个没有品位的土大款。

“他说今年是他的本命年，求我给他想个办法保平安。我花了二十万从香港请来一位命理大师，给他‘四柱’‘八卦’地一推算，说他今年家宅不安，主破财伤人。”

香川点头称是。土大款很难有家宅安稳的，这是世风使然，不用推演，只是常理人情罢了。

“我又花了三十万从香港给他请来了一位顶尖的风水大师，三峡工程就是他给出的风水报告。大师说老板的阳宅原是好的，只是有三年‘大破’之运，今年是第一年。要想破解，只能另买新宅，避过这三年。”

香川自己也研究过命理和堪舆之术，研究的结果，反倒是让他信服了孔夫子的“不语怪力乱神”。

“于是，老板让我用奔驰600拉着这位大师到处转，给他找一处新宅，结果，这才看中了您这块宝地。”

香川笑问：“那人怎么说？”这个多话律师的出现，给他的劳动间隙增添了趣味，他便替他泡了杯茶。

“大师说你这里叫什么来着，啊，叫鼋龙宝地，主子孙无数，一本百利。”

“所以？”

“所以，老板想出大价钱求您出让。”

香川点头：“明白了，请茶。”

律师想必早已口干，喝过三杯茶，抽了两根烟，然后，香川道：“谢谢您过来陪我聊天。我现在该干活了，您要是想歇歇脚就接着喝茶、抽烟，什么时候歇够了，出门时请把大门关好。”

香川拿起花锄，回到竹林边。他赞赏自己的好脾气，以至于对这位不速之客也给予了足够的礼遇。人们出门奔忙都是为了混碗饭吃,他不想对这些凭借一点点才能和顽强的脚力为生活奔波的人太过傲慢,这些人是社会的基础和主体,尽管没有品位,但他们艰难的谋生活动本身便有可敬之处,所以,他那些为谋生而扯出来的谎言也就可以原谅了。

到了香川第二次休息的时候,茶几旁的座位上,律师换成了威廉·詹姆斯三世。

"最近市场上谣言四起,像是要出大事。"威廉惊恐满面。

香川摇头:"都是钱闹的。现在古董值钱了,生意好做,人也就不厚道了。"

威廉道:"可这些谣言都是针对您老人家的,这就让人生气了。"

香川问:"他们怎么说?"

"这些话已经传了不少日子了,说您老人家明明从骨子里看不起我们这些商人,却拿着个大架子,俨然是古董行的领袖,他们不服。"

香川问:"还有什么?"

威廉的脸上现出些委屈:"他们说我是您的马前卒、跟屁虫,是咱们两个合谋把您老人家捧到今天的地位。他们还说,古董鉴定这些事,他们交给其他专家处理完全能行,而且又省钱又省事,也不会说三道四地教训人。"

香川明白了,威廉的话中透露出来那些人的两重意思,一是因为他对那些国家管制的重要文物非常敏感,对于经手人他总是要教训一番,逼迫他们只能在国内交易,不许转卖国外,让他们失去了不少赚大钱的机会;二是因为鉴定费用一直是由威廉替他经手,他自己根本不知道现在鉴定的行情如何,也许威廉替他要的价钱太高了。

他问:"那么,他们想干什么?"

"他们要联合起来抵制您对古玩一条街的把持,不再找您鉴定古董了。"

"就这么点事?"

"这可是大事呀!"

香川点头:"对你来说这是件大事,日后你得自己判断真伪了。"

“我买古董肯定还得找您帮忙。但大家都不来,您的日子可就难过啦。”

“没什么难过的,我还有工资哪。”香川笑了。虽说他每个月那七八千元的工资根本不能支撑他现在的生活,但是,人却不能因为缺钱而放弃了自尊。

“要不,我们合伙做墨香堂的生意?”威廉旧话重提。

香川道:“你不用担心我,没有任何事能影响我的生活,更不要说钱了。”

然而,就在他讲过这话的当晚,便出现了一件有可能深刻影响他的生活的事件——竹君向他提出分手。

晚饭过后不久,美美去书房工作,竹君早早上楼去了,只丢下香川独自一人在客厅里拿着本《唐开元占经》,却百无聊赖。

他一个人生活的时候,可以找寻无数的小乐趣哄自己开心;两个人生活时,不论是与美美,还是竹君,即使是斗嘴也有交流的乐趣;现在三个人同住在一个屋檐下,他反倒孤独寂寞了。

自从美美回来,便不再有人主动与他亲近,甚至连稍许深入的谈话与感情强烈的交流也被从生活中排挤出去,如今,他们只是“相敬如宾”的三人世界。

但是,造成这种氛围的,不是任何人的错误。首先他自己没错,他爱这两个女人。竹君也没有错,她的“白莲花”使命,还有她的《同居协议书》,以及她那偶尔失去控制的被压抑的激情,都是对构建和谐生活的努力。当然了,美美也没有错处,她能有什么错呢?她对他的爱情不容置疑,而她的自尊自重也不容置疑,她对别人的生活乃至生命的控制只是没有安全感的表现,是可以原谅的有缺陷的真诚,而她在操控生活的过程中所使用的种种手段只是职业特征的位移,况且他在她的手段中还总能发现善意的,甚至是可人的关爱与汹涌的热情。

他认为,如果说有什么错处,也是结构的错处。两个女人和一个男人组成的家庭,是那种最不稳定的“三角形”,只有当其中一角改变了性质,变成子女或朋友的角色时,才能使这个三角形重新稳定下来。

想到此处，香川泡了两杯茶，用只建漆托盘托在手中，上楼来敲竹君的门。

竹君正靠在床头看书，见他也上床来，便蜷缩起身体，把头埋在他的臂弯中，没有讲话。

这是个惬意的姿态。两个人躺在那里，静静地倾听对方的心跳，体味对方的体温，无思无虑，恬然自适，这让香川感觉生活待他不薄。

“遇到你，是我人生当中的一大幸事。”过了许久，香川才开口。

竹君没有回应，只是拢了拢短发，露出耳朵。

“你是个内容丰富的女人，独特而不乖戾，强壮而不生硬；性格内敛却不失热情，言语端庄又充满趣味；理想之高远，虽五岳不可比拟；心思之缜密，虽蜀锦也难以仿佛；仰之弥高，俯之弥深；瞻之在前，忽焉在后……”他用这段戏仿的“骈体文”做开场，相信竹君应该能听得入耳。

竹君的一条腿搭在他的腿上，一只胳膊搭在他的肚子上，侧着身子很舒适地躺在他身旁，耳朵露在短发外边。

接下来，香川换了一种语体：“于是，我便常常自问：这就是我所了解的竹君吗？或者换一个说法，我真的了解你吗？我在头脑中总结归纳出来的一切美妙与可爱，当真是没有被曲解的你吗？虽说‘患不知人’，但是，我们要生活在一起，总得有可把握的东西，才能让生活落在实处。”话题有自己的生命，它今日不断朝真相的趋走，很出香川的意外，同时也让他很高兴。人不能总是靠回避真相来维持好心情。

竹君只是动了动脑袋，让自己躺得更舒服些。

“从另一个角度来看，如果我当真否定了自己的结论，那么，又是什么样的东西才能够让我信以为真呢？否定了这些结论，也就等于否定了我三十多年的人生经验，否定了我的学识和认知能力。转念一想，我终于释然了，我之所以怀疑自己，产生这种不自信的想法，却原来是因为我害怕失去你的人，失去你的思想，失去你的白莲花。”香川不禁心花怒放，因为他终于发现了自己真实的心意。

竹君坐起身来，终于开口道：“你就要失去我了。”

“什么？”香川一瞬间产生了黑白颠倒的观感。

“我要离开了,回到自己的住处,回到原来的生活当中。”竹君面色平静,想必不是玩笑。

“人不可能两次踏入同一条河。你怎么还能回到原来的生活当中呢?”香川的口吻一时还没有从方才的语境中转入现实。

竹君道:“还是我们见面之初你说得有道理,两人相聚都是因为机缘。现在缘尽了,人也就该散了。”

香川道:“可我们的姻缘才刚刚开始呀!”

竹君又躺下了,头放在自己的枕头上,道:“我们这个机缘没能开个好头,让我总觉得这一切都是偷来的,不能心安理得地享用。是该结束的时候了。”

“但是我爱你呀!”香川的话语中带出几分怒气。他实在无法理解竹君为什么会有如此的决定,她甚至连这种想法都不该有。她的生活完全应该由他来安排,而结果必将是幸福。

竹君牵动嘴角,露出一丝笑意:“你知道的,我也爱你。但是,爱情并不是个可靠的理由,倒常常是灾难的先兆。”

香川提高声音道:“那你让我怎么办?”

“一切都会好起来的。你能把自己的生活安排得很好,根本不需要任何人帮忙,更不需要我。”

香川问:“是不是因为美美的缘故?”

竹君答:“不是。”

于是,香川的怒火一下子化为悲凉。如果竹君决定离去是他个人的原因,哪怕其中只有一部分是他自身的原因,便等于直截了当地指明了一点——他的为人、他的思想、以及他的生活都存在重大的缺陷。

因为,竹君是个像一池清水般单纯透彻的女人,任何人在她的映照之下,他们的缺陷必将一览无余。至少他是这么认为的。

话说到此处,香川的如意算盘便被彻底打破了——他原本想让竹君在这个三角关系中扮演“子女”的角色——软弱无争,同时备受宠爱。

尽管如此,他还是明确表示:“我绝不会让你离开,借用《茶馆》里的一句台词来说:你就是逃到阴曹地府,我也要把你追回来。"

3

第二天早上,美美和香川的谈话却极为顺利,让美美很满意。

"我本来就是你的朋友嘛。"美美近来学会了装傻。

香川借着竹君到学校讲课的空闲来找她正经八百地谈话,这让美美很有几分欣喜,同时也给了她一个绝好的机会——她要乘此机会,破除迷信,解放思想,把香川的那一套套的伪理论打得粉碎。

香川话语迟疑:"我所说的朋友,绝非一般意义上的朋友,而是特殊的朋友。"

美美睁大眼睛,笑语盈盈:"这该不是在转弯抹角地向我求婚吧?"

"不是的。"香川的窘迫让他在额上冒出汗来。

"那是什么意思呢?什么叫特殊的朋友?"美美一下子猜透了香川的心事。给她一个"朋友"的角色,无非是要让她自动放弃对他的权利,将他们这个等边三角形的关系改造成锐角三角形,而她的这一角必定会是那长长的,远离另外两角的锐角。

香川笑了,笑得没有把握。他道:"特殊的朋友就是比普通朋友关系密切,但又保持着一个稳定的、合情合理的距离,如同……"

"如同前妻?"美美的心中明了,面上却是迷惑不解。香川往日里采取防守姿态时几乎无懈可击,让她总是摸不到他的真意。如今他开始主动出击,对她有所要求,有所劝解,于是,她终于能够洞察到他内心之中的所有细微变化。这可是件值得庆幸的好事。

很显然,她这个"前妻"的比喻给了香川沉重的打击,让他半张着口,仿佛被一口黏腻的食物堵住了喉咙,气也喘不匀。

美美见他这难过的样子,心中又是怜惜,又是不忍,但最终还是稳定住心神,硬生生把那股子软弱的同情心打压下去,重新硬起心肠。疼爱他也不在这一时一会儿,只要他肯听话,顺从地沿着她安排的路走下去,她会疼爱他一生一世。

过了许久,香川才道:"我知道我对不起你,让你受了不少委屈,但是,我也没有办法,活了三十多年,性格已经僵硬,改变不了啦。”

美美道:“跟你在一起，我没感觉到受过什么委屈，但离开你之后,我却感觉到了委屈,天大的委屈。”

香川问:“为什么?”

她道:“因为你不肯跟我结婚。我难道真有这么可怕吗,让你左躲右闪地逃避我?现在我回来了,而你呢,却又要让我做个什么‘特殊的朋友’?你的意思我明白,就是想让我远离你,给你时间,给你空间,让你重新回到自得其乐的单身生活当中去。你的想法没有错，你认为我,还有竹君,在你的生活中只是过客,是个无足轻重的小角色。但是,我却不这么看,我反倒是认定了你,认定你是我生命中的唯一。所以,你还是死心吧,你甩不掉我。”她被自己脱口而出的真情实话给吓住了,连忙住口,将目光从香川脸上移开。

“但我也不能让竹君就这么离开呀!”香川冲口而出的显然也是实话。

又过了许久,美美道:“你跟谁结婚的事,不是三言两语就能解决的。我们先把它放一放,也许自然而然地就会生出圆满的解决办法。”

香川双手合十:“阿弥陀佛,但愿如此。”

然后,美美活动了几下僵硬的颈项,道:“现在,还是眼前的事最重要,你来帮我做律师事务所的预算吧。”

“算账我不在行,但我可以帮你做记录。”香川的神气也平和了下来,但手却还在抖。

美美觉得今天的谈话很成功。她以往的失败全是因为她太珍惜香川,怕伤害他的感情,伤害他的自尊心,或是伤害到他身上其他的各种各样脆弱的东西。这就是所谓当代意义上的好男人,你越对他们好,越亲热,越把他们当回事,他们反而自恋得浑蛋起来,拿糖做醋地好不让人生气。如今,你把他们当成了对手,用对付浑蛋的手法来对付他们,他们反倒没了主意,软弱得以至于可爱。

既然已经认清了一切，美美也就再没有什么拿不定主意的地方了,无非是一切按照计划行事,抢夺香川的根据地——这座新殖民地式的小楼。

当天下午,她在外边约见了上次被她派来拜访香川的王律师。

“您早来啦,让您久等不好意思。我今天临时被市政府叫去谈几块规划用地的事,来晚了,实在抱歉。”王律师夹着皮包点头哈腰地打招呼,脸上的笑纹没有一千也得八百。其实,他踏进咖啡馆大门时,离约定的时间还差五分钟。

美美没有理会对方口中那种小律师的口头禅般的大话，而是直截了当地问:“东西带来了吗？”

“带来啦,带来啦。”王律师小心地打开比他全身的行头加在一起还要贵重的皮包,取出一沓文件,紧紧地捏在手中道:“房产管理局局长是个吃惯拿惯了的角色,不好对付。你也知道的,产权文件他们有责任保密,而那家伙……”

美美从手袋里取出一张银行卡丢在桌上,道:“说好了的数,密码六个零。”顺手她把文件拿了过来。

这是香川那座小楼的全部房产档案的复印本。她翻了翻道:“果然是私产。”

王律师附和道:“全市几百座旧别墅，建国后绝大多数都被收归国有,或是在‘文革’期间主动交公了,一直保持私人产权的只有三十三座,而其中的二十六座近三年内都发生过产权变更。”

“变更产权有麻烦吗?”

“有,但不太大,我能摆平。”王律师的口气信心十足。

“你上次去找房主谈得怎么样?”美美的口气淡淡的,但这却是她最关心的问题。

“谈得很好,非常好。房主虽然对房价和付款方式还有些不同意见,但我很快就能搞定。”王律师斩钉截铁。

“跟我说说你们谈了些什么。”美美已经很巧妙地从香川那里打听到了这次谈话的大部分内容,此刻正好用来考察王律师。

王律师的讲述中充满了大量的细节，说明他观察事物的能力和记忆力都很强。他对谈话内容的复述也接近于事实,只是在对话者的口气和部分词语上略加变动，便将香川温和的拒绝与同情心转化为律师的说服功效,而他在谈话内容中小心加入的几处判断性短语,便将这次不成功的拜访改变为大有成功希望的会晤。

等到王律师停下来,美美道:“这么说,对方还没同意卖房?”她非常清楚,要想控制住这些挣小钱的人,你必须得戳穿他们的谎言,同时还要给他留下一点儿圆谎的余地。

王律师忙道:“这只是刚开始接触,只要有个好价钱,我相信他一定会同意。”

“是吗?”美美轻微地刺激他,“你把名片留给他了?”

“留下了,但我们不能只是等他的电话。其实,我还有一个更好的主意,相信他无法拒绝。”王律师还在争取这桩生意。

“什么主意?”

“我们可以给他找一处很好的公寓,用那所公寓再加一笔钱一起来买他的别墅。”

“你怎么会有这样的想法?”

“我觉得,那个房主是个懒人。要想将他的房子买到手,我们得替他安排好一切,甚至包括搬家。”王律师得意地用手指轻敲桌面。

美美笑道:“你一定还有更好的主意,却不肯告诉我。”

王律师笑得更谦恭了:“戏法人人会变,说破了就不值钱啦。”

“那么,你现在就可以动手了。”美美准备离开。

“费用怎么说?”王律师问。

“正常情况下,你应该得到成交额的5%。但我会给你8%,多出来的那笔钱算是办公费。不过没有预支,成交后一起结算。”美美既然赞同了王律师的意见,便自然应该给他一个教训,严防他得寸进尺。

王律师抱着皮包向她弯了弯腰,感叹道:“跟精明透顶的人打交道,反而少了许多麻烦。”

对于香川,怎么让他卖掉小楼,美美并不在意。以她对香川的了解,她相信,只要香川离开了现在的家,手中再有一笔不小的余财,他必定会一心一意躲在家里享受生活,而再也不会去出门挣钱了。

钱总有花完的时候。不管是一年,还是两年,美美有耐心等待。像香川这样的少爷,一旦把钱花光,而外面的财路又被断绝了,他就会变得非常听话,甚至非常地讨人喜欢。

美美一点儿也不介意把香川变成个没出息的丈夫，因为，在当今社会生活中的没出息，往往意味着此人心地善良，性情温和，更何况，他还是个内心之中充满了丰富情感和生活情趣的知识分子，如果不用钱来衡量，他必定是一个好丈夫，也必定是一个好父亲。

她打算与他生儿育女，而且至少要生一男一女。

4

竹君并没有当真要与香川分手的意思，她提出分手，只是一种手段。这是她对香川第一次使用手段，虽然不熟练，却获得了极大的成功。

以往的一年多里，不论是与香川的相识，还是同居，她都不需要使用手段。而香川却是个手腕高妙的男人，但他的手腕多是局限在家中，局限在他的女友身上，是那种善意的、令人感动以至于迷醉的恋爱手段。竹君对他那些讨人喜欢、让她激动不已的小花招甚至产生了迷恋，产生了一种近似于对麻醉品的依赖。她真不敢想象，如果没有了香川的那些小手段，那些隔三岔五便会给她带来的惊喜和感动，她的生活将是多么的乏味。

所以，当她提出分手的时候，香川强烈的反对态度让她感到的不仅仅是满意，还有迷醉。

她深知自己是个神经质的女人，虽然对“白莲花”的追逐让她的神经质有了归宿，但也产生了巨大的危险。认识香川之前，她的生活毫无趣味可言；结识香川之后，她终于发现了除去“白莲花”之外，生活居然还有这样一种美妙。

放弃香川，也就意味着放弃这所有的感动与美妙，然而，她又不能不承认，香川所带给她的美妙，正在消解她的使命——对“白莲花”的追求，使她从自然的“选民”堕落成为一个普通的妇人。

从另一个角度来看待此事，即使是她肯为了朋友之义放弃香川，勇敢地放弃这段俗世的美好，这也同样是对生活的不负责任，因为，这意味着她必须得放弃这个难得的道场——香川的小楼。她正是在此地赢得了“白莲花”的第二重境界，而且她相信，就在今年的秋天她必将赢得第三重境界，赢得“白莲花”所代表的超自然力，完成她作为自然的选民所承担的全部责任与义务。

因此，不论是从哪个角度来看，让她放弃香川都是一种不道德的行为，至少是不严肃，不负责任，不管是对香川，对美美，还是对“白莲花”。

“我该怎么办？虽然香川在挽留我，但我的心里一点儿主意也没有。”她找到了威廉。在朋友们中间，威廉的立场是最接近于无私的，她应该能够在这里得到公允的建议。

威廉今天表现得很严肃，他显然意识到了事态对她的严重性。他问道：“假如，我这是在假设。假如你离开了我先生，或者我先生离开了你，你有什么打算？”

“继续追求‘白莲花’。”她发觉自己没有往日那般的理直气壮了。

“没想别的？比如再找一个男人？”威廉并不掩饰他对竹君的追求。

“再找男人，也只能是因为‘白莲花’，不会是为了我自己。”她的思绪正在走向绝境。

威廉想了想，又问：“我冒昧地问一句，你当初与我先生走到一起，是因为‘白莲花’，还是因为爱情？”

尽管威廉的语调极尽温柔，但这句话还是对竹君起到了当头棒喝的效果。是呀，在这个彷徨无计的时候，她确实应该回过头来考察一下，她与香川是怎样走到一起来的。

在他们决定同居的那一刻，显然不是因为爱情。那天她来替出国的美美收拾个人物品，临行时一脚跨进车厢，一脚踩在地上，手扶着车门，对香川道：“如果我们两个用那种方式同居，或许会省却许多麻烦。”他们此前谈论的是爱情对同居生活的伤害与束缚，她所说的那种方式，便是不需要爱情，给对方以最大自由的同居方式。

刚刚搬进香川的小楼，她拿出一份翔实的《同居协议书》，对香川道：“我没有资格要求你爱我或宠我，我只要求你成为我的性玄学研究伙伴，一旦实现了‘白莲花’的目标，我立刻就搬走。在此期间，如果你对我厌倦了，你可以去找其他女人，但请多少给我留一点点体面。”

一年多来，香川遵守了他的诺言，而且所做的比《同居协议书》上规定的内容要多出许多，所以这才让她从最初清醒的客观走向了不知所措的主观，让她不可救药地爱上了这个男人，就如同她爱上“白莲花”一样。

于是她对威廉道：“我与他同居不是因为爱情，但如果我离开了他，那一定是因为爱情。”

威廉轻轻地摇头道：“其实你没有必要这么折磨自己。”

“可我没有更好的办法解决眼前的问题。”她陷入更深的迷惘之中。

“我倒有一个简便易行的办法。”威廉字斟句酌。

“希望是个不太痛苦的办法。”

“不，它会带给你巨大的痛苦，但可以一了百了。”

“什么办法？”

“离开我先生，与我住到一起来。”威廉满脸真诚。

竹君痛苦地大叫起来：“可是我不爱你呀！”

威廉苦笑：“但是我爱你。”

“那样就太委屈你了。”

“并不比我先生更委屈，除非你与我先生同居的时候，就已经爱上他了。”

竹君立时发觉，这是威廉对她的第二次当头棒喝。也许她在和香川见面之初，至少是经历了那场错误的性爱之后，她便从内心深处动了俗人的感情，爱上了香川，日后同居时所有的故作冷淡，或者要给双方最大自由等等的允诺，都是她用来自欺欺人的鬼话。

或许，香川早便识破了她的一切，识破了她所有欺骗她自己的花招，也包括几天前她谎称要离开他的手段。他比她自己还要透彻地了解她，而她对香川的内心却几乎一无所知。

从这个角度来看，在她与香川的关系上，甚至在与美美的关系上，她没有任何自立自为的能力，她只有听任事态的自然发展，不论这股水流将她带到何处，她都只能认命。

然而，你也不必气馁，她在告诫自己。即使失去了一切，有一件东西你绝不会失去,那就是你的超自然力和“白莲花”。

分手时,竹君对威廉满怀歉然:“对不起,让你分担我的痛苦。”

威廉却笑得灿烂:“现在,我终于有理由恨我的先生了。”

5

威廉从竹君的痛苦中看到了希望。即使像他先生那等神仙般的人物,居然也不懂得珍惜竹君这种难得的女人,这说明中国人挑选女人的眼力确实不值得恭维。他发现,事到如今,只有他一个人真正了解竹君的价值,为了这等一针见血的眼力,他完全有资格自吹自擂一番。

送走了竹君,他立刻给美美打了个电话,通知她说,他完全赞同她的建议,要求立即开始工作,让事情越早结束越好。美美在电话中却不大有信心,她说:“我现在还找不到办法让香川卖掉他的别墅,这个家伙他不爱钱。”

威廉道:“他可以不爱钱,但你一定有办法让他不得不花钱。”

美美道:“办法我倒是早就想好了一个,只是不知道他会不会有那么傻。”

威廉道:“在女人的事上,我那先生确实傻。现在请告诉我你想到了什么办法?”

美美道:“我想让他出资帮我开办事务所。”

威廉道:“这是个好主意,但是,若要让他卖房子帮你做生意,还需要一个更好的理由。”

美美问:“什么理由?”

威廉笑了:“让他以为自己既不会失去房子,也能赚到钱来给你开张的理由。”

美美不信:“你那是做梦,香川绝顶聪明,连眼睫毛都是空的,怎么会上这种当?”

威廉大笑:“这就要看你够不够有魅力啦。”

美美犹豫,不自信:“这得需要什么样的魅力?或许竹君能有这种魅力,而我只会狠揍他一顿,逼他拿出钱来。咱们还是想别的主意吧。”

威廉最后婉转道:“你可以先把这个想法透露给他,主意嘛,我们慢慢想,总会有办法的。”

其实,上次美美来跟他谈断绝香川的经济来源时,威廉立时便有了主意,他之所以等到今天才谈此事,是因为他不信任美美。然而,今天竹君痛苦的自述,给了他足够的理由去做这件事。他不想伤害任何人,但是,如果有人妨碍他追求竹君,或者说是有人妨碍了竹君的幸福,他就会变得不怕伤害任何人。

况且,他对香川还另有目的,但是,这是他个人最隐秘的想法,即使是对“同谋”美美也不能讲,实际上他对任何人都不能讲,因为,这个目的不大合法。

第二天午后,就在香川每日安坐葫芦架下神游的时候,威廉衣装整齐,再次满面惊恐地拜访了他。

“先生,出大事啦!”他故意让自己发出巨大的声音。

香川向他做了个噤声的手势,倚在躺椅上,侧耳倾听。

“什么东西?”威廉拉了把藤椅坐在香川对面,也把耳朵伸向香川倾听的方向。

过了许久,香川这才自言自语道:“奇怪,怕不是好兆头。”

“什么?”

香川转过头来问他:“你听到了没有?竹子拔节的声音。”

“我只听见缸里的螃蟹吐泡的声音。”威廉对老师的这种闲心大为不满。

香川又回到了自言自语:“不对呀!竹子都在夜里拔节生长,现在怎么会出现这种事?”

威廉只好一针见血:“国之将亡,必出妖孽。”

“胡说八道。”香川终于还是把注意力转到了他身上,“你来有事?”

“大事不好。”威廉语出惊人。

“除死无大事。”香川又恢复了他那种平淡得略显轻蔑的表情。

“这件事可比死还大。”威廉一抖手,将两张放大的彩色照片送到香川面前。照片上是两件看上去一模一样的青铜器。

香川不但没有伸手接，连瞧也没往照片上瞧一眼，道："我早说过，我不看青铜器。"

威廉站起身跑到院门口，看清四下里没人，这才回过头来低声对香川道："再不看可就看不着啦。这东西很快就要出国。"

香川接过照片只瞄了一眼，便把照片丢还给他，道："你小子拿我开心不是？这不是莲鹤方壶吗？现在一件好好地存在北京故宫博物馆里，另一件被河南博物院租给了美国大都会博物馆，这会儿正在世界各地巡展啊。这东西邮票上都印过，怎么，你要把它买下来？就算真有得买，也必定是贼赃，那罪过足够判死刑的。"

威廉苦笑道："这是个用来比对的样子，真货是这东西。"他又送上另外一沓放大照片，上边是十几块青铜器残片。

这便是威廉没有对美美讲明的那个主意。他认为，要让这个主意在香川身上起作用，就必须得对美美隐瞒实情，因为香川说得不错，从法律上讲，这可是个大罪过。美美绝不会允许他把香川卷进这种明目张胆的犯罪中来，情急之下，她甚至可能会去报警。

6

照片刚刚入手，香川立刻便意识到了事情的严重性。在每一张照片上，都按原物大小拍摄下了一块青铜器残片，照片的质量极高，显然是由专业摄影师使用专门拍摄静物的设备完成的。

他将几块主体残片照片拼接在一起，判断出这是一尊高在一百厘米以上，对角直径四十厘米左右的青铜方壶。最后两张照片是将残片用玻璃胶暂时黏合在一起拼成的完整器物，带着东周时期大型青铜器特有的昂然自适的神态和精美绝伦的纹饰。

香川非常清楚地知道，近两年来，全国各地从来没有如此重要的青铜器出土，这件东西显然是从盗墓者手中流传出来的。这是非常严重的犯罪。

他锁牢院门，来到书房中，找出几本印刷精美的青铜器画册和一些参考资料，拿着放大镜仔细研究那些残片的照片。

威廉今天居然出奇的安稳，坐在一边，静静地望着他。过了许久，当他认为可以给出初步结论的时候，却发现他的手在不住地颤抖，额头上也流下了汗水，便慌忙放下照片，点上香烟，一时还拿不定主意，要不要向威廉询问这件青铜方壶的来源和交易情况。

威廉先开了口："先生，依您老人家看，这东西没有错处吧？"

他没有接威廉的话题，却问道："我过去给你讲过莲鹤方壶的事，还记得吗？"

"记得。"威廉骄傲得像个胸有成竹的小学生，"莲鹤方壶是 1923 年在河南新郑一个李姓乡绅家的菜园子里出土的，郑国国君的墓葬，同时出土的一共有八十多件顶尖儿的青铜器，但是，最珍贵的还是这两件莲鹤方壶。日本侵略中国的时候，它们被运到了重庆，1949 年原是要运往台湾的，结果在机场被解放军给截了下来。去年我到台北故宫博物院考察他们的青铜器，那里的专家们每次提起莲鹤方壶，那一脸的奇怪表情要多有趣有多有趣。"

香川发现威廉对此事竟然做足了功课，这说明他已经将这件方壶当成一笔生意来做了，便道："那么，你再说一说莲鹤方壶本身的特点。"

威廉拿过那两张莲鹤方壶的照片，指点道："这件足上有些缺损的，是 1950 年由文化部出面调拨给北京故宫博物院的那只，净高 126 厘米。另外这一件由河南博物院收藏，是他们的镇馆之宝，网站的首网上就有它的照片，净高 117 厘米。"他转到光线明朗处，指着照片上的青铜器："您老人家请看，它通体上下全部是蟠螭纹，侧面的两只耳朵是各有一只怪兽扭头向下看；在方壶的四棱上，也趴着四只小怪兽，同样歪着脑袋往后看；下边是方形圈足不落地，铸了两只怪兽驮着整个铜壶，您看它们这模样，伸着舌头瞪着眼，连尾巴都跟着使劲，看样子是累得够呛。"

香川不住点头，却像在打瞌睡。

"您老人家再看上边，最出奇各色的，也就是让它最值钱的地方是这壶的顶端，上边用细长的莲叶围了两层共二十片，中间的壶盖上立着一只两条腿着地、展翅欲飞的仙鹤。这就是莲鹤方壶鼎鼎大名的来源。”

香川方才一直在闭着眼睛听，现在威廉住了口，他又道：“那么，你跟我说说，莲鹤方壶要是拿出去卖，能卖个什么价钱？”

只听威廉惊呼：“这是你们的国宝，它在世界上的名声比图坦卡蒙的金面具一点儿也不小，根本不可能会拿出来卖，也没人有这个胆子敢买。就算它被人偷了出来，运到国外，哪怕是到了非洲或者南美洲那样无法无天的地方，必定没有一个冤大头会白扔钱买名气这么大的贼赃。就算是把它藏在地窖里自己看着玩也不敢。”

香川接着问：“要是万一有那不开眼的把它偷了去呢？”

威廉笑了起来：“那准是一帮浑蛋，死罪是免不了啦。你们国家的安全部，再加上国际刑警组织，好几万人在全世界展开大追捕，就算这帮家伙本事再大，也没有活路。”

香川不想威廉犯罪，他很想将他挽救回来，便道：“既然你一切都很清楚，为什么还要冒这么大的险？”

“可我拿来的不是莲鹤方壶哇！”威廉急赤白脸地大叫。

“那么，你来告诉我这是什么？”香川以为他把威廉吓得不轻。

“好吧，好吧，您老人家一定要考我，那我就有什么说什么啦。”威廉拿过那几张临时拼接完整的青铜器照片，指点给香川看，“您看看，这东西身上也是蟠螭纹，而且比莲鹤方壶细致；耳朵是两只圆筒形的贯耳；棱上也有四只小怪兽，只不过是脑袋朝上，像是要爬上去偷酒喝；壶的脚底下也是圈足不落地，铸了四只饕餮当脚。这东西肯定是用失蜡法铸的，花纹比莲鹤方壶还精致。”

香川不置可否。

威廉又道：“要是从壶身上看，并没有太过分的地方，就我知道的，你们全国各地的博物馆里边，跟这个差不多的铜壶有十来件。但是，有一样东西别人都没有，就是它的壶盖。您老人家请上眼，这家伙最特殊也最值钱的地方，就在它的壶盖上，这上边立的不是鹤，也不是龙，而是一只猫头鹰。”

“那叫鸮。”见威廉兴奋得不成样子，香川终于明白威廉在此事上根本没有听从他的劝诫，便没好气地回了他一句。

"还是先生您老人家有学问。您说,这东西怎么样?能值多少钱?"

香川道:"即使没见到原物,我也能看得出来,这是个双拼货。"

威廉把圆圆的蓝眼睛睁得老大,忙问:"什么叫双拼货?"

香川很生自己的气,不应该耐不住好奇心看这个东西。见贼赃不揭发,罪过比窝赃也差不到哪去。现在没有别的办法,只能想办法把威廉吓唬住,让他放弃这次冒险,于是他道:"双拼货就是说,你这壶可能是真的,上边的鸮也可能是真的,但两件东西原本不在一处,是被人拼起来唬人的,就好像前两年那块著名的'古盗鸟'化石一样。"

威廉不解:"谁会这么干?"

"想进监狱蹲大牢的人。这东西若是流入国外文物市场,万一被外国那些'二把刀'看走了眼,麻烦可就大啦。"

"为什么?"威廉求知若渴。

"因为世界上从来就没出现过这种'鸮首方壶',被看破了是丢中国人的脸,没被看破当成宝贝公布出来,中国人的脸丢得就更大啦。"香川一气之下居然给这件青铜器取了个贴切的名称。

"那么请您老人家告诉我,就算是双拼货,它到底值多少钱?"威廉仍然不死心。

香川将手指尖指点到了威廉的鼻子上,道:"我不会告诉你它值多少钱,因为中国监狱里的窝头并不是什么美味。"

香川老实不客气地把威廉赶出家门。他认为自己做得非常正确,犯法的事情不能干,这是他作为一个文物鉴定专家的基本道德。同时,他也有意把威廉从这桩危险的犯罪中拉回来,虽然他不承认威廉是他的学生,但他承认威廉应该能算得上是他的半个朋友,况且,中国监狱里的牢饭必定不合威廉的西洋胃口,哪怕他学了一身中国式的坏毛病也不成。

让他没有想到的是,几天后他还是被不可救药地卷入了这桩麻烦事当中,以至于不能自拔。

第十一章

什么比钱更重要

1

王律师第二次给美美带回来的坏消息,同样没有让她感到吃惊。香川不肯为了钱卖掉别墅,这早在她的意料之中,即使是像王律师那样一相情愿地替他想得无比周到也不成,因为李香川是个彻头彻尾不可救药的旧式知识分子。

一个年轻男人却长了只一百年前的旧脑袋,这让美美感觉到被挑战的兴奋。

晚饭前,竹君在学校上课还没有回来,美美换上旧牛仔裤和宽大的T恤衫,跟着香川进了厨房。用不着她去观察香川的表情,仅从背影上她也能发觉,她出现在厨房里让香川相当紧张。他也确实应该紧张,一年以前他对她做出的那个承诺,如今使她走进厨房的行动产生了"逼婚"的效果。

"许多年来,我总是一个人在厨房里,孤独,但也习惯了。"香川正在用小毛刷往烤得半熟的鸡翅上边刷蜂蜜调料,嘴上用闲谈的口气将她向厨房外驱赶。

"两个人一起做会更轻松,而且还可以说说话。"美美把香川在花盆中培育的野薄荷和罗勒一片片摘下来,放在水中清洗干净,牢牢地坚守在水槽边。

"以往我的任何一位女友,大都不肯到厨房里来帮忙;偶尔也会有人表现得过分热心,自称擅长烹调,硬是要冲进来,结果越帮越乱。”香川将烤盘推入烤箱，关上炉门，然后伸手到水槽里来洗手，使美美不得不向门边退后一步。

“我没有帮忙的意思，我只是想做两道我自己爱吃的菜。出门这一年多，我每周至少要给自己做三五顿正餐。”美美又上前一步收复了失地，将不少蔬果放入水槽。

“学会了这门手艺好哇，能够自己照应自己，比别人做什么就吃什么有了更大的自由。”香川取过已经化冻的银鳕鱼块，将它们剔骨改刀。

“而且还可以拿出最真切的诚意，保养自己最心爱的人的胃口。”美美也拉出一块专门用来处理水果的竹案板，将蔬菜和水果切成小块。

“但愿天下人都有个好胃口。”香川的声调如同吟诗般悠扬。

“我却只希望我爱的人有好胃口。”美美的声调似社论般铿锵。

香川许是终于放弃了将她赶出厨房的念头，改换另一个话题：“你的律师事务所筹备得怎么样了？”

这个话题恰好对应了美美跟进厨房来的目的，便道：“租房合同已经签了，三年的整租合约。交上这一大笔租金，剩下的钱可不多了。”

“你为什么不分期付房租呢？”香川不解。

“整租合约每年可以免去两个月的房租，足够两个法律秘书的工资了。”美美实事求是。

香川放下手中的银鳕鱼，转过身来对她道：“前几天我帮你统计预算，你在房租上可没打算占用许多钱。现在把资金都交了房租，剩下的可还有好多事情没办啊！”

美美也放下手中的西红柿，迎着他的目光道：“现在你终于发现我有多么的傻了吧？贪便宜租下一层空楼，但装修、买办公设备、雇用员工等等，后边还有无数需要花钱的事，但我手里剩下的却只有饭钱了。”

“你没有钱了？”香川显然在压制着他吃惊的表情。

“是的，没了。”越是接近于成功，美美的心越是紧缩在一处。她不敢再多言，只能用短语来回答。

“你怎么这么糊涂呢？”

“我这是傻。”

“现在还差多少，我明天给你。”

“大约两百万左右的运营资金吧。”

“这么多我可没有。你有地方能借到吗？”

“现在外边的风尚是，借钱治病可以，借钱做生意，那就等于是公开声明与朋友绝交。”美美的心脏终于平复下来，言语也顺畅了。

“那么，向银行贷款呢？”

“我没有抵押品。”

“我是说由我来贷款，可以把这所房子抵押。”香川又转过身去，把注意力集中到了鱼骨上。

这才是我爱的男人！美美在心下赞叹。他只在担心我的工作不顺利时，才表现出几分激动，而当他要用房子来贷款给我冒险做生意时，他甚至都不关心我的生意前景如何，有没有能力替他从银行里再将房子赎出来。美美握紧拳头狠狠抵在心脏的部位，同时用牙齿咬住嘴唇，生怕感动得叫出声来。

过了好久好久，她终于让自己平静下来。冷静地判断此事，她相信香川的诺言完全可以信赖，但是，这与她推进整个事件的进程却有着不小的差距，况且，最终让这所别墅被银行拍卖并不是她的目的，那个过程太漫长，也许得几年的时间。她需要的是一个速战速决的办法，必须得将这所房子在短时间内弄到她的手中，这个期限要短得让香川没有时间与竹君谈婚论嫁。

于是她又道：“银行贷款我怕是等不了。办好所有贷款手续，至少也得三个月的时间。”

锅里的橄榄油热了，香川将裹了鸡蛋液和吉士粉的银鳕鱼条放进去煎，头也没回，道：“十天怎么样？不耽误你用吧？”

“十天之内你到哪儿去弄这么一大笔钱？”

“办法很多，最简单的一种就是你借给我一条连裤袜，我套在脑袋上去抢银行。”香川又开始用他惯常的胡说八道来给她解宽心了。

美美不由得痛恨自己在此事上的冷酷。

这个时候，竹君回来了。她换过衣服，也走进了厨房，但美美和香川两人各自盘踞在灶边和操作台旁，没有给她留下一处可以插手的地方。

2

第二天一早，威廉接到了美美的电话，告诉他昨晚香川决定替她筹款开办事务所的事，她说思来想去，香川能借出钱来的地方，大约只有他这里。他听出来，美美电话里的声音有些让他不放心的犹豫，于是他道："你是不是后悔了？还是对他不放心？若要放弃，现在正是时候。再晚些怕是来不及了。"

美美道："对香川我很有信心。我不放心的是你。"

威廉把笑声做得很甜："如果我误以为你当真对我放了心，那就该轮到我担心了。我们只有在相互猜疑，相互提防的时候，才是可靠的合伙人，因为我们都是'人精'。"

美美问："如果香川向你借钱，请你借给他好不好？"

威廉道："我当然不会借给他。遵照您老人家的指示，他现在已经被我断了财路，失去了还款能力。这个时候把钱借给他，那不是'肉包子打狗'吗？"

美美道："但是，你可以让他把别墅抵押给你，然后你再把抵押合同转卖给我，这样你没有半点风险。"

威廉对着电话把脑袋摇得如同拨浪鼓："不是这话。如果照你的意思办，我的风险大大的。"

"你一分钱也不会损失，我甚至还可以给你加几分利钱。"美美焦躁起来。

"这可不是钱的问题，这是个道德问题。不管怎么说，香川他老人家毕竟是我的先生，而我是他老人家的学生，'一日为师终身为父'。帮着外人骗老师的房子？这在中国是要遭雷劈的。"

他没再理会美美在电话中的咆哮，径自把电话挂了。事到如今，所有的环节都契合在一处，都在按照他的思路发展，现在只等香川先生他老人家亲自登门了。

如果一切顺利的话,他便可以借着美美的焦躁和"恋奸情热",把香川挤对到那桩方壶的生意上来。其实,方壶的生意只是他日常业务当中比较重大的一项而已,并没有太过特别的意义,然而,如果将香川与它联系到一处,意义便非同寻常了。一旦香川肯出面并且出资与他合作,他在古董这一行里便有了立于不败之地的根本——买真货卖真货,把生意做到全世界各大博物馆,这样的古董生意就只剩下赚钱了。

能和著名的文物鉴定专家李香川做合伙人,共同经营墨香堂,这是威廉重大的人生愿望。当然了,如果再将竹君娶过来,正经八百地在中国安一个家,便可算是实现了他人生的两大幸事。到了那个时候,一定要把他那个"砂锅炖羊头——肉烂嘴不烂"地瞧不上他的汉学家老爹从英国弄来参加婚礼,那才是他这一辈子真正扬眉吐气的时候。

不过,在所有这些好事的背后,有一件事他拿不定主意——他所做的每一笔大生意,都是确切无疑、彻头彻尾的违法生意,不知道香川肯不肯与他携手做一对"不法之徒"。

前几日他请香川鉴定的方壶,是他的一个长期客户送过来的资料。那人从来不与他见面,只通过电话和几个中间人与他联系,经手买卖的都是国家一二级的重要文物。不过,从来来往往的中间人身上和对方偶尔会使用的座机电话号码上,威廉认为自己对那人已经有所了解,对方必定是一位身居重要职位的公务人员。

对此他还有进一步的证据——每一次交易或送文物来鉴定,负责押送的都是身上有功夫、腰里掖着武器的家伙。这也就意味着,万一他在生意上有个闪失,把人家的生意弄得"假作真来真亦假"时,怕是他想在中国监狱里吃碗安闲牢饭都不可能。

所以,他也就越发急切地需要一位真正的文物鉴定专家做他非法生意的同谋,以提高鉴定与交易过程中的安全性。经过几年的考察,还只有他这位又懒又馋的先生最让他放心。现在,老天有眼给他送来了这个天大的机会,确实到了跟先生坦白交代,"促膝谈到心"的时候了。

将近上午十一点的时候，香川走进了墨香堂的大门。在此之前，威廉已经到门首张望过上百次了。

“先生您老人家来啦？出来走走多好哇，晒晒太阳也可以补钙。”威廉依旧操持着往日过分的热情、殷勤和天上一脚地下一脚的胡言乱语。

香川欲言又止，手中紧张地摩挲着小葫芦，坐在店堂里一味地喝茶。

看清这一切，威廉的心中一下子安定了。当有求于人的时候，就算是亲娘老子，心里边也必定不是滋味，更何况先生这辈子大约从来没正式求过什么人。于是，他便停住了口中泉涌般的闲话，静静地等着香川开口。

终于，香川道：“威廉，你手头有钱吗？”

“有，有有，大大地有。我这就给您老人家拿去。”他口中说着话，脚步便奔里边的办公室走。

香川伸手想要止住他的脚步：“我这次用得挺多。”

“那也好办，要现钱咱们这就去银行，要支票几分钟就给您开出来，要是网上转账也就几分钟的事。说实话，您老人家用钱要是不来找我，等我知道了我可要埋怨您。”威廉很快又从办公室里出来，手中拿着支票簿和图章，“我先给您提十万现的，如若不够咱们再取。”

他突然发现没有把印泥拿出来，便对手下人道：“进屋去拿我的八宝印泥，顺便把车钥匙给我拿出来，我一会儿拉着我先生去银行，你们给我好生看家。”

香川此时方道：“我要用两百万。”

“啊？”威廉把嘴张得大大的，眼睛睁得圆圆的，半天只有出气没有进气，“两百万啊！您，您老人家要用多少天？”

“三个月。”

“麻烦了，崴了泥啦，褶子啦，这下子坏了菜啦。”威廉真像是在替老师发愁。

“没有就算了，你闹唤什么？”

香川与任何一个守旧的中国知识分子一样，一旦遭受拒绝，立时便会发怒，这都是因为他们未曾在社会生活中饱受摔打的缘故。威廉一点儿也不生他的气，只是自己在那里一味地唉声叹气：“唉，一百万我现在手里边倒是有，可是，可是……”

“你可以把我的房子拿去。那所别墅至少值八百万，万一我还不上，你还有得赚。”香川显然已经迅速平熄了怒火，把身体靠在椅背上，细细地啜茶，不再瞧他一眼。

威廉不禁心下赞叹，像中国这样的老民族必定会有些千锤百炼的世故，现在香川遭到拒绝后反倒表现出来的洒脱劲头儿，是在任何一个西方民族的骨子里根本就不可能找得到的。

他起身走到老师身边，半弯着腰，赔着笑脸道：“先生，我不是不想借给您，只是您来得时候不对，我有笔生意要做呀！”

“那就算了吧！”香川起身就往外走。

这大大出乎威廉的意料，他忙又将香川拦了回来：“您老人家先把心放平，听听我的想法，看是不是这么个理儿。”

他用目光觑着香川的表情道：“我知道，您老人家要用钱，必定不是为了将本逐利，肯定是为了救人急难。您的高尚品德我也学来了几分，能揣摩出您的几分心思。我是这么想的，假如我们合伙做一笔小生意，当然了，跑腿费口舌的活都包在我身上，我是说，这笔生意做成了，兴许就能赚出您要的那笔钱，到时再拿去救人，岂不是两全其美乎哉也！”

“是什么生意？”香川瞅也没瞅他一眼。

“这笔生意您见过，就是那件方壶。因为东西不大牢靠，对方要价不会太高，我们一转手就是两三倍的利钱。”

“那可是违法的生意。”香川终于肯把目光放到他的脸上，但目光之冷峻，让他一惊。

“只要您老人家肯下手来做，就一定会有办法让它变成合法生意。现在也只有您能救下那只方壶，否则，不出一个月，这件宝贝就可能被运到南美某个小国去啦！”威廉惶急之下，出了个馊主意。当然，他也明白，在这件事上，只要是当生意来做，便没有合法的可能。

“那么……”香川只讲了半句。

见香川的目光正在试图透过他的眼睛解读后边的思想，威廉忙将眼皮眨得像小鸟的翅膀，道：“我现在手里边只有八百多万，要合伙，您得另想办法弄来三百万。”

香川道：“这么短的时间内，只能找私人高息借款了。”

威廉紧盯一句：“用我们合伙的利润，替您出利息。”

“先把东西拿来看吧，别让我连累你血本无归。不过，你必须得弄清楚东西的来路。”香川告辞。

“您老人家放宽心，有您跟学生我合伙，咱爷儿俩打遍天下无敌手。”威廉此刻表现出来的喜悦确是发自内心。

终于如愿了，威廉站在店门边目送香川远去，只觉得眼前这座杂乱无章的城市一下子开阔了许多。

君子可欺之以方。香川先生是君子，他只懂得享受生活，却不知道身边有这么多人在算计他的感情、身体、智慧和才能。今天与香川的一番交手，威廉不禁对自己佩服得五体投地，那句“只要您老人家肯下手来做，就一定会有办法让它变成合法生意”，虽是冲口而出，却也是急中生智。

如果明知道不合法，却要硬拉着香川来干，那必定不能成功。现在好啦，一切都上了正轨，只需要他将原来的计划略加调整，便可以适合香川参与进来。即使等到事后香川发现自己参与了违法勾当，他也已经犯下大罪，失去了退路，一切便都会在他的掌握之中。

对不住啦，我可敬的先生！

他当晚特地来到一家本地菜馆给自己庆功，叫上著名的“八大碗”，一个人吃。

3

竹君计算得清清楚楚，自从美美住进夹在她与香川之间的卧室之后，香川再没有到过她的房间里过夜，当然，他也未曾进过美美的卧室，在这一点上她信任他。

失去了俗人的“性”，对她来讲算不上是重大的伤害，有“白莲花”

作为世界观的根基，世间的一切都不过是在她赢得超自然力之前所显露的“皮相”而已。然而，“白莲花”却控制不了她的情感，她在爱情上的不自信与失落，硬生生将她从内心深处又分离出一个人来，一个与“白莲花”对立的，自给自足的情感的自我。这种内心深处无法控制的撕扯与争斗，让她既想抛却一切礼貌与自尊的束缚，去毫无顾忌地展开对香川的争夺与占有，又想狠下心来斩断眼前的一切，退缩回到旧有的枯寂与清冷之中，独自舔净伤口，守护着永远不会背叛她的“白莲花”终了一生。然而，这两种选择全都让她感到畏惧，都不是她愿意接受的结果。

就在情感与思维渐渐失去控制的时候，她的身体也在向她发出背叛的挑战。原以为已经痊愈的嚏症又在她的体内骚动起来，猛烈地发作只是早晚的事，所以，她必须得找到第三条路，找到一个能让她自立自为、身心愉悦，至少不这么痛苦的选择。

香川回来了，那满脸的疲惫和茫然不知所措，是她未曾见过的表情。

“出了什么事？”她问。她情愿将香川身上的一切痛苦与烦恼全部转移到她的身上，哪怕就此死去。

“我必须得做出选择。”香川倒在短榻上，仿佛四肢上的每一块骨头都正在分崩离析。

“在我和美美之间？”竹君有些不知所措。

“不是，是在我与生活之间。”

竹君的心里安定了一些，便给香川泡了杯茶来，自己也坐到他对面，问：“你的心里是不是有些事情让你很为难？”

“唉，太难啦！我实在是难以摆脱，也不能摆脱，只能想办法来解决。”

竹君道：“如果可能，不妨跟我说一说，两个人分担，总比一个人独自受苦要好。”

香川苦笑：“与其让两个人都痛苦，不如我自己难受。男人应该独自承担痛苦，解决问题。再者说，世间并没有解决不了的事情，只有下不了的决心。”

“你下定决心了吗？”竹君觉得，让香川为难的终究还是她与美美的问题。

“这个决心难下呀。”

“在你的决心里，如果需要什么人做出牺牲，我希望你选择我。”竹君肝肠寸断，但她认为自己的选择非常正确。

“我不会让任何人受到伤害，更不会让你受伤害。你受的苦已经够多啦。”

讲过这番话，香川温柔地拉住竹君的手，于是，竹君下定了决心，她认为自己已经找到了第三条路。

当天晚上，她来到美美房中。两个闺中密友坐在床上谈心，这样的事在过去的年月里是她们最为正常的生活内容，然而，自从香川出现在她们中间之后，这是第一次。

“你说我们该怎么办？”美美一如既往，迅速挖掘出竹君隐藏在内心深处的真实意图。

“我确实是想跟你谈谈这件事，总这么下去也不是办法。”竹君小心地证实自己的目的。

“放弃是件痛苦的事，但抓住不放也痛苦。我不知道该怎么办，只知道香川这家伙是个浑蛋。”美美切齿的动作过大，反倒显得态度不明朗。

“香川的事咱们暂且不谈，还是先弄清楚你我的事吧。”竹君努力使谈话的内容限定在一个理智的范围之内。她并不是怕美美发怒或者失态，而是深恐自己会发病或发狂。

“那么，你是怎么打算的呢？”美美照例先发制人。

“我已经有了一个想法，接近于成熟，但是，我还是想先听一听你的想法。”竹君不想谈话的进程过快，以至于失控。

美美想了一会儿，便把身子挪到她身边，拉住她的手，用另一只手的手指在她手心里画来画去，道：“我是那么疼爱你，这就让我没办法讲出真实的想法。”

“可我们不得不面对现实。”竹君耐心地劝慰。

“在我和香川同居的时候，我经常会有离开他的想法，他身上的很多东西都让我生气。”在美美身上，律师的气势正在消失，语调低沉。

竹君觉得，美美这并不是在表白，倒像是在努力劝说她自己。

美美接着道：“我当时觉得，就这么一个懒虫子，而且他在内心深处还高高在上地俯视着你，让我怎么也想不明白为什么要心甘情愿地跟着他，又像情人又像娘，就这么宠他爱他怕他，完全彻底地昏了头。后来我发现，我越是爱他，他离我越远，远得我睡在他身边，却好像天各一方。突然有一天，我下定决心离开他，而且拍拍屁股就走了，也没发现有多痛苦。”

“那么……”竹君想听的是还没讲出来的那段话。

“然而，等我到了国外，情况却不同了。那份痛苦让我知道，离开了香川我干脆就不要活了。唯一能支撑着我坚持下来的，只有一个信念，我要让香川实现对我的承诺——学会烹饪他就娶我。我也要实现我对他的承诺——不发大财绝不回头。到了那个时候，不管他是在和哪个小妖精同居，哪怕是已经结了婚，生了七八个孩儿，我也要把他夺回来。可我万万没有想到的是，那个跟他同居的人居然是你，于是，我就一下子方寸大乱，不知道该怎么办了。”

竹君紧紧地抱住美美的胳膊，已经泣不成声。过了好一会儿，美美问她：“现在，跟我说说你的想法吧。”

竹君道：“我听说你要回来，原也想离开的，但是你知道的，我也没有办法。你回来的这些日子，我一直在祈求‘白莲花’给我力量，好让我离开，但是我办不到，我愚蠢，就是勘不破这情关，即使‘白莲花’也帮不了我。”

“那么，我们怎么办呢？”美美也流下了泪水。

“思来想去，我终于想出了一个办法，虽然是个蠢办法，但到底能解决问题。”竹君声调哀哀。

“你说吧，哪怕你让我现在就走。”美美的身体坚硬起来，像个义士。

“我想，实在不成，咱们就这么过下去吧。”

“这可不是人过的日子，太痛苦啦。”美美反对。

“我是说,像夫妻那样过下去。”

“三个人?”美美伸手扳住竹君的脸,眼睛盯视着她的眼睛。

“是的。”竹君提起绝大的勇气。

“不行,那不合法,而且会犯罪。”美美松开双手,大叫道。

“谁会犯罪?”竹君不解。

“香川会犯罪,重婚罪。”美美的身子又松懈下来,从义士变回到女人。

回到自己房中,竹君自叹自嗟:我只是个天真的糊涂蛋,哪有美美那般事理清楚?看来,这些事只能交给他们去想办法,自己听天由命也就是了。

4

用威廉夸赞他自己的话说,他这是“秃子打伞——无法无天”,因为,他当真把那件青铜方壶弄来了。

事到临头,香川不得不后悔,可是又没有办法,一分钱尚且难倒英雄好汉,何况是三百万?

来送货的是两个壮年男子,一样的目光如鹰,一样的手脚便捷。威廉和一个獐头鼠目的男人走在那两个人前边,很像是两名失手被擒的贼人。

其中一个壮年男子对威廉道:“东西和人都交到你手上了。走了人不当紧,少了东西可不成。”

威廉拱拱手目送那二人上车风也似的去了,这才回过头来招呼那个形貌猥琐的男人进门。那人手中提着一个红蓝两色条纹的编织袋。

“这是老贾。”威廉随随便便地向那人一挥手,但并没有把香川介绍给对方。

“老师您好。”老贾向香川深鞠一躬,眼睛的余光将前厅各处扫了个遍。

“东西带着啦?”香川没好气地问。威廉把文物贩子直接带到他家里来,这让他很不高兴,如果这次当真是违法的勾当,一旦事发,他必定脱不了干系。

“带着了您老，带着啦。”老贾四处寻找放编织袋的地方。

威廉伸手接过编织袋，指着客厅对老贾道：“你就在那屋等着。”老贾很听话地去了。

进了书房，香川问：“到底谁是货主？送你们来的那两个人可不是善茬儿。”

“没啥，他们是专管押货的。”说话间，威廉将编织袋里的东西一件件地掏出来。

看到威廉取出来的一块块青铜器残片，香川一下子便被吸引住，满腹的疑问都被青铜器的精美给压制住了。

他伸手先拿起壶盖，这是他的疑问所在，也是整件器物的价值所在。壶盖上立着的是一只面相残忍的鸮鸟，短喙有力地弯向下颔，双翅沉稳地拢在身侧，一对粗壮可怕的脚爪攫住壶盖，并没有显露出焊接修补的痕迹。

他找出壶口的残片与壶盖相比较，两者吻合得相当严密；再比较铜色、锈色，也没有什么不同，显然是同一个坑里出土的。壶盖内侧有几行金文小字，但由于锈蚀严重，在没经过清理修复之前无法解读。

“怎么可能会有这种东西？”香川百思不得其解。再察看其他几块残片，也没有发现任何可怀疑之处，拼凑起来器形完整，毫无缺损。他不禁对自己道：“如果东西对的话，必定要引起轰动了。”

威廉连忙问：“您看东西还是那么回事吧？”

香川却道：“得去问问那个姓贾的。”现在所有的迹象都表明，这是确定无疑的一桩违法生意，但要了解具体情况，他还必须得问当事人。

他们来到客厅，却见老贾舒舒服服地歪倒在短榻上，睡得正香。威廉上前将他推醒：“你倒安心，不怕我们卷了东西走人？”

老贾一笑一脸褶子：“东西交到您手上了，我怕啥。丢了东西，自然会有人找您算账。”

香川问：“你是说刚才那两个人？”

老贾道：“他们是跑腿的，大老板我也没见过。”

香川又问："那么谁付给你货款呢？"

老贾笑道："有时是那两位同志，有时是这位外国友人。怎么，您老打听得这么仔细，莫不是也想买？这么好的东西，任谁看见也不会放过。我是胆小，不敢大干，要不我自己拿出去卖，得十几倍地挣钱。"

见老贾挺健谈，香川心里踏实下来。他给他们二人泡上茶，又拿来香烟，这才问："这东西是从哪儿起出来的？"这是行话，问老贾东西是在什么地方出土的。

老贾答道："新郑南边。"

香川又问："是有人包坑啊，还是你自己做的活？"香川从老贾游走不定的眼神中断定，此人不像文物贩子，他必定是个盗墓贼。

老贾笑道："您老人家在行，我也就不瞒您了，是自己做的活。"

香川摇头道："你这话不实诚。新郑我去过几趟，自从郑公大墓挖掘之后，八十年来那地方周围百里早被人挖过无数遍，不可能还有东西留下。"

老贾高兴起来，道："说得好，您老人家当真在行，说得太好了。可是，什么事都有个进步不是？现如今科学昌明，过去找不着的东西，现在都能找到。"

香川无法相信他的话，据他掌握的情况，几年前国家文物局还曾联合河南省文物局和博物院，一起对新郑地区进行过一次深入的田野调查，未曾发现新的郑国墓葬，而这件鸮首方壶的工艺和艺术风格与莲鹤方壶惊人的相似，必定应该是某位郑国国君的随葬礼器。

老贾耐心地给香川解释："文物局的田野调查我知道是怎么一回事，我那大侄子就是名牌大学考古专业的毕业生，在省里边每月拿着一壶醋钱又干了好几年，弄明白了里边所有的道道，这才离职回家跟着我干。您老人家明白，要想干大事，就得下本钱，现在我们这一行也在与时俱进，都把儿孙们送进大学深造，还有野心更大的，把孩子送去跟着洋人学考古。您想想，守着一块天赐宝地，几辈子人也挖不完，能不培养人才吗？"

威廉听得来了兴致，插言道："你们又怎么能找着别人找不到的宝贝？"

老贾把香烟夹在指尖上，烟灰燃得老长，压低声音道："因为我们仁义。您想想，公家人小气，他们要是在谁家地里发现了宝贝，由他们开挖，最多给地主儿千把块青苗钱，而有的时候连这个也不给。我们就不一样了，用谁的地给谁钱，整万地给，您说，老百姓能不欢迎咱们吗？"

香川问："你们怎么能找到准确的地点呢？"

"有几个法子。一个呢，是老百姓在自家地里边找着东西了，他们多半就会来找我们，不管是不是真有货，我们都会先给几个钱把地定下来，要是真发现下边有宝贝，我们再租地，给大价钱。再一个呢，咱家里不是有人才吗？他们上那个叫什么网？在网上跟美国呀，欧洲呀买照片，就是勘探矿藏的卫星拍的照片。人家那东西先进，也不知他们怎么鼓捣的，能把地底下看出个大概来，然后我们从照片上找出可疑的地方，再用洛阳铲打洞，把日本的那个叫什么来着？啊，叫探矿机器人，把它放下去，人在上边用电视就能看见下边的情形，要是真有宝贝，小日本儿的那东西还会叫唤。剩下的事就简单了，挖呗！"

香川惊异道："你们哪来的这些设备？"

老贾得意道："从外国进口的，几十万美金啊。我听说，现在我们那块有这设备的大概得有七八家。"

"谁卖给你们的？"香川被老贾讲的情况给吓住了，不由得心惊肉跳。

老贾笑了笑，喝了杯茶，便把这个话题给省略掉了。

"那么，这件方壶是你专门给北京的大老板挖的？"威廉关心的是另一个问题。

老贾道："本来呢，我跟大老板合作得挺好，我探宝，他包坑，不管出来多少货，他提前算一个总价钱给我，倒也两便。可是呀，这位老板不厚道，挖了两回瞎坑，没起着正经货，他就觉着包坑的钱白花了，从此对我就没了好脸子。您老人家给评评理，包坑就是有肥有瘦，挖不出东西来也不是我的错，探坑的时候明明就觉着有东西他才投钱的嘛，到最后却埋怨我诳他，说我私底下把起出来的货偷走了。天地良心啊，干哪行都有规矩，我要是私底下走了货，祖师爷在天上也饶不了我呀！肯定得打雷下来！”

“这个方壶呢？”香川问。

“我这次来找他是故意气气他老小子。看见没有，咱手里就是有好货，他找别人也是白瞎。现如今你不是不包坑了吗？好哇，花大价钱来买吧。”

“包一个坑多少钱？”威廉很有兴趣的样子。

“花不了多少钱，小坑也不过百十来万。要真是碰上个肥猪拱门，我们这些卖力气的到时候还得额外跟您讨酒钱啊。”老贾说到得意处，不禁放声大笑，“我说，我看你们二位是牢靠人，咱们倒是可以合伙，不用多了，两三个坑下来，保证你们二位发大财。”

话说到此处，香川已经完全明白了这桩生意的情形，这是大大的违法生意，罪过之大，已经超出了他的想象。

他想到了报警，然而，不是他不信任人民警察，而是这一行中有许多不便明言的苦衷，万一警察将他们人赃并获，正义确实是得到了伸张，而这一行中的潜规则却不会放过他。别的不用说，方才送货来的那两个壮汉和他们的后台大老板，便不是好相与的。

想到此处，他问老贾：“这么说，这件东西是北京的那位大老板要买了？”

老贾道：“还没说定，但那家伙霸道，买也不会出大价钱。”

“如果我看这东西没错，他会给你多少钱？”

“也就千把万吧，刚够个零头。谁让咱没他那么有权有势的，可以三鼓捣两鼓捣，把东西弄到拍卖会上去。私底下买卖，也就这个意思啦，干哪行挣哪行的那份钱，贪多只能招祸。”老贾边说边将目光在他们二人脸上逡巡。

威廉问：“把东西卖给我，你说个价。”

老贾道：“这个价钱不好说，那边只说让我来验货，我要是半道上把东西卖了，一来对不住朋友，二来那边也饶不了我。”

威廉把嘴撇到一边：“他们还杀了你不成？”

老贾笑道：“我还没拿他一分钱，所以，杀人倒不至于，但是危险还是有的，除非……”

“接着说。”香川知道事情到了关键之处。

“除非我能立刻拿到现钱。”老贾道。

一切事实都已经明朗了，只等着香川给自己拿主意，但他知道，这个主意并不好拿。现在报警的主意干脆想也别想，警察是按程序办事，案子破了之后，他这个报信人也许能得个三两千元的奖金，但后边有什么磨难在等着他可就不好说了。他知道自己胆小，惧怕危险，更惧怕提心吊胆地吃什么都不香。

然而，这件珍贵的青铜器既然让他见到了，他就不能任由它被走私出国或是在非法交易中被转卖，这是他作为一个文物工作者的责任，是伦理学所说的义务，接近于“至善”。

威廉将老贾送走安顿好住处，便又回来了，见面就问：“先生，您看这单生意做得做不得？”

香川道：“先别说生意，你先告诉我，如果那位大老板买下了这只方壶，他会怎么做？”

威廉眨巴着眼睛想了想道：“我这也是头一回替他做活。像这路活，有一个通常的做法，就是把残片分成许多份，藏在咱们往非洲或南美洲运旧电器的集装箱里。您想想，那箱子里全是旧洗衣机、旧电视和旧冰箱，金属的玩意儿多，铜制的零件也多，所以，别说放上一件青铜器，就是往里边放上十件八件的，海关的透视成像仪也发现不了。”

“然后呢？”

“难处还是在国外，必须得花钱找当地的拍卖商或博物馆给这件东西伪造一套身份和交易历史，前几年最流行的办法，都是说这东西叫八国联军给抢去了，现在他们的后人拿出来卖，被咱买了回来。今年不成了，国家看出这里边有毛病，所以还得另想由头。”

“你是说买回来？”

“对呀。现在全世界中国文物价钱最高的地方不是国外，而是国内。我们在国外给文物弄一套像样的身份，再让它重新过海关回到内地，只要上边一打上海关的火漆印，这东西就算合法了，不管是私人交易还是拿出来拍卖，就再也不会跟警察有什么干系。”

“这种活你干了多少次？”香川知道不会听到实话。

“您老人家别冤我，真的是头一次，况且这不还没办成吗？”威廉叫起了撞天屈。

“如果我们把这只方壶买下来，也能这么办吗？”香川故意投下诱饵。

威廉高兴起来：“您这话才说到我心坎里啦。只要咱爷俩合伙，您老人家就瞧好吧。”

“可我怕让你小子把我鼓捣进监狱里去。”香川故意用反话表示赞同。

威廉嘿嘿地一个劲儿地发笑，他显然看出来香川表露的意思。

送走威廉，香川开始重新检视自己方才突然冒出来的想法。要留住这件文物而又不至于生出祸事来，只有一个办法，就是将它买下来。这样做会不会给他带来好处他没有考虑，他现在关心的是，怎样才能既保证自己不受到伤害，又保住那件珍贵的青铜方壶不被走私出国。

按常理说，那些文物走私贩将文物运到国外转上一圈，最终还是要卖到国内来，国宝并没有像早些年那样流失到国外。然而，这一圈转回来，文物就从国家财产变成了私人财产，使地下文物全部归国家所有这条法令遭到了亵渎，同时，它也给正当的文物收藏与交易开了一个恶例。

当然，他也可以视而不见，只当没有这回事，但是他不能，他一向自认为是一个旧式的文人，是一个具有传统道德的爱国者。有道德的人就得多受苦，再加上有爱国心，那也就只能不怕牺牲了，当然了，在这件事上，国家和民族并不会当真要求他牺牲生命，只不过是要求他稍稍花上一点儿心思冒一点儿险而已。

香川对自己笑道：如果你连这点事情都不肯做，那可真成了“拔一毛以利天下而不为”的浑蛋了。

5

下午在银行尚未关门之前，美美就接到了王律师的电话，他的声音兴奋得有些失真:“您那位李先生要卖房子啦!他给我打电话,明天先要三百万的预付款,拿产权证抵押。他要现钱。”

听到这个消息,美美反而冷静了下来,问:“既然是押款,你跟他谈利息了吗?”

“对不起,我以为……”王律师一时语塞。

“告诉对方,月息五分,押期两个月。到期不还,就把房子作价六百万卖给咱们。”美美强迫自己狠下心来,因为,这样一定能试得出香川对她的爱到底有多深。

不一会儿王律师又来电话,说香川要求明天中午必须拿到钱。

他干什么这么着急,我可没催他呀。美美有些不解,但还是答应了,并与银行安排好了明天上午提取现款的事。

晚上她回到家中,见香川正在厨房中擀莜麦面条,天气热,想必是做凉面。她便也换了衣服进厨房,抢上手来帮着擦黄瓜丝。

“莜麦是当下最时髦的健康食品,好像前两年你就开始吃了吧?”她没话找话,等着香川跟她谈借款的事。

“莜麦和荞麦情况差不多,只是口味上有点差别。”香川口上搭话,将切好的面条下在锅里,便开始准备作料。

“我一直也闹不懂,莜麦到底是什么粮食?”

“就是燕麦,欧洲人用来喂马,中国西北地区早年就是用它作为主食,但多数时间吃不饱。”

“你说也真怪,我怎么觉得莜麦比小麦好吃呢?”

“那是因为白面吃得太多了,而且,现在的白面添加剂也多,不好吃。”

美美觉得,他们就这样边做边聊,倒像是一对老年夫妇。她希望自己年老时也能有这样的平和与安详。

“听说威廉近来的生意做得挺大?怎么老没见他来了?”这仍是闲话,她想借着威廉引出与钱有关的话题来。

“那小子不知深浅,以为学了点中国花活,便成‘人精’了,其实肤浅得很。”香川倒依旧是当先生的口吻。

“他借着你的由头挣了不少钱吧?也不知道来孝敬老师。”看来,只有挑动起香川的怒气，才能引出他对威廉拒绝借钱给他的不满。

“那是他的机缘，但未必是福分。”香川炸的花椒油香气袭人，让美美立刻便饿了。

“可他总不能忘了是谁把他引进这一行的吧。”她还在努力。

“按照眼下的文物交易来看，他若是不跟着我，也许发财更快些。”香川将过水后的面条浸泡在冰水中。

就这样，一直到第二天晚上，美美等到香川很晚才见他回来，但仍然没与她谈起那笔借款的事。这让她感到很迷惑，又很生气，也很担心。她倒不是担心香川不肯借给她这笔钱，她担心香川为了弄钱闹出事来——他是个大少爷脾气，一辈子没为钱发过愁，如今让他在短时间内找来这么一大笔钱，这件事本身就像个犯罪的陷阱。

这天中午，由王律师出面，已经与香川将抵押借款的事办好了，三百万元现金也已经交到了香川手里，而香川这所小楼的房产证与借款合同现在就锁在楼上她的公文箱里，但是，钱到哪儿去了？

于是，她破例来到了香川的卧室。为了竹君，她住进来之后一步也未曾踏进过这个熟悉的房间。竹君是个脆弱的孩子，她必须先保护好竹君的安全，才能真正朝香川下手。

见她进门，香川显然很诧异，但他很快便平静下来。两个人隔着床坐下，比在楼下见面要生分许多。

“我要跟你谈的事不想让竹君听见，所以……”她向房中摆了摆手，表示无可奈何。香川点了点头，表示理解。她接着道：“就是那笔钱的事，你那里有眉目了吗？”

对这场谈话，她考虑了许多，设计了许多种方案，然而，让她没有想到的是，香川张口便道：“钱我已经借到了，但是得晚几天再给你。”

“出了什么事？是不是威廉引诱你干什么违法的事了？”她心下一沉，话语冲口而出。

“威廉怎么能引诱得了我呢？是我自己要干的。”香川把声音压得极低，但怒气却很大。

糟糕！美美心下叫苦。像香川这样的人，自认为天下事没有一件可以让他动心，天下事没有一件看不明白的，只有在他干没有丝毫把握的事情，或是干坏事的时候，才会如此易于激动。如今她点破了他的症结，他现在的表现属于恼羞变成了怒。

“到底是什么事？”她感到害怕，觉得不论香川这次发生了什么事情，肯定都是因她而起的。

“这些事你不用问，知道了反而担心。”香川摇头。

“你若不告诉我，我会更担心。”她发觉有些控制不住自己了。香川这种貌似关心，实则疏远的态度，让她心中冰冷。

香川沉吟了一会儿，换了个讲道理的语气，道：“我很希望你能够开创自己的事业，所以，我想帮你一把。这样一来，你也就有了大好的前程，换言之，我这个人对于你也就无关紧要了。”

“你是说，你弄钱给我是为了抛弃我？”美美不由自主地逼近香川。

“不能这么说，你知道我爱你，其实，现在你仍然非常可爱。但是，事情已然起了变化，我不能只因为对你的一句诺言，便把竹君弃若敝履。”

“可你要把我弃若弊履。”

“你是个坚强的女人，没有任何困难和打击可以让你受到伤害。”

“但只有你能伤害我。”

“我这也是两害相权取其轻，毕竟你的承受能力要强些。”

“可我的拳头更强些。”

美美不由自主地扑向香川。在以往的历次交手过程中，香川永远是她的手下败将，这倒不完全是因为香川只是防守而不反击，主要是因为香川只是个书生，而她是个运动员，既是划船运动员，也是柔道运动员。

她先伸手搭住香川的胳膊，给他来了一个中国式摔跤的“德和乐”，又拦腰将他抱起来了个柔道中的背摔，将他仰面朝天狠狠地丢在床上，然后腾空跃起，也不管睡袍飞散，便猛地用身体压住他的胸口，用膝盖压住他的双臂，腾出手来……

她无法用手去打他的脸。她即使是在下意识里也非常清楚，她的拳头一旦落在他的脸上，便是在他们的关系之中开创了一个无法控制的恶例。

于是，她的双手不由自住地蒙在自己的脸上，泪水流了下来，无法扼制，她也不想扼制。

这时，门上剥啄一声，竹君推门走进来。

6

竹君虽然没有亲眼得见，但本能地便知道美美走进了香川的房间。她听到美美的脚步声并没有下楼，而是从二楼开始，又在二楼消失。

她打开房门，发现只在香川的房门下有灯光透出来，美美的房间和卫生间里并没有灯光。她又关上房门，回到床上，蜷缩起身体，开始等待。她不知道自己在等什么，也许是在等待一个结果？或许今晚就能有一个结果。

昨晚吃过凉面，她见美美的神色不善，早早上楼去了，便问香川：“美美有什么不开心的事？”

他笑了笑：“现在大家都不开心。这也是没有办法的事，我们有个无法解决的难题。”

“不知道时间能不能解决这一切？”她继续着已经开始的试探。

几天前她原本是打算听天由命的，然而，她又发现自己根本就没有听天由命的定力，疾病的烧灼与担忧的烧灼让她白日精神恍惚，夜里难以成寐，只觉得这个行动的皮囊与她的理智明显地分离在两处，理智带着挑剔甚至略显厌憎的眼神从旁打量皮囊，而皮囊却顾自听从本能与情感的操纵，无知而无畏地，甚至不顾羞耻心与自尊自爱，一味地要去接近香川，哪怕是在他的身边将自己消磨掉，融化掉，焚烧掉，她也绝无愧悔，因为，那毕竟是与香川联系在一处的消磨、融化与焚烧。

香川叹了口气，但依旧表情温润，道：“时间能解决很多问题，但解决不了我们的问题。我们之间出现的是结构问题。”

“假如，我离开这里，回到以往的生活当中，而让你和美美留下来，是不是就可以把问题解决掉？”她咬紧牙关，用绝大的毅力讲出这几句话来。尽管这不是真心话，但它却带有极大的危险性，是那种弄假成真的危险。

“那只能使问题更复杂。”香川摇头，温润的表情变薄变韧，像一层保鲜膜，“分离的结果只能让我们连沟通的机会也丧失掉，问题更没有解决的希望了。”

“那么，你有没有更好的办法？”这才是她想要问的话，她相信香川一定会有办法，而且一定是那种出乎她意料之外的圆满。

香川拉住她的手，引她坐在尚未收拾的餐桌旁。花椒油的浓香、芝麻酱的腻香、黄瓜丝的清香与莜麦真实可靠的面香混合在一起，让她恍然产生了类似于勤俭持家、相夫教子的幸福感。

“我已经有了一个想法，或者说是一个主意，”香川的手干爽细腻，摩挲之中让竹君感觉到了切实的可靠，“其实这个主意很简单，就是让我离开，把你们的生活交还给你们。我在你们之间是个多余的人。”

这是竹君未曾预料得到的打击。无论她如何设计他们三人的关系，总要与香川联系在一起，如果失去了香川，这种三人的关系也就不成其为关系，而且也无法退回到他们未曾相识的阶段。不论怎样，香川的离去对于她自己来讲，只能意味着灾难，因为她失去的不单单是爱情，失去的还有让她表达忠贞、义、友谊、同情、愤怒或憎恨的机会，她便会从一个恋人、可能的妻子，哪怕是讨厌的第三者，蜕化成为一个符号，一个干瘪的，没有内容的，“曾经沧海难为水”的中性的人，即使是“白莲花”怕是也难以挽救她。

“不行，你不能离开。”她知道自己难得这么有主见。

“那又能怎么办呢？”香川脸上薄薄的温润被揭去，露出下边的痛苦，“难道当真要三个人一起过吗？即使我甘冒重婚罪的危险，但你们的心中又能安稳吗？这样复杂的生活真会幸福吗？至少我不幸福。”

“你的不幸就是我的不幸，你的痛苦就是我的痛苦。”她适时地表明态度。

“是呀，你的痛苦就是我的痛苦。”

香川的回应让竹君感动得险些癔症发作，她道：“但是，我又不能让美美离开,在遇到你之前,她一直是我的依靠。”

“现在我是你的依靠,除非你自己想要离开。”香川再次表明态度。

竹君沉默了许久,突然伸手给自己又拌了一碗凉面,道:“我必须得再吃一碗,尽管我已经吃撑了。如果我离开,就再也吃不到你做的饭了。”她要以退为进,这种方法可以让她向香川表明,她绝不会离开。

“不论什么时候,只要你想吃,我都会为你亲自下厨。”香川的回答是个中性的态度。

“哪怕我不住在这所房子里?”

“哪怕如此。”香川诚恳得像个犯了过错的好学生。

竹君突然之间明白了,却原来,今天是香川在以退为进,为的是劝说她离开这里。这也就说明了香川为什么会对她表白那么多让人感动的爱意。用爱来表示拒绝,是香川的一大发明。

听到美美走进香川的房间,她蜷缩在床上静静地计算着时间。美美进门后,两个人坐下来谈话,开始必定不顺利,因为她不相信美美是他的同谋,一定是香川在分头给她们两个人做工作,看谁更软弱,谁更没有信心也没有决心坚持到底,看看谁将在分手后受到的伤害更少。

现在他们应该开始谈分手的事了。香川对待美美与对待她不同,美美更有勇气,但这种勇气却很有可能成为她崩溃的理由;美美更有前途和谋生的能力,但那些东西并不是做妻子的必要条件,尤其是对于香川;美美的反抗更激烈,然而,即使是强权尚且不能剥夺有知识者的意志,况且这是有知识、有谋略、有勇气、有耐心、有道德的香川的爱情。

从时间上看,如果顺利的话,他们应该谈得差不多了;如果不顺利的话,再等下去也毫无意义。于是,竹君起身来到香川房间。

她不会认为自己看错了什么,美美方才一定是狠狠地殴打了可怜的香川一顿,就如同美美殴打她以往的每一个情人。

她双腿一软,坐在了门边的地板上。她只能哭泣,连上前劝解的力气也没有。在美美的拳头之下,没有一个男人未曾心甘情愿地屈服的。

美美跳下床来,也不遮掩一下散乱的睡袍,一把将她从地上拉起来,丢在床上。她就这样任凭美美摆布,有人摆布她总比没人理睬要好。

只听得美美恶狠狠对她道:“别号啦,再哭我把你丢到窗外去。”

竹君立刻便听到自己的哭声仿佛被剪刀剪断了一样,留在喉咙里的噎得她难受,但唇外却再没有了她的声音。

美美去拿了条浸湿的热毛巾给她,道:“把脸擦干净,好好听着,香川有话要说。”

三个人都坐在床上,离得好远。

“我刚刚介入了一桩古董生意。”香川的声音单调,隐含着一种执拗的不快,“是威廉介绍过来的,而且违法……”

竹君静静地听着。香川讲述的一切她并不感到吃惊,这才是一个有情有义的男人该做的事,即使这是为了美美而不是为她,也仍然让她受到了感动。她相信,假如她有了类似的困难,香川一定会用同样的方法帮助她,甚至可能会做得更多,因为她比美美软弱,缺乏解决问题的能力。

让她感到奇怪的是,美美似乎并没有受到感动,在她的脸色中正在渗入一种暗示着怨恨的惨白,但是,美美仍然有耐心,没有像往日那般多言,而是等到香川将全部事实交代清楚之后,这才发问。她道:“把那只方壶买下来之后,你打算怎么处理?”

香川道:“我还没想好,也许暂时先存在我这里,也许是捐献给博物馆。”

美美问:“威廉会同意吗?他可是想在这笔生意上赚钱的。”

“他也许不会同意,但他至少还尊敬我,所以我才要暂时保存在手里,好有时间来说服他。”

“你当真相信他的那套‘天地君亲师’的假话吗?他一直都在骗你,利用你。”美美又开始发火了。

香川倒是不急不躁:“大义当前,威廉应该能理解我的做法。日后我会想办法替他做几笔生意，把损失补回来。”

“那么你的损失呢？”

“我逍遥了这么多年，已经是非分之福了，日后也应该去干点正经事。至于说这所房子嘛，便宜给那位土大款就算了。”

“但是，你答应给我开事务所的资金怎么办？”美美声色俱厉。

香川摆摆手道：“这个你不用担心，博物馆会给我一笔捐献奖金，大约够你用的。”

“如果博物馆不给奖金，或是中间出了什么变故，比如说威廉瞒着你把青铜器偷运到了国外，你又怎么办？”美美步步紧逼，将竹君吓得脊背发凉。不过，她确实认为美美的担心不无道理。

香川笑了：“反正我把房子只抵押了三百万，如果卖断给那位土大款，应该还有三百万可拿，你省着些用应该能够开张。”

竹君觉得自己应该插言了，便道：“这些都是你自己设想的，是一相情愿。如果真像美美担心的那样，中间出了什么更大的变故，我们该怎么办？我们到哪里去找你？你做的这些事终究是违法的呀！”

美美也表示赞同她的想法。不想，香川已然不耐烦起来，道：“这些事你们都不懂，还是不要参与为好。”

美美仍然不屈不挠：“我不相信威廉，也不相信你。”

“那你要我怎么样？”香川不悦。

美美的声调沉稳有力：“我们这是在请求你，请你给我和竹君写一份保证书，向我们保证你一定会把那件讨厌的青铜器留在国内，最好写明买它是为了捐给博物馆，不管是哪家博物馆都行。”

“好吧，你们要什么我都会答应。不过，现在请你们出去，让我安静一会儿。”

谈话就这样草草结束了，这让竹君很失望。经历了这么一番大的变故，他们的事情仍然没有任何结果。她跟在美美身后从香川房中走出来，只觉得两腿发软。或许她真是个不祥之人，既然信奉了“白莲花”，就不该再动尘俗之念，如今她紧紧地抓住香川不放，结果却把这样一个谦谦君子变成了不法之徒。

美美没有回自己的房间，而是来到了她的房间，关紧房门，用双手按在她的肩膀上,道:“现在该是我们拿出决断的时候了。”

她不明白,问:“什么决断?”

“救李香川的命。”

“怎么救呢?”她全无主意。

“报警!”

美美的话语如同在她耳边打了个雷，让她当真觉得自己罪孽深重,把两个好人都快逼疯了。

如果没有她搅在三人中间,也就不会有这么多麻烦出现,然而,她却没有勇气挥刀斩断情丝,就此离开他们,一了百了。她也只能这么等着,耗着,盼望能有一个让她不那么痛苦的结果出现。

第十二章

有结果是故事，没有结果才是生活

1

美美在原来工作的事务所里借了一间会议室，作为她营救香川的指挥部，文物法专家、刑法律师、专跑公安局和检察院的调查员、后辈遍及全市的德高望重的退休法官等聘请了一大批，办事员则是一群法学院急于投身法律事业的美貌女大学生。

不想，等到付过了第一笔丰厚的聘用费，刑法律师却给她当头泼了一盆冷水。他说美美虽然也是同行，但她所擅长的公司法与刑法大不相同，她已经犯下了一个巨大的错误，不该在没有聘请他之前便自作主张，早早报了案。

今天早上，她逼迫香川写下了那份绝不将青铜方壶卖往国外，并在短期内捐献给博物馆的保证书之后，回到楼上卧室便立刻打电话向公安局报案。只是，她揭发的对象并不是香川，而是威廉。如果不是威廉这家伙跟着捣乱，香川此刻早便将抵押房屋的借款交到她手上，她也就能够顺利地将香川和他的别墅牢牢地抓在手中了。再者说，倒卖国家一级文物并不是香川的错，他毕竟是在威廉的引诱之下参与的这件事情。虽然她不熟习刑法，但也能推测得到，香川的罪过并不大，最多也就是个知情不报罢了，甚至连窝赃也算不上。

等她与对方交代清楚联系方式之后，一直跟在她身边的竹君道："你告诉他们，威廉也未必是当真要违法，他也说不定是受人利用啊。"

美美如实地将竹君的话对着听筒转述一遍，但对方早就挂上了电话。像威廉那种浑蛋，越是平日里装疯卖傻，骨子里越有可能隐藏着最阴暗可怕的东西，但她并没有把这个看法对竹君讲，因为竹君太单纯，一时间必定撕掳不清这些麻烦事，而她又没有时间对她解释。尽管香川的罪过不大，但毕竟还是违法行为，她必须得在警察找上他之前做好一切准备，没有闲工夫再纠缠威廉的事。

不想，等她们再次下得楼来，香川早便将那一堆青铜方壶的残片摆在书桌上等她们过目，说是昨天下午已经成交。"我不放心交给威廉，"香川解释道，"那家伙万一脑袋一热再把它卖了，那样罪过可就大啦。"

"你昨天晚上为什么不告诉我们已经把它买下来啦？"美美立时觉得血液涌到了头顶上，便想飞起一脚将香川踢个大跟头。这一堆青铜残片打消了她所有一相情愿的推测，如今，香川已经犯下了比窝赃罪更为严重的罪行——非法买卖国家重要文物罪，这是重罪。

"你们只是不让我把它卖到国外，并没有禁止我买。我担心的也是它被走私出去，这才参与进来。若非如此，我怎会给自己添这麻烦？"香川满嘴是理。

"现在的问题是，你已经犯法了。"

"只要将它留在国内，即使违法，也有限得很。"香川依旧不知轻重。

美美有心将已经报警的事对他讲明，却发现，竹君突然两眼上翻，身子软软地一下子瘫在了地上。

"她昏过去了。"香川猛地扑上去将竹君抱住。

帮不上忙却净添乱。美美心中不悦，便含了一口水喷在她脸上。只见她悠悠醒来，头一句却道："机关算尽太聪明，却误了卿卿性命。"

唉！美美不由得一声长叹，帮着香川把竹君扶回卧室，又拿来一粒安定片给她服下，这才拉着香川回到楼下，口中道："你听我说，在我回来之前你不要出门，不要去找威廉，也不要见任何外人，只待在家中等我的消息，好吗？"她不得不软语商量，此时处处凶险，步步危机，走错一步便是万丈深渊，她万不能将香川虚妄的自尊心没来由地引逗出来,以至于他不肯听从安排——这件事,不论是对香川,还是对她自己,也包括对竹君,都是深渊。

去律师事务所的路上,她打电话给威廉,想要将他稳住。只有让威廉被警察抓获,香川才有脱罪的可能,然而,威廉的手机关机了,再打到墨香堂,店员们说老板还没到店里来。

她不相信威廉会逃跑,价值几百万的古董还在香川手中,这个来中国淘金的新殖民主义者绝不会撒手而去。她又打电话给香川,再三叮嘱他绝不能将青铜方壶交给威廉,一直逼问到香川给了她一个肯定的答复,她这才略微松了一口气。

然而,刑法律师的话又让她的心事沉重起来。那人道:"你既然说李香川打算把青铜器献给博物馆,或是留在手中再想办法,便应该明白,在这个时候,只要是对他有利的事,你都应当在报警之前录音、录像并交公证人封存,而不是弄来这么一张不咸不淡的保证书。这种东西在法庭上只能被怀疑是伪证,或者更不利,会怀疑你们事先早有预谋。"

美美环顾周围,律师团的其他成员都在点头赞同刑法律师的话。她忙道:"我现在就回去取证。"

刑法律师摇头道:"不行,你在报警之后再取得这种证据,已经没有任何说服力了,弄不好还会被怀疑我们在有意纵容犯罪,这可是有违职业道德的事,我们会被吊销律师执照的。"

"那怎么办?"

"事有事在,我们现在也只能就事论事了。"退休的法官倒是把事情看得开,"好在,照你说的情形,当事人的情况还不算太坏,即使被认定有罪,也不是没有可辩护的价值。我的意思是现在立刻开始研究相关的法律条文,找出以往同类案件的资料,寻找可能的突破口。"

退休法官的镇定和资历让他很自然地成为了律师团的领袖,他立刻把人手分成几组,有做案头研究工作的,有跑公安局打探消息的,也有上互联网和图书馆查找相关资料的。等众人都安排停当,退休法官对美美道:"从现在开始,你不要再与当事人见面,切断与他的一切联系,甚至电话也不要打。只有这样,你才能在公安局或检察院的初期调查中与案件摆脱干系。只有让自己保持自由,才能有机会替你的朋友打赢这场官司。”

美美此刻心乱如麻,一时没了主意,便问:“我难道不能回家吗?”

“不能。就算他来找你也不能见他。”退休法官面色如铁。

2

香川并没有把这件事情看得有多么的严重，他甚至觉得美美与竹君有些小题大做。女人毕竟是女人,真是不能什么事情都让她们知道,别的不说,只她们的那份担心就足以搅乱你的心境。

竹君在她的卧室里睡着了,他给她在床头放了了杯水,又将闹钟调到中午 12 点钟。她下午有课,给博士后的学生们开“性玄学”讲座,耽搁不得。

然后他回到书房,打开聚光灯,再次细细欣赏那些青铜器残片。

如果说这世间有什么东西让他放不下，也只有这些美妙绝伦的珍贵文物了。原始农业时代的工匠们没有高效率的工具,也就注定让他们可以在这些器物上不计时间,不计工本,只求精美,因为这是给神或祖先的祭祀用品。在这些东西当中,即使它是一模一样的两件器物,内中的每一件依然是独一无二的,因为,这终究是有生命的创造,而非无生命的机械生产。

是把祖先的有生命的创造物流传到国外,还是保存在国内?是收藏在国家博物馆中供世人鉴赏，还是珍藏在私人宝库中成为价值不菲的财产?这是个伦理问题。

在经济全球化的背景之下,人们忽略了一个至关重要的问题,那就是这个“全球化”应该被准确地称为“全球资本主义”。占据世界主导地位的强势国家不惜工本地推行“全球化”,特别是想要把所有非欧洲文化传统的国家拉入“全球化”进程中来,表面上看来对经济欠发达国家确实有一些实惠,有可见的利益,然而,这终究是个表面现象。即使仅仅从经济上来看,全球化进程的最大受益者仍然是那些急需开拓新市场、增加新的廉价劳动力的强势国家,随着全球经济的捆绑式生产与捆绑式消费,强者会更强,而弱者非但仍然虚弱,而且会因此失去了旧有的虽然落后却独立的自给自足的生存可能。这也就是说,被迫消亡的最先是弱小的和意志不坚定的民族,“全球化”只是一个将多民族多文化的地球向单一文化和统一市场的地球转化的烟幕。

全球化资本和他们的文化工业已经发动了一场全新的,更具威力的殖民运动。

于是,对于民族国家来讲,全球化的大门打开之后,可口可乐和麦当劳来了,诺贝尔文学奖来了,哈利·波特来了,流行音乐和互联网游戏来了,好莱坞的美式英雄与美式伦理来了,强势国家强大的军事力量和对不顺从国家的残酷打击透过电视直播来了,后现代哲学与后殖民时代的价值观来了,西方式选举制度产生的领导者身上艺人般的魅力也来了……

在这种时候,民族国家的唯一生存之道,便是应该想尽一切办法来保存标志着民族文化特征的基本符号,而文物与典籍便是那种可以使民族文化再生的根本性符号。将民族文化符号保留在民族国家之内,这将是我们这一代人最艰难的任务。

经济全球化只是文化全球化的铺垫。秦始皇最先懂得了这个道理,他的书同文,车同轨,统一度量衡,焚书坑儒,销天下兵器以铸铜人等等措施,便使得中国人对关东六国的记忆仅限于孔夫子“述而不作”的《春秋》和秦朝统一中国以前便深埋地下的文物了。而这件发生在两千年前的地域性事件,却有可能是日后全球性事件的预演。

历史总是要轮回的,而且规模会越来越大,范围越来越广。民族国家此时哪怕仅仅采取一个消极的态度,像建造敦煌藏经洞的先人们那样把我们的文化符号深深地埋藏起来,以待日后的再生,也不能因为物质丰富的盲目乐观或受人蛊惑而使民族根本面临时间的剥蚀与强势文化的侵害。

香川越思越想,心中不禁激动起来。他拨通了艺术博物馆馆长的电话,对他简略地叙述了这件青铜方壶的事,并郑重表示了愿意捐献给博物馆的意愿。

馆长是个斯文的老实人,电话中的声音听起来如同遥远的溪流。

他道:“你能看中的东西一定不会错，咱们也确实需要一件顶级的青铜器来提高我们在地方博物馆中的地位。然而,我们却根本就没有足够的用于收藏的资金,对于顶级青铜器,即使是只有其价值的15%到20%的捐献奖金我们也拿不出来。”

“向政府申请资金不行吗?”香川对钱的事不在行,馆长的婉言相拒把他弄糊涂了。这么珍贵的一件国宝级文物,哪怕是卖掉博物馆的办公大楼也应该买下来,况且,这么大的一座城市,总不会付不出这两三百万的捐献奖金吧!

馆长在电话另一头的声音遗憾得有些颤抖:“没有你想得那么简单。一件文物再珍贵,对有些人来讲也仅仅是博物馆里的一件展品,多它一件不多,少它一件也不少。”

“如果你看到这件青铜方壶,你一定会改变想法。”香川道。

“那么我下午过去看一看,但是,我不能向你保证什么。”馆长最后道。

馆长是个老式的知识分子,他说不能保证什么,必定什么也保证不了。不过香川对这件青铜器的前途并不担心，这世间从来就没有“拿着猪头却找不着庙门”的事,像这件方壶这样造型独特、铸工精美绝伦、文物价值高得没有参考价格的青铜器,是东南沿海经济发达地区新建博物馆梦寐以求的至宝,别说是捐献,就算是他传出话去有这么件东西要卖,必定会让这些博物馆和他们的地方政府抢破了头。

然而,这是一件明显的赃物,卖的事他连想也没想过。不过,捐献奖金却不能不要,因为这可以让威廉少受些损失,而他日后帮威廉补足损失的压力也就会小一些。当然了,捐献之后,给美美开律师事务所的那两百万也不能再拖了。

不过,他还是希望这件东西能够留在他的博物馆中,等到他七老八十之后,带着孙儿到那里参观,也好有理由在后辈面前炫耀。

他又给威廉打电话,想要把他的决定告诉威廉。这毕竟是两个人的事,威廉拿出那么一大笔资金,最后一无所得不说,甚至可能还要亏上个一两百万,他理应事先跟威廉讲明情由。

威廉的手机关机,再打到店中,伙计们说老板一上午也没露面。

不好！香川在心中暗自叫苦。别是这家伙一见东西到手，便屁股上长尖，坐也坐不住，跑出去找买主去了？他若当真拉来了买主，硬是找他要这件青铜方壶，还真有些麻烦。

香川了解自己：他平生最怕的就是麻烦。

3

威廉早上开着车出门，心中那个快活就如同小鸟在歌唱。

昨天他连哄带吓唬，总算是将那件青铜方壶买了下来。七百多万的价钱对于盗墓贼来讲并不算低，而相对于日后文物市场的拍卖价格来讲，却只能算是一个零头而已。

不想，那河南人却吓唬他道："您硬是要买下这件货，说不定可就买下了个大麻烦。"

他伸出手指在那人额头上敲得当当作响，道："你小子听好了，有麻烦也是你的。大爷我刀头上舔血的事干得多了，不怕你这一两件。"

然而，他在心底却仍有所担心，他担心北京的那位大老板对这件青铜器不会轻易松口，因为，任谁都明白这是一块肥肉，像这种价值连城的顶级国宝，绝大多数古董商一辈子也没有机会接触得到。不过，威廉有他自己的想法，古董这一行的规矩是，只要没付钱，生意便不算做成，也就是说，他借着替北京人鉴定青铜器的机会把它买了下来，只能说明自己做生意的手段高强。就算是往坏里说，这件事也只能说他的做法不太合乎古董行的人情规则，最多是不道德。只是，在钱的面前，中国式的道德往往表现得太过软弱无力，以至于现在的中国人自己也不再把它当回事了，所以，他一个外国人自然没有必要跟着自作多情。

如果万一北京人问起来，他也不是没话可说。昨天下午，他特地开车将河南人送到了火车站，并替他买了一张软席车票。只要这个家伙带着钱离开本地，北京人再找上他时，他便完全可以拿出一副无辜的表情，告诉他们，是河南人恳求他买下此物的，而他并不知道北京的大老板也如此看重此物。

其实，在这件事上，威廉觉得发财还在其次，往后的日子如树叶一样多,生意做不完,发财的机会也有的是,然而,能够让他把香川拉下水的机会却不多,也许只有这一次。有了香川跟他联手,他不愁发财。

“所以,人要有慧眼啊!”威廉轻快地操纵着汽车,在清晨行人稀少的路面上跑得快活无比,“谁也不知道什么时候天上会掉馅饼,关键是这个馅饼一旦落下来,你得眼疾手快将它抢到自己手中。”他觉得,香川一直就是他在苦苦等候的那张馅饼,只不过以往他高高地悬在天上,如今恰好被美美给捅了下来,并被他一口咬住而已。

威廉心中得意,也就因为这略一分神,一辆小汽车从后边强行超车,用后车身挂在了他的前保险杠上。他一脚踩住刹车停下来,刚刚迈出车门,却被从后面上来的两个年轻人揪住头发,硬塞回后座里,并将他的头按在座位下边的地毯上。前边又上来一个人坐进了驾驶座,于是,他的这辆车被前后两辆车夹持着,掉头向城外驶去。

这是一伙训练有素的绑架者,所有这些行动只用了几十秒钟,看起来,还是有他未曾计算得到的麻烦出现了。他在心中暗道。

出乎威廉意料的是,这些家伙一路上并没有问他任何问题,即使是把他带到了一所荒废的旧工厂之后,他们也没有表现出任何问话的意图,只是三五个人一起动手,拳打脚踢,给他来了一顿臭揍。

他的眼睛肿得只剩下一线,鼻血如注,污染了身上的杭罗绸衫,礼服呢的便鞋也掉了一只,雪白的线袜上沾了两块污迹。他伸手摸了摸脸,皮肤疼得碰不得,尺寸也大了许多,这脑袋一定是肿胀得像只猪头。

在中国的文物市场上他豪横了十几年,向来是只有他欺负别人,而像今天这样的大亏他还未曾吃过。

看这几个打手神定气闲的样子,再回想方才这些人下手的熟练程度,他能够判断出这必定不是本地人。本地干这一行的家伙们他认得不少,但都是些街头混混,只能在平民百姓身上逞刚强,即使是受人之托干几件寻仇报复之类的事,也都是粗暴其外,恐惧其内,不会像这几位干得这么有分寸,有专业水准。他很想在今日事了结之后找这几位要张名片,建立联系,日后一旦有缓急之事,也好延请他们来帮忙。

“给我来点水喝。”虽然嘴唇肿得不听使唤,但他还是坚强地叫出了声音。

一个小伙子从车里拿出一瓶水来，伸手托住他的下巴让他将脸仰起,然后用水瓶中的水仔细地冲洗他的眼睛和嘴唇。

原来是冰水！威廉心下一声惊呼。冰水猛地浇在肿胀的皮肉上,疼得他浑身战抖不止,但他仍然在心下不住地赞叹,好,太好了,当真是专业水准。

这瓶冰水浇在他的双眼和口鼻三角区神经密集的地方，降低了肌肉的温度,也就减缓了肌肉充血的速度。看起来,他们这一单生意的合约中,并不包括将他毁容或致残的条款。想到此处,威廉用舌头逐个地去检查口中的牙齿，只有左下颌上一颗已经提取过牙髓的病牙崩裂掉一半,其他的都还好好的。

冰水清凉,此刻饮下,让威廉感觉到了幸福,因为,他知道自己不会死在这里,来人为的是生意,而不是仇恨。

突然,为首的那个年轻人看了看腕上的运动型手表,便对其他人做了个手势。

给威廉喝水的年轻人拿出一条雪白的新毛巾卷了个毛巾卷,让威廉张口咬住,然后,他蹲在威廉身后,但并没有将威廉的双臂反剪到背后,而是交插放在胸前,这时,他便也紧贴着威廉的脊背坐下来,用强壮有力的双臂紧紧地搂住威廉的双肩与双臂，像个亲密的朋友一般,下巴就放在了威廉的肩膀上。

另外上来两个人紧紧按住威廉的双腿，并将他没穿鞋的左脚向外拉开一些,为首的年轻人走上前来,在威廉的脚踝上迅速而有力地踹了一脚。

威廉似乎能够清楚地听到腓骨小头碎裂的声音，一阵巨痛直刺他的大脑,但他紧咬牙关,只在鼻子里哼了一声。他身后那个年轻人轻轻拿掉他口中的手巾,交到他手上示意他擦去额上的汗水,然后又拿来一瓶冰水,浇在他的脚踝上。

他喘息一阵之后,问那为首的年轻人:“请问,还有几项要做?”他终于明白了,这些人是受命来有计划地折磨他的。

那人只是冲他笑了笑,没有回答。

4

竹君的梦境被闹钟像剪刀一般截断了。

她梦见自己穿着一身清爽的衣裙,戴着同样质地的帽子,那颜色就如香川珍爱的野生萱草的颜色一样,娇嫩,明亮,幸福。落叶松的针叶铺撒在林间隙地上,也不知积存了多少年,泛着赭石与残存的翠绿交织而生成的沉稳,踩上去会感觉到生日蛋糕般的松软,以及香甜。她每迈出一步,松针都会深陷至她的脚踝,而后又会将她弹起,让她衣袂飘飘,环佩叮咚地在地面上轻快地飘行,林中数人方能环抱的巨大松树要么是轻盈地跳开去为她让路,要么是出人意料地在树干上开出一个大洞,让她穿行其间。她招手向这些树的精灵道谢,它们却慈爱地送给她一颗颗拳头大小的松子。松林深处,有一方青色巨石,那是她的道场。香川早就候在这里,他盘膝而坐,依旧是懒懒的头,懒懒的四肢和懒懒的神情,与往日不同的是,在他的头顶上,长出了一株硕大的、玉石般高贵,婴儿般娇嫩,处子般纯洁的"白莲花"——还有两片王莲般巨大的荷叶。

竹君往日里并不很相信梦境给她的启示,但今日之梦却大是不同,因为它直指人心,道出了她心底最隐秘的欲望与恐惧。特别是梦中出现的那两片笑话般的荷叶,它的喜剧性因素消解了"白莲花"应有的庄严与瑜伽传统中对"白莲花"的记述与理解。即使抛开梦中"白莲花"对超自然力的象征,那么,它对竹君生活处境的隐喻意味也就越发地让她对自己难以譬解和开脱了。

所有这一切,都让她心中烦乱,心绪抑郁,颈部的神经一阵阵狂跳,让她不由得怀疑这是癔症将再次猛烈发作的征兆。

下得楼来,她发现香川已经为她准备好了午饭。她问:"你打算怎么办?"她记起了那一堆青铜器残片和香川的危险处境。

"我已经跟博物馆联系过了,一切顺利。"香川给她盛上一碗颜色淡绿、香气袭人的荷叶粥。

“是捐献给博物馆吗？”她必须要得到最切实的消息，美美已经报了警，而警察可不是好说话的。

“是的。”香川面色平静，双臂放在餐桌上，像往常一样，思想隐藏在他的瞳仁深处，留在外边的都是爱意。

然而，她却认为自己在他的脸上发现了不祥。

粥的温度恰好可口，她细细地品尝，不时吃上一点儿小菜来冲淡口中的浓香，例如清爽的拌苦瓜丝，又例如略带一点点酸味的腌渍半熟花生米。

她正在内心深处细细地考察那不祥。过了好一会儿，她再次问道：“你当真会把它捐献给博物馆吗？”

“当真。”香川笑了笑，露出的牙齿白得刺眼。

竹君认为自己终于在香川的眉目之间找到了那团难看的晦气。原本这是一个将享乐作为全部生活内容的快乐男人，却无端招来这等不祥的霉晦之气！这都是因为谁？是她？还是美美？她的泪水不由自主地渗了出来。

香川的身子没有动，只是将面巾纸从桌面上推过来。他一定是在耐心地等她讲明缘由，于是，她也就越发地抑制不住自己，泪水奔流而下。

这是怎样的一个男人啊！他的每一个细微举动，都能触及她的内心深处。她相信，他甚至不用听她讲述，便知道她真正担心的并不是什么青铜器和犯罪，而是在担心他们三个人的关系。一旦香川明白了她的痛苦，他必定只会为她忧心如焚，怕她受到伤害，而绝不会担忧他自己。

竹君让自己在香川的注视之下，将一个月来，不，是将他们相识两年来积存的泪水痛痛快快地流淌个够。

一个人即使是想要流露自己的伤痛，也不是可以率意而为，随时都有机会的，因为，她是君子。她仍然端着碗，仍然在细细地品尝那碗颜色淡绿的荷叶粥，泪水混入粥中，咸咸的有滋有味。

我当真是一个不祥之人吗？难道香川当真是因为我的出现才陷入如此痛苦的境地吗？她再次不由自主地将自己逼入自责之中。这些问题她在暗夜之中曾无数次地追问过自己，而得出的结论却总是不由自主地为自己开脱。今天她不想再回避了,因为,回避的结果只能让她更加痛苦。

是的,香川原本好好的一个人,悠闲而自适,懂得欣赏别人,也懂得欣赏自己,然而,自从遇上了她,自从两年前的冬天她第一次踏入这座小楼,他就被改造成了一个被引诱,被利用,被两个女人争夺的没有确切身份的男人。从那一天起,他便不再是那个整天哄着自己玩的大男孩,不再是那个内心如地球仪般平衡又圆满的旧知识分子,不再是那个闲云野鹤般自由自在的林下隐士。更可怕的是,因为被她和美美当成了结婚对象，他也就不再是一个逍遥自在的情人，甚至由于她和美美的相持不下,他已经变成了一个没有性生活的男人。

香川与美美原本有着稳定的关系结构，而这个稳定正是因为她的出现才被打破的。竹君终于明确地将罪责确定在她自己身上,为此她甚至有些愧疚,因为她未能早早地把这一点认清,这或许就是由于她的自私和对香川的贪恋,而迟迟不肯承认自己的错处。

她认为,一个人,特别是一个女人,糊涂往往是一生的事,而灵光一闪的智慧却又可能在转瞬之间完成。也就在这一转瞬之间,突如其来地,她做出了选择,下定了决心。她不认为这是一时的心血来潮,也不是往日自以为深思熟虑的冲动。不,她又否定了自己,她现在最需要的其实就是冲动,是那种无法挽回的冲动。只有盲目的冲动,才能让她迅速地超越痛苦,哪怕只是暂时的超越。

“我要走了。”她放下粥碗,对香川道。

“路上小心,晚上你想吃什么?”香川举着半截香烟,并没有起身相送。她知道他担心烟灰落得到处都是,美美的洁癖确实具有巨大的威慑力量。

她道:“我是说,我会走出去很远,走得很久。”

“没关系,晚上我给你留饭,但路上一定要小心。”

“我是说,我不回来了。”

“哦,你要是去看你妈妈,应该早告诉我。我可以给她老人家做几样好吃的带去，比如，叉烧肉？”

她最后不得不大叫，以至于喉咙为此而感到刺痛：“我是要离开你，再不回来啦！”

香川一下子呆住了，但也只是一瞬，便道：“你别吓唬我。你知道我近来烦心的事情很多，也不知怎么了，好像我这一辈子的为难事都挤在了这几天里，所以，我的心境不好，很脆弱，没有抵抗力。”

听到这话，她的心中剧痛，腿一下子便软掉了。但是，她的大脑仍然让她坚持着讲出了几句话：“你别再留我，求你别再挽留我，我受不了啦，我必须得离开。”

香川绕过餐桌，将她搂在怀中，道：“我早说过，这些事都不是你该操心的，你每天只要吃好睡好，其他的一切我都会解决。”

“但你解决不了美美，也解决不了我。”抽泣使反驳变成了婉转的埋怨。

“我已经把你们姐儿俩都解决了呀！”他又开始用疯话替代严肃的探讨。

“我要让你从我们中间选择一个，结束这种不明不白的日子。”她抬起头来，努力控制着舌头和唇齿，一字一句都讲得清清楚楚。

“可以，可以。现在你给我五分钟，让我想个选择的方法。”香川回答得出人意料地明确。

等她洗过脸再回来，香川亲热地挽住她的胳膊送她往门外走，道：“我已经想好了，晚上等美美回来，你们两个抓阄儿。”

“干什么？”她担心香川又想出什么可笑的主意来让她感动。

香川道：“到时候我给你们做两个阄儿，一个上边写着‘李香川’，一个上边写着‘大白菜’。”

“抓住‘李香川’的人留下？”她心神不定。

“不，是抓‘大白菜’的那个人留下。”香川一本正经。

她想笑，也确实觉得很可笑，但就是笑不出来。

香川送她到院门口，从身后用双臂环抱在她身上，温热的胸膛贴住她的脊背，头紧挨着她的头，在她耳边轻声道：“我有最可靠的办法让你得到我。”

她的身体一震。

“我在两张字条上都写‘李香川’。”

她想转过头去望着他的眼神，认清他的真意，却被紧紧抱住，动弹不得。

香川接着道：“你先拿上一个字条，然后放到嘴里嚼碎咽下，于是，等美美打开她的字条时，你肚子里的字条也就自然变成‘大白菜’了。”

她就是这样走出的大门，脚下如同踩着云朵。她相信，如果就在这一刻让香川实现方才的诺言，香川一定能够办到，然而，等到晚上她再回到他身边时，特别是当美美也在场的时候，一切便不再相同了。

她相信香川方才那一刻是真心的，也相信他到了晚上必定会改换主意也是真心的，正是有了这一份真心，才让她不会怨恨香川，而只能怨恨自己。

因为，她永远也离不开这个男人，她知道。

今天的努力，与以往的任何一次努力没有太大差别，都注定是要失败的，所以她痛苦，内心烦乱，这才引发了我们在第二章中讲述的那起事故——她的癔症在院长办公室里发作了。

5

太阳西斜，前边几章讲到的那只蝴蝶，已经飞过了短墙，留下的只有轻盈的姿态，明艳的色彩，还有香川为自己击节叹赏的思辨。

此刻，香川又将自己安置在藤椅上，手中摩挲着他的小葫芦，思虑从唯心主义的玄远转向了唯物主义的切实。

其实，你自己也不知道该把美美与竹君怎么办。他对自己苦笑。你就像那个可怜的贾宝玉，林妹妹舍不得，宝姐姐也舍不得，家中的女儿，天下的女儿你都舍不得，于是，便只好苦了自己。但是，你又远不如贾宝玉，因为你没有勇气出家，你这一生一世唯一真正得到的，仅只是些世俗的享受而已，之所以假模三道地故作高深，只是为了掩盖你原本就是一个大俗人的真相。

把自己骂痛快了,并不等于可以解决眼前的难题。香川给自己换了壶大红袍,此时再喝毛峰就显得太过轻淡了。

对于竹君,他可以说是毫无办法。这倒并不是因为她身上的病,那点病对于精神科医生来讲绝不是难事,对于竹君自己也不会是难事。只要她肯放弃那个愚蠢的“白莲花”,她的所谓癔症便可不药自愈。

他拿竹君没有办法,是因为竹君自己对他们的关系便毫无办法。近一个月来,竹君在他面前所做的一切努力,他可以替她简洁地总结为一个字——怕,她害怕重新回到过去的生活。虽然香川不了解她以往的经历,但他觉得自己完全可以想象得到,那应该是一种近似于屈辱的生活,因为她的性玄学需要男主角,这种仅仅是为了修炼而非爱情的性行为,便将思想上原本守旧的竹君陷于自认为不道德的痛苦之中。正因为如此,竹君便自然会害怕离开他,一年多夫妻般稳定的生活,再加上他精湛的厨艺,关心女人帮助女人的爱好,以及绝不肯与女人发生冲突的和缓性格,竹君自然应该能够得到安全感,有了受到尊重和爱护的体会,所以,她理应害怕失去这一切。

从另一个角度来考虑,香川从来也没有轻视竹君的意思,因为他从来也不肯轻视任何一个女人,他只轻视男人。他知道,只要是女人,就都比他坚强和勇敢。竹君不肯离开她,内中必定还隐藏有保护他的用意,她是不放心将他交还给美美。她明明知道,一旦发生冲突,她绝不是柔道运动员美美的对手,但是,以往的经验早已证明,在关系到他的问题上,竹君面对美美却从未退缩过一步,她总是稳稳地站定脚跟,守住自己的目的,让美美难以越雷池一步。软弱总是能够委婉地战胜刚强,竹君在这一点上做得很不错。

电话铃声响了起来,让他不得不离开躺椅。是美美,声音紧张而隐秘,还有些气急败坏。她道:“威廉没去找你吧?你没把青铜器给他吧?警察来过吗?”

他很替美美担心,怕她因为替他操心而做出冒失的事情来,便道:“你不用替我担心,我这里一切都好。威廉没来过,警察也没来过,竹君上课去了,家中只有我一人,我正在考虑晚上的菜谱,你晚上想吃点什么？”

“我什么也不吃。我一直在担心，如果再找不到威廉，或是这家伙逃跑了，所有的罪过可就都落在你一个人身上啦。”

“不像你想得这么严重，你放宽心好啦。只要给我几天时间，我完全可以把这件事处理好。”

“可是，我已经报警啦！”听筒那边传来美美焦躁的抽泣。

“天哪！我怎么就没想到呢？这可真是个好主意。”他高叫一声，心下却暗自叫苦，美美果然做得冒失。

“什么好主意？”美美停止了抽泣，问。

“报警是个好主意。”他将语调揉搓得轻松，对美美大加称赞，“你到底是律师，想出来的主意就是出人意料，这样一来，我就没有负担了。”

“可警察不一定理解你的真意呀！”

“没有问题，只要有机会让我给他们上一课，所有的误解就都会变成理解和由衷的钦佩。”他只能想办法给美美解宽心。

放下电话，他又回到了躺椅上。只这一耽搁，茶泡得时间就太长了，大红袍的浓香流过舌面时，遗下了一层涩涩的痕迹。

美美就是这样一个人，她有着革命者的勇气，敢于毁灭一切，同时她又有一个女英雄般的好心肠，并不否认被她毁灭的东西有可能正是她的所爱。香川不知道是不是该苦笑，因为，对于美美这样的性格，他确实拿她一点儿办法也没有。

埋怨她已经毫无用处。香川在这一生中任何人都敢于对抗，唯独不曾起过对抗政府的念头。如今政府参与这件事情中来，确实打乱了他的计划。他一直生活在一个狭窄的范围之中，与执法者从未打过交道，他想象不到警察会如何看待他在这件青铜器上表现出来的爱国热情，或许他们并不认为这是一种爱国行为，而是依据法律条文将其定性为倒卖文物。

在一个和平安定的国家中，法律条文原本都是好的，不应该对其有过多的怀疑。然而，如果说它们当中有哪些让人不放心的地方，那便是法律不同于伦理，伦理依据的是合理与适宜，而法律依据的则是必要与规范，被夹在这两者之间的，便是他的这次所谓的爱国行为。

那么，你又如何向警察证实你的爱国行为呢？有什么可靠的依据？又有哪些可靠的证人？美美和竹君不具备证人的资格，因为她们同是他的情人；博物馆馆长的证词也不会有很大的说服力，因为他的捐献行为还只停留在口头上，可以理解为是一种尚未被接受的愿望，但也可以被理解为是准备逃脱法律制裁的金蝉脱壳之计；威廉更不可能成为证人，因为他是当事者，是同谋，他的证词只能加深警察的误解，而不会给香川带来解脱。

其实，最好的办法是他亲自给警察打个电话，向他们投案。想到此处，他不禁笑了起来。这其实是最好的解决办法，报警并不妨碍他将青铜方壶捐献给博物馆，反而会让他多了一重安全和保护。

电茶壶在吆吆地叫，里边的矿泉水翻滚起一片波涛的声响。他倒掉方才被泡得过久的名贵岩茶，换上新茶叶，洗茶、冲茶、烫壶、烫杯，要想泡出一壶出色的好茶，名贵的茶叶和茶具固然重要，但更重要的是泡茶者的心境，是对茶的理解和对时间的掌握。不同品种的岩茶，冲泡的时间长短不一，眼下这一壶大红袍，从冲水入壶到泡得恰到好处，如果用滚水淋壶，便不能超过十五秒，如果不淋水，最多也只能泡二十秒，万一泡得时间过长，便会出现方才那种情况，茶中浓郁的香气固然还在，但也将令人厌恶的苦涩泡了出来。

因冲泡不得法而将名贵好茶糟踏了，这便如同李义山所说的“花上晒衣”或“花间喝道”，煞风景得很。

他将那只比核桃大不了许多的小紫砂壶捏在手中，将茶水分配到四只顶针大小的茶盏中。茶汤颜色似淡金，茶氛冉冉如小篆，兰花香气氤氤氲氲，惹得他不禁高叫一声：“幸福哇！”

然而，他还是没能喝上这壶好茶，也没能亲自给警察打通电话投案。

有人按门铃，是上次押送青铜方壶来的那两条壮汉。该来的总是要来的，他对北京方面下来人早有准备。任何一个古董商都不会轻易放过即将到手的宝物，他们前来追索是件很正常的事。而且他一点儿也不担心，因为他已经将那些青铜残片藏在了稳妥的地方，相信没有人能够找得到。

越过两条壮汉的肩膀，香川望见街对面不远处的吉普车里，司机将手机举到耳边正在通话。这辆车从早上便停在那里，他怀疑他们是警察。

6

结束了与香川的通话，美美便坐在那里发呆。她猜不透香川的这种满不在乎的信心是从哪里来的，是他因为无知而忽视了眼前的危险，还是因为他早就做好了不为她所知的准备？她百思不得其解。

退休法官来到她身边："关心则乱啊。你还是没能忍住给他打了电话。"

"我害怕。"她很高兴能有人可以讲一讲心中的苦恼。

退休法官拉了把椅子坐在她对面，眼睛周围深深的皱纹中蕴含着丰富的同情，道："事已至此，害怕是没有用的。你现在唯一可以做的事情，就是准备战斗，打赢这场官司。"

"打官司我不怕，我怕的是……"她无法向退休法官讲明自己真实的心意，因为她真正害怕的是香川离她而去。

退休法官道："你担心的那个年轻人是个有福气的家伙，在被捕之前便有人给他组织律师团准备辩护，这样的事，别说是普通百姓，就是许多新兴资本家也未必能做得到。"

"我通知他报警的事，他会不会不理解我的苦衷？"她并不相信香川在电话中的轻松与感激，香川的言语和他的真实想法之间总是有着很大距离，关于这一点，她早有深刻体会。

"现在那个年轻人是伸头一刀，缩头也一刀，终究脱不过这一关的，所以，早一天被捉拿归案，便早一天少了担惊受怕的苦恼。"退休法官的劝导与美美的思路大相径庭。

"或许我该助他逃走，把东西留下交公，人逃到国外去。"其实她知道自己根本不可能这样做，香川一旦脱离了她的掌握，还指不定又弄出什么麻烦事来。她这才出国一年多，他便把竹君领回了家，将他们三个人的关系弄得撕掳不清了。

“人一旦逃往国外,案子会变成什么样且不说,你却必定会人财两空了。”退休法官的阅历让他无意间触及了问题的实质。

除去香川,竹君也是个大问题。美美知道,即使她能把香川从这桩麻烦事中解救出来,也并不能保证他便会离开竹君,回到她的身边。香川的伦理观决定了他必定要在她们二人之间采取这种摇摆不定的态度,因为,在男女之间的交往上,他总是要将选择权主动地交到女方手中,而他则是自觉地把自己降格为被选择对象。

这种以退为进的方式,表面上看来很是温柔可爱,其实是完全彻底的不负责任,是胆小、退缩、没有勇气和混吃等死。然而,不论采取哪种方式进行批判,美美都知道,她离不开这个几乎是一无是处的男人,她爱他不需要理由,或者说她爱他有着极为充分的理由,只是那些理由对普通人来讲不太具有说服力罢了。

她现在的处境远远不如竹君。竹君爱香川的理由可以清楚明确地举出一二三的条目来,例如“白莲花”,例如美食,例如他那不与女人发生正面冲突的虚与委蛇。而她却不行,她举不出明确的理由,能够列举出来的都是他的缺点,然而,分手这一年中的痛苦早已雄辩地说明了一切,她离不开他,而且用不着必须要说得清楚的理由。

那么,该把竹君怎么办?没有办法。这是她个人的难题,也是大家的难题,除非香川在肚子里藏着锦囊妙计却不肯明言。

警察来找她了,一男一女,举止倒也斯文有礼,将她带往公安局。临行时退休法官对她道:“你尽管放心去吧,这里的工作不会耽搁,我一会儿会派个律师过去接你。”

在公安局的讯问室里,美美发现事情早已脱离了她设计的轨道,正在一条不知所终的道路上狂奔。

警察问:“你打电话来举报威廉·詹姆斯三世,但他这个人却不见了。”

美美答:“我也一直在给他打电话,他的手机关了。”

警察问:“也许你心中清楚得很,他已经被人杀死了?”

美美答:“也许有这种可能,这家伙三教九流什么人都交,早晚会出事。”

警察问:“你怎么知道他会出事?他是不是真的已经死了?”

美美答:“我并不知道他会出事,而且他是死是活我都不知道。”

警察问:“那么你知道什么?”

美美答:“我知道那家伙倒卖国家文物,所以请你们来抓。”

警察问:“你知道他现在藏在什么地方?”

美美答:“如果他要出逃,现在他应该已经在法兰克福转机了。如果他不想逃,他这会儿应该回到墨香堂做生意。总之,他的去向我不知道。”

警察问:“那么,请问你知道李香川的去向吗?”

美美答:“李香川,他还在家啊。”

警察问:“李香川会不会逃跑?”

美美反问:“他又没犯罪,为什么要逃跑?”

警察问:“你早就知道李香川倒卖文物的事了?”

美美答:“他从来也不买文物,更没有卖过。”

警察问:“这一次他为什么要买那件青铜方壶?”

美美答:“是威廉买的。”

警察笑道:“是李香川买的,我们有证据,也有证人,那个卖青铜方壶的河南盗墓贼已经被抓获了。”

美美也笑道:“您不要吓我,我跟他一起生活了很长时间,对他非常了解,他从未做过违法的事。”

警察道:“我们知道你,虽说你一年前离开了,但我们一直没有停止调查。”

“调查谁?”美美很吃惊。

“调查李香川,还有威廉和你。”

“李香川是个守法的公民,他买下这件方壶是为了捐献给国家。”她必须得替香川抗争到底。

“我们认为,李香川一直是北方最大的文物走私集团的首席鉴定专家,由北京的走私犯组织货源,李香川负责鉴明真伪,再由威廉·詹姆斯三世负责偷运到国外。而这一次他见财起意,想要自己出面干上一票,发一笔大财,这才中途将青铜方壶截了下来。”

“胡说八道。”美美火冒三丈，因为她担心警察讲的都是实情，毕竟香川只给了她一张声称要把文物捐献国家的废纸，而并没有任何实际行动。也许，他一直都在对她和竹君说谎。

警察并没有生气，反而大笑不止：“我们三年多的功夫没有白下，今天北京的走私犯头子已经赶了过来，他必定是来找李香川追索那只方壶的，所以我们打算收网了。”

“什么？”美美的思绪并没有在这件案子上，而是转到了香川对她是否诚实的问题上，所以没有听清警察的那番话。

“我是说，整个走私集团今天就要被全部破获，你有没有兴趣跟我们去看一看？”

“好哇，看看就看看。”她必须要亲眼看到香川是不是当真如警察所说的，是个真正的走私犯的同谋。如果他当真是个罪犯，那么，他就骗得她好苦哇！

美美的手袋被打开来检查了一遍，手机被收了去。警察道：“你不要试图通知他。现在即使通知他，他也无处可逃了。”

她苦笑道：“我不会让他逃跑，我倒希望通过你们来证实他对我是不是一直不真诚。当然了，如果他没有说谎，我自然有办法救他出来，然后我们结婚。”

“如果他说谎呢？”警察很好奇。

“如果……”她无言以对。

不过，她的担忧并没有持续多久。等她坐着警察的一辆没有标志的汽车赶到那条旧英租界的小街时，街口已经被武装警察封锁了，街边围着一群闲人，许多辆汽车堵在那里无法前行。

她看到博物馆馆长从一辆小汽车里下来，焦急地向香川家的方向张望。她急忙跳下车，问道：“馆长，您是去见香川吗？”

“是呀，他说刚弄来一件青铜方壶，国宝级的，要捐献给我们博物馆，让我过来看一看。”

馆长的话音未落，美美便一把抓住他的手臂，将他拉到警察面前道：“馆长，请您再把方才的话对警察叔叔说一遍。”

香川终于没有对她说假话，美美不禁喜极而泣。

7

北京大老板进门时，香川的左腿与右臂已经被棒球棒打断了。他歪坐在大理石地板上，用左手抱住右臂，听任左脚怪模怪样地歪向一边。

四个年轻的小伙子将威廉抬进客厅，丢在地上。如果不是因为对威廉太过熟悉，他绝不会把这一堆血肉模糊的烂肉当成威廉。

“二位说句话吧。”大老板只有四十几岁，一屁股坐在香川的短榻上，随手拿起他的小葫芦在手中摩挲着。

香川没有理会他，而是问威廉：“你还活着吗？”

威廉一直保持着他被丢在地上的那个怪异的姿势，用力抬起眼睛，望着香川道：“胳膊腿儿都断了，但一时半会儿还死不了。”

“你招了吗？”香川接着问。

“我实在没办法，对不起了，先生，我全招了。”

“招得好，不愧是殖民主义者的后代。”

“这下子，我那师母一定会蔑视我。”威廉担心的不是地方。

“放心吧，你很快就能见到她啦，因为，她平生最‘喜爱’的就是叛徒。”香川忍不住要调侃威廉。

“可是先生，我不想死呀！”

香川故意继续着方才的言不及义：“你大可不必担心，有先生在，一定不会让你死。等你把伤养好了，咱们摆两桌酒席，请上一群狐朋狗友，你就正式磕头拜师吧。”

“您老人家当真肯收下我啦？”

“收下啦。”香川笑道，“不过，既然你拜我为师，就应该懂得‘师道尊严’这个道理，老师说的话你听吗？”

“我听。”

“好孩子。现在咱们也就别硬撑着啦，你快告诉他们，东西藏在哪了，带他们去起出来吧。”香川歪坐在地上的气派却如同坐在太师椅中。

“说得好，这才像个干事的样子。”北京大老板鼓掌而笑，“做什么事情都要讲原则，你们中途截下我的货物，终究不是好事。你们现在把东西拿出来，我可以既往不咎。如今时代在进步，你们也应当与时俱进，不能鼠目寸光，只盯住眼前的这点利益。在经济全球化背景下，我们的事业有着无限广阔的前景，只要我们大家真诚合作，带来的不仅仅是利润，甚至可能是文物事业的空前繁荣。”

香川点头称是，心中却暗自揣摸，北京的这位大老板一定是位高级公务员，做报告的言语熟极而流。

大老板又道：“我大老远赶过来，原本很生气，不过，现在见到了你们两个，我便不再生气了。李先生你大名如雷，我一向景仰得很，只可惜缘悭一面。”

香川接口道：“今日得见尊驾，真乃三生有幸。”

“不敢当。我是个爱朋友的人，以往没来拜访，只是怕给您添麻烦，如今总算是见面了，我们日后多亲多近。”大老板抱拳拱手。

“有朋自远方来，咱们多亲多近。”香川扶住断臂哆嗦两下算是还礼。

“那么，您把那件方壶拿出来吧。”大老板这才讲到正题。

香川扭头对威廉道：“把壶给人家吧？”

威廉点头：“给人家吧。”

“是你带着他们去拿，还是我带他们去？”香川问。

“您老人家辛苦一趟吧。”威廉言语周到。

“那么，你上次说把那件东西藏在哪了？”香川问得轻声细语。

威廉以头碰地：“老师，对不住，您老人家还是把东西给他们吧。我实在扛不住，没有办法，这才招供的呀！”

“说得好！那东西一大半是你的，我没理由反对。”香川又扭头转向北京的大老板，“顺便问一句，买那东西的款子怎么办？您有什么想法吗？”

大老板笑道：“常言道‘和气生财，狠心为官’。既然咱们做的是买卖，就不按官场上的规矩了，我可以把钱还给你们。”

香川对威廉道：“你听听，这位先生毕竟是大地方来的，有见识，有肚量。”他又转向大老板：“请问，您把钱带来了吗？”

“只要看见东西,我立刻从银行给你划款。”大老板心满意足。

香川向窗外瞧了瞧,天色已经暗了下来,他不能再跟这伙人耗下去了。如果耽搁的时间太久,万一竹君或美美一步跨进门来,他的麻烦可就大了。他们拿威廉来威胁他,他可以耍浑蛋,但如果是拿竹君或美美来威胁他,他就只好投降了,因为他毕竟不是早年的共产党人,没有他们毁家纾难的勇气。

“您想清楚了吗?要不要再给您点时间考虑?”大老板倒是不急不躁。

“没有时间考虑了。现在银行已经下班,您今天不可能给我划款子。不过,我还是想好了,您做的是大生意,必定不会为这几个小钱丢面子。我相信您一回,咱们动身吧。”香川示意那两个打断了他的胳膊腿的壮汉将他扶起来。“把威廉也带上吧,完事之后把我们两个直接送到骨科医院去。

“东西在哪儿?”大老板追问了一句。

“在我的菜园子里。”香川脸不变色心不跳地撒谎。他知道,即使现在交出青铜器,他和威廉也未必会被留下活口,因为,他所面对的不是寻常的文物贩子,而是一伙干大事的家伙。他现在唯一的指望,便是美美曾经报警的事实。

“路远吗?”大老板顺手带走了他的小葫芦。

“近便得很。”也许此一去便有去无回,但他心下仍然因为没能喝上那壶好茶而感到遗憾。

香川家门前停着两辆汽车,众人七手八脚将他和威廉抬到车里。

穿过院子的时候,他又嗅到那股似有若无的兰花香气,让他的精神为之一振。他的那只核桃大小的茶壶翻倒在地,壶盖跌得粉碎,壶中塞满了泡开的岩茶,这股香气便是从那里飘散开来的。

人的生活便如同这壶好茶,茶壶虽然跌碎了,但毕竟还是留下了一阵好味道。他不禁为自己的怪论赞叹不已,并没有回头向竹丛方向看上一眼。

这伙笨蛋方才屋里屋外翻了个遍，却未曾把他埋在竹丛后边的螃蟹缸翻过来看一看。有那十二只小铜锣大小的河蟹挥舞着二十四只大鳌守护，藏在缸里竹篾和湿麻袋下边的青铜器残片可保无虞。

他猛地想到，应该给美美和竹君留个字条才是，也免得她们见他不在家，心中惦念。便对挤在他身边的壮汉道："劳驾，请您帮我给女朋友打两个电话。我走了，她们今天晚上没有饭吃。"

"还打俩电话，你有几个女朋友？"壮汉没好气，但还是替他拨通了电话。

这时，他发现街对面停着的那辆吉普车里，司机又拿起了手机开始通话。同样的偶然事件先后两次发生，这便意味着其中蕴含着必然的因素——这家伙应该是担任监视任务的警察。于是，刚刚才从他心底生起的几分悲壮，转瞬间便又化为遇难呈祥的安闲了。

8

警察抓捕文物走私犯的行动一点儿也不精彩，很像是一部拙劣的电视剧。街口早就被公安局的吉普车堵住了，一群武装警察用手中的自动步枪一指，走私犯的两辆汽车便乖乖地停下，犯人们纷纷束手就擒，香川和威廉也被解救下来。

美美冲到车前，看见香川手中正拿着电话，只听他口中道："你先回家吧，美美一会儿回去陪你。"显然正在与竹君通话。

美美问："伤得厉害吗？"

他笑道："胳膊腿儿断了两条。"

其实，她一点儿也不担心香川身体上受伤。在这次事件过后，即使那些贼人不把他打伤，她也要亲自动手好好收拾他一顿，因为，此刻在她心中正翻滚着对香川痛彻肝肠的爱意，不如此无从表达。

她又问："为什么不给我打电话？"

香川回答："我给了那家伙两个电话，这是他替我做的选择。"

然而，没等她继续追问，救护人员已经动手将他抬出汽车，于是，香川口中一声长叹，便顺坡下驴地昏了过去。

一直到住进病房，香川再没有醒过来，美美也就没有机会审问他最后一句有关选择的话到底是什么用意。这家伙是个多元的唯心主义者，你根本就不知道他的哪一句话暗藏玄机。她心中恨恨，同时又不知所措。

警察不允许美美留在病房里陪伴，说香川此时仍然是犯罪嫌疑人。她又去看威廉，威廉的病房由一名带枪的警察把守，闲人免进。无奈之下，她只好回到家中，却发现竹君已经回来了，刚刚换过衣服，正打算收拾房间。房中到处都是血迹和家具、陈设的碎片，大门上的玻璃也碎掉了，所有的柜子、箱子全都四敞大开，里边的东西丢得到处都是。

见竹君手中握着扫帚站在那里，面色惨淡，神情木然，美美忙上前将她搂在怀中道："不要害怕，香川只是受了点轻伤，过几天就没事了。"

竹君低声道："我不是担心他。我知道他一定有办法的，特别是还有你给他帮忙。"

"不担心就好了。这房子你不用动手，我打电话让保洁公司派人来就是了。"她将竹君扶进书房，在香川的短榻上坐下。

不想，竹君道："我担心的是我自己，我实在活不下去了。"言罢泪如雨下。

真是越忙越添乱！美美心中埋怨，但还是紧挨着竹君坐下来，将扫帚从她的手中拉出来丢在地上，然后用双手捧住她的脸，轻柔地命令道："你给我好好活着，这世上没有什么事情值得去死。"

她们相交几十年，她深知竹君的性情。在那些被竹君认为重大得难以承受的事情上，劝导是不会起作用的，只有命令，她的命令，竹君才会遵从。

竹君却道："我害怕的不是死，而是害怕发生比死更可怕的事情。"

于是，竹君断断续续地对她讲述了当天下午她在院长办公室里发生的那件疯狂的窘事。

听罢竹君的叙述，她的心中不禁一沉，暗自叫道：麻烦了，大事不好了。

她所认定的大事不好，是竹君这次突然发作精神病，让她可能会无法硬起心肠，按照原定的计划将竹君排除在她与香川的生活之外。

竹君是因为软弱才吃尽了苦头，像她这样的女人，只应找个不太讨厌的男人早早嫁了，追求出人意料的幸福不是她所能承担得起的重任——美美在心底对女友充满了同情。

不过，竹君也因为软弱而占尽了便宜，她身上所有可见的痛苦与惊恐，都成为香川怜她爱她的充分理由，也使得美美不忍对她动手去争去抢去伤害，她的可怜兮兮完全解除了美美的武装，让美美在她和香川面前只能硬充好汉——美美在心底又对女友充满了埋怨。

然而，即使是再好的朋友，也不存在共事一夫的可能性。美美最终还是认定，长痛不如短痛，应该早些与竹君做出了断才好，哪怕她因此而"哀莫大于心死"。只要人不死，她便有能力给竹君的生活制造转机。

"我该怎么办啊！"不想，竹君却先开了口，痛苦的哀叹直刺美美的心，让她的心一下子软得像豆腐。

"我也不知道该怎么办。"美美勉强硬起心肠。

"香川该怎么办啊！"

"他死不了。"对于香川，美美可以保证自己心硬如铁。

"可是，如果他离开了我们，又该怎么办啊！"

"他不会离开你，只会离开我。"对于竹君，美美的心肠不由自主地又退化成为一碗可怜的饶阳豆腐脑。

"我宁可自杀，也不能让他离开我们。"竹君的泪水冲刷出了她的决心。

"他如果离开我，我是绝不会自杀的。"美美怒火中烧。

"那我们该怎么办呢？"竹君的音调不再是哀叹，而是询问。

"干脆，像美国电影里那样，咱俩合伙宰了他。"美美不禁气得发笑。但是她知道，话说到此处，竹君的软弱又一次占据了上风，占了她的上风。

"那你还是杀了我吧！"竹君用嘤嘤的哭泣，表明她的立场。

"要不，我们把他赶出去。现在这所房子已经是我的产业了，他不可能再有钱还得上那笔高利贷。"美美发觉自己的心肠在一硬一软的交替作用下，已然方寸大乱，再也无法回到初始的目标了。

“你是说，就我们两个人一起生活？”竹君的痛苦中被注入了天真。

“一直等到我们中间有人想嫁人。”美美挣扎着给心中的豆腐点上卤水。两个人中间，总还是要有一个人来拿主意，如果指望竹君，什么事情也决定不了。

“那么，什么时候再把香川接回来呢？”竹君长长的睫毛上挂满了晶莹的企盼。

“不接了，我们不要他了。”美美心中的豆腐结成了蜂窝状的硬块，卤水点多了，发苦。

“不能啊。”竹君一下子哭倒在地上，四肢抽搐，手脚冰凉。

美美用双臂紧紧抱住竹君，也止不住流下了泪水。这算哪一出戏呢？她心中暗恨自己，你和竹君也不过是半斤八两，在香川的问题上，终究还是拿不定主意。

两个人就这样拥抱在一起，坐在大理石地面上，周围散布着残破的家具和陈设的碎片，如同战场上的两个幸存者。

过了许久，许久，天已经完全黑了，月光透过窗子洒进来，但两个人动也没有动，还是这样拥抱着，静静地坐在那里。

美美的心中其实早已不耐烦，但是，她必须得等待竹君彻底平静下来。然而，就算竹君平静下来，甚至恢复到平时通情达理的淑女形象，又能怎么样呢？

这一个月来，甚至这一年多来，她做出了无数艰苦卓绝的努力，费尽了智力、体力和财力，结果又怎么样呢？今天的一切很能说明问题——她又回到了起点，任何事情都没有被她改变。

其实，归根结蒂，她所面临的不仅仅是一个男人的问题，而是个人生观的问题。她突然发觉，这个想法有可能让自己的思想踏上一条正确的路途，开拓出一片全新的天地。

她便顺着这条思路往下想：

香川是什么？其实是个浑蛋——但她发觉这种观点早就在她的思想中经历过无数次的考查，不像是新思想的开端，没有参考价值，便猛地摇了摇头将其赶走了。

那么我为什么会爱上这个家伙？难道只因为他懂得讨人喜欢，并且做得一手好饭菜——她又摇了摇头，这也是陈辞滥调。

换一个角度来看，我为什么不肯放弃这个家伙？是因为他那躲避在我的暴力之下的反抗吗？这种反抗确是常常让我有新鲜的感觉，并能从中得到乐趣——但她不能相信这是事情的本源，因为类似的乐趣从法庭上她能够轻易得到。

要么一定是因为性了——她又迅速消灭了这个念头，性对于她绝不像对于竹君那样有着非凡的意义，对她来讲，性只是两情相悦的副产品而已，毫无约束力。

我怎么会爱上这么一个懒骨头呢——这依旧是个早经过无数次批判的观点。

如果这些理由都不成立的话，那么，一定是因为他的思想，香川有一整套自圆其说的坏思想。她觉得自己找到了事情的本源。

香川的那些将唯心主义和唯物主义混杂在一起的思想观念，或许已经在不知不觉中渗透进她的思想之中，比如机缘，比如懒人是人类进步的动力，比如人生贵在闲适，又比如意义在于错觉……他的许多坏思想却都带有鲜明的真理特征，让人们在半信半疑之间，不由自主地便接受了它的“真理结构”，却忽略了它那“伪真理”的内涵。

而他的另一些思想虽然表面上看起来是唯心主义的老调重弹，但是，当生活的复杂性成为人们难以摆脱的重担时，它又很体贴地扮演了“止痛药”的角色，虽不能解决问题，但可以让人们暂时放弃对困境的追究，造成轻松的，得到解脱的假象。

所有这些思想一旦进入人们的头脑当中，必然会对人生观产生深刻的影响。竹君的不幸便是明证，她必定是接受了香川的那些使人迷惑的、麻醉剂般的思想，却又与头脑中根深蒂固的“白莲花”发生了猛烈的冲突，这才使她痛苦，使她迷恋，也必然会使她发疯。

但是，我接受了他的什么思想呢？美美反过来审视自己。她很愿意坦然地承认香川的那些坏思想确实对她有所影响，但是，她清楚地知道，那不过是玩笑式的影响，是水过地皮湿似的调情，因为她从来也不认为香川真的相信他自己所谈论的那些思想观念。

也许香川口若悬河谈论的那些思想，只是讲出来给人听的，并不是他自己要用的。他可能根本就不相信自己所言说的这一切，他的内心深处必定还潜藏着另外一套完全不同的思想。

她认为自己终于发现了真相。

既然发现了香川的真相，你就应该可以洒脱地对他挥一挥手，远远地离开他，或者把他赶出这所别墅，让他跟竹君，或者跟任何一个乐于上当受骗的女人一起胡混去吧！想到此处，她将竹君扶到短榻上，然后活动一下身躯，居然有了一种身心愉悦的快感。

破碎的玻璃在她脚下咯咯作响，她没有理会，伸手去推大门。她现在最需要的是能让头脑清醒起来的新鲜空气，需要行动产生的后果。不想，她却听到竹君在书房中远远地叫道："美美，美美！"

"什么事？"她不由自主地应了一声。

"你是去看香川吗？"

唉，用香川那个浑蛋的话说，这就是机缘！只竹君这一声呼唤，便将她从思辨的清醒中又拉回到了糊涂的现实。香川不管让她多么的痛恨，她仍然割舍不下，哪怕仅仅是听到他的名字，也让她难以自持。

她终于明白在那些家庭暴力的案件中，为什么有些女人不论过着怎样可怕的生活，却从来也没有产生过离开浑蛋丈夫的想法。一个女人依恋一个男人这件事，根本就没有可以说得清楚的理由。

这就是命！该死，这仍然是香川的唯心主义。

她推开大门，院中满是月光，清凉如水，香川养在缸中的螃蟹逃了出来，四处横行。

她又推开铸花的铁门，来到街上。街道很静，没有行人，也没有车辆。她对自己暗道：你这傻瓜，到了这个时候，你必须要做出选择，是留在香川身边，还是离开他。如果你自己没有勇气做出这样的选择，那就不妨让命运来替你选择，但是，你必须得勇敢地面对这一选择，并敢于接受所选择的一切，哪怕那是你最不想要的东西，甚至是伤害了所有人的结果。

但是，什么样的东西能够代表命运来替你做出选择呢？也许，只有看似充满了偶然性的东西，才是真正的命运，是不可把握而又难以更改的。她向街道两边望了望，突然笑了起来。其实，你完全可以跟自己打一个赌，比如，如果来的第一辆出租车的牌照是单号，你便坐车离去，从此不再回头，不论是香川也好，竹君也好，都让他们见鬼去吧，让他们过小日子去吧，你与他们从此再无关系。当然了，如果那辆车是双号，你就回到房中，不要再埋怨，也不要再挑剔，有什么接受什么，反正再没有比这两种选择更坏的结果了。

终于有一辆出租车远远地驶来，她可以清楚地看到黄色的顶灯和前窗上空载的指示灯。

不想，她突然又害怕起来，对自己高声恨道："你这愚才，枉称是个律师，怎么会做出这么糊涂的事情？你没有选定出租车从哪个方向开过来呀！"她不禁挥泪如雨。

突然，竹君在她背后发话了，声调是那种让她难以置信的勇敢而坚毅："你不用担心，我已经做出了选择。如果第一辆出租汽车是从左边开过来的，我将坐上那辆车离去，绝不再回头。"

美美转过身来，发现竹君衣装整齐，手中提着一个小小的旅行包，一脸的悲壮。

她伸手来拥抱竹君。

竹君道："我们两个人都缺乏勇气，所以只好听命于偶然。"

她却道："其实我们两个人内心之中都充满了勇气，只不过勇敢得有点糊涂罢了。"

那辆远来的出租汽车终于驶到门前，车灯照亮了院中的竹丛、躺椅、破碎的茶壶和四处横行的螃蟹，汽车牌照尾号上贴着一张小广告，从右向左，疾驶而去，于是，两个人的选择全都落空了。

后　记

这部小说初版时我拟定了两个书名，《迷人草》和《烹调爱情》，此书编辑倾向于后者。我执迷于《迷人草》的原因并不复杂，这个书名好像更“文艺”一些，更“像”是一本纯文学作品，同时，它模糊的词义所能激发的联想，或许更符合这部小说微妙的叙事方法。随着时间的推移，我发现我错了，太自以为是了。今天看来，《迷人草》这个书名从直观的语义上看，对小说的内容没有提纲挈领的总括之意，也没有“尝一脟肉，而知一镬之味，一鼎之调”的提示作用，所余的只有似是而非的转喻，不是一个好书名。

从事写作这个行业多年，我对书名和文章名的重要性感触越来越深。举个简单的例子，我的那部短篇小说《潜伏》，改编成电视剧之后让本人浪得虚名多年，但这篇小说的名字却不是我取的。2006年我完成这篇小说之后，好像是取了一个不知所云的名字，具体叫什么早已忘记。小说发表之前，编辑徐则臣告诉我，他替我修改了小说名，叫《潜伏》。这样直指人心的小说题目令我有醍醐灌顶之感，于是，这部小说名字也像人的名字一样，对生活产生了深刻的隐喻作用。

此次再版，我决定将这部长篇小说更名为《烹调爱情》，基于两种考虑：其一，知错必改；其二，让读者能够透过书名，简单明了地“管窥”这部小说的内容。坦率地讲，这个新书名未必有多么高明，然而，早生觉悟，自我调整，乃是人生的必修功课，应该做的事，再晚也得做。需要特别说明一下的是，这部书稿再版前只做了一些语言文字方面的修订，在内容上没有重大修改，所以，读过《迷人草》的读者就不必破钞再购《烹调爱情》了，因为两者是同一本书。当然了，除非你喜爱新版小说精美的装帧设计，想多收藏一本。

这是我唯一的描写当代生活的长篇小说，有关写作方面的事项，我在“自序”中都已说明。之所以决定再版，是感觉小说中的生活世界和精神世界，在近十年来的生活中被不断强化，不断泛滥，以至于这部十年前的隐喻性故事，在今天看来更像是一部写实作品，有了新的意味和意义。其实，从意义的角度谈论小说，早已经不再是当今阅读的重点，我在此也无意批评阅读潮流和书评家，因为这是传媒进步必然带来的负面作用。

毕竟书的印数有限，早点卖干净，出版社的朋友们也就安心了，所以，最后还是说几句推销小说的话吧。

广告词：这部小说，是我专门为年轻女性读者讲述的爱情故事，有一点儿堕落，但非常美好。